# グレイ

堂場瞬一

集英社文庫

目次

# グレイ

# 第1章　見えない明日

くたくたで、体が薄汚れた感じがする。床下にどれだけ埃《ほこり》が溜《た》まっているか、普通の人は知らないだろうな、と波田憲司《はたけんじ》は溜息《ためいき》をついた。マスクはしていたのだが、暑さに負けて途中から外してしまった。そのせいか、仕事を終えた後には、咳《せき》が止まらなくなった。冗談じゃない、肺炎にでもなったらおしまいだよ……そうでなくても、暑くてバテてるのに。だいたいあのビル、どうして空調が止まるんだろう。日曜日とはいえ、作業が入るのは分かっているんだから、きちんと空調を入れておくべきなんだ。もっとも明日以降、オフィスコンピュータが動き始めると、空調はずっと切られることはないはずだ。コンピュータが動いている部屋は、熱でやたらと暑くなる。

　それにしても七月……七月って、こんなに暑かったっけ？　ついこの前まで梅雨寒の日々が続いていたのに、このところ、連日三十度を超える猛暑だ。部屋の中も暑いと思っていたけど、外に出れば出たで、頭を焼かれるような暑さに目がくらむ。故郷の岐阜も暑いが、東京の場合は人工的で凶暴な感じだ。東京では二度目の夏だが、まだ慣れそうにない。

そう、二度目の夏なんだとぼんやりと思う。自分が二十歳になった、記念すべき一九八三年の夏。それなのに、何だか冴《さ》えない。

新宿駅までの道程が、はるか遠くに感じられる。高層ビルが建ち並ぶこの辺は、いつも不規則に強いビル風が吹くのだが、風が欲しい時に限って、ほぼ無風状態だ。犬じゃないけど、舌でも出したい気分だよ、と波田は泣き言を言いたくなった。とにかく、喉が渇く。自販機で……いやいや、駄目だ。コカ・コーラ、百円。今はその百円さえ惜しい。というか、百円を取っておかないと、明日、今日のバイト代を受け取るための電車代もない。

「何だよ、しけた面して」

背中を思い切り叩《たた》かれ、思わずよろけてしまう。このところあまり食べていないのと暑さのせいもあって、体重が減ってきている。銭湯へ行って、体重計に乗るのが怖いぐらいだ。それにしても、後ろから来たんだから「しけた面」なんか見ていないだろうと思って振り向くと、同じ学部の先輩の富樫《とがし》が、にやにや笑いながら立っている。背は低いががっしりした体型で、Tシャツの肩がぐっと盛り上がっていた。先ほどまでの作業中には、黒いTシャツを着ていたのに、いつの間にか白いTシャツに着替えている。そのせいか、たっぷり汗をかいたはずなのに、やけにさっぱりした顔をしていた。

「ずいぶん疲れてるじゃないか」

「富樫さんは何で疲れてないんですか」

「慣れだよ、慣れ。俺はあのバイトを半年もやってるから、体の方で勝手に慣れたんだ」

言葉を切り、頭の天辺《てっぺん》から爪先まで波田を眺め回す。相当くたびれた感じだろうな、と情けない気持ちになった。Tシャツもジーンズも汗で濡《ぬ》れたままで気持ちが悪い。つくづく、冷房が恋しくなった。そうだ、ちょっとこの先輩に甘えて——。

「富樫さん、急ぎます？」

「いや。もうバイトは終わりだから」

「喉、渇きませんか？」

「そうねえ」富樫が顎を撫《な》でた。

「何か、ビールでも呑《の》みたいですよね。富樫さんの呑みっぷり、見たいな」

「悪くないな」

富樫がにやりと笑い、波田も笑い返した。この男は、持ち上げられると途端に機嫌をよくする。分かりやすい男だ。

「ビアガーデンかどこかで、こう、大ジョッキを……」波田はジョッキを傾ける真似《まね》をした。

「分かった、分かった」富樫が苦笑する。「でも、ビールは駄目だ。喉が渇いているなら、喫茶店にでも行こうぜ。奢《おご》ってやる」

「ごちそうさまです」ビールではなくアイスコーヒー、アイスコーヒー……まあ、いいか。とにかく冷房を浴びるのが第一の目的なのだから。

「まったく、お前の調子のよさには参るよ。何だか、いつも俺が奢ってないか？」

「そんなこともないですよ」すぐに否定した。いくら何でも、会う度にたかるわけにはいかない。

近くの喫茶店に入ると、途端に体が息を吹き返す。しっかり冷房が入っており、熱くなっていた体が一気に冷やされた。運ばれてきた水をすぐに飲み干し、体を内側からも冷やす。氷を口に含み、ゆっくり舐《な》めると、かすかな頭痛がしてきた。こめかみを押さえる仕草を見て、富樫がまた笑う。

「実際、喉は渇いたよな」

「そうですよ。だいたい、あんな暑い現場だったら、飲み物ぐらい差し入れてくれてもいいんじゃないですか」

「そこまで気の利く会社じゃないよ」

波田がバイトしているオフィスコンピュータの代理店は、社長以下、十人ほどの小さな会社である。大手コンピューターメーカーの下請けで、会社向けにオフコンを搬入してセットアップし、使えるまで社員を指導するというのが主な仕事だ。機械の搬入自体は、会社が休みの日曜日に行われることが多く、そういう時に波田たちアルバイト学生がかき集められてくる。オフコンが相手といっても難しいことをするわけではなく、波田たちは単に機械を搬入して、ケーブルなどをつなぐだけだ。しかし、このケーブル接続が難物である。高価なオフコンを導入するに当たり、わざわざ床を二重にする会社もある。ケーブル類を隠すためだが、床下にケーブルをきちんと這《は》わせる作業は、最初想像していたよりもずっと体力が必要だった。何しろ、ほぼ這いつくばった状態で作業しなければならない。接続は社員たちがするので、波田たちへの指示は、床を這いずり回る汚れ仕事だけ。それでも、数百万円もする機械を扱っているのだと思うと、気も抜けなかった。

「アイスコーヒーでいいな?」

「いいですか?」

「いいよ」

ちらりとメニューを見ると、二百五十円。高いな……富樫は仕送りをたっぷり貰《もら》っているらしく――だからたまに奢ってもらうのだ――バイト代は全部小遣いになるから何とも思わないかもしれないが。こっちは風呂なしのアパートで、月三万五千円の奨学金とアルバイトで何とかやっているというのに。

波田は、運ばれてきたアイスコーヒーにガムシロップとミルクをたっぷり加えた。甘いのは好きではないのだが、これで多少は腹が膨れて、夕飯まで何とか我慢できるだろう。ストローを強く吸うと、一気に半分がなくなってしまう。氷ばかりのアイスコーヒーでこんなに取るなよ、と思いながら、後はゆっくり味わうことにした。水を飲んだせいもあって、ひどい渇きは収まっている。

「バイト、慣れたか？」

「まあ、何とかですね」

「面白い？」

「別に面白くは……きついだけですよ。だって、重い機械を運んでるだけでしょう。あれがどんな風に動くのかは、全然見てないし」

「ま、そうだよな。そこは社員の人の仕事だし。でも、面白いよ」

「そうですか？」

富樫も法学部なのに、何故《なぜ》かコンピュータには詳しい。今回のバイトも、彼から紹介してもらった。

「これからはどんな会社でも、コンピュータがないとやっていけないだろうな」

「だけど、あんなもの、個人では買えないでしょう」

「就職すれば、嫌でも使うんだよ。それに最近は、ずっと安いパソコンが出てきてるから。性能は低いけど、無理すれば俺たちでも買えないことはない」

「富樫さん、持ってるんですか？」

「まさか」富樫がまた声を上げて笑う。「でも、買おうかと思ってる」

「幾らぐらいするんですか？」

「だいたい三十万円かな。去年出た、NECのPC－9801ってやつなんだけど」

波田はむせそうになった。三十万円って……授業料と家賃は親がかりだが、生活費は奨学金とバイトで賄っている波田からすれば、夢のような金額だ。

「あ、もちろんそれだけじゃ済まないけどな。プリンタやフロッピードライブを揃《そろ》えると百万を超えると思うよ」

富樫がまた、さらりと言った。百万といえば、車が買える金額なのに。住む世界が違う、ということもあるんだな。波田は少しだけ皮肉な気分になった。自分はこのまま一生、金に縁のない暮らしをしていくのだろうか。就職などまだ先の話だし、これから自分がどうやって金を稼いでいくか、想像もできない。

波田は気づくとメモ帳を取り出していた。「PC－9801、三十万円」と書きつける。こんなことを書いても何にもならないのだが。

「何してるんだ？」富樫が怪訝《けげん》そうに訊《たず》ねる。

「あ、そのコンピュータの値段を……すみません、メモ魔なんで、数字が出てくるとすぐメモしたくなるんですよ」

「変な奴《やつ》だな……実は俺、コンピュータ関係の仕事をしようかと思ってるんだ」富樫が打ち明けた。

「今の会社で働くんですか？」

「まさか」富樫が苦笑した。「今の会社は、ただの販売の下請けだろう？　そうじゃなくて、作る方。プログラムを書いて、コンピュータを動かす」

「はあ」

「何だよ、その気のない返事は。これからはコンピュータだぜ？　そこで仕事をしていれば、絶対に食いっぱぐれることはないから。もう、重厚長大産業の時代じゃないんだよ」

重厚長大産業——造船とか、機械とか。文系的に言えば銀行や証券会社だろうか。

「船や車を作るのだって、コンピュータが頼りになる。こいつがなければ、何もできない時代がくるんだよ」

「そんなものですか」

「そうそう。今はこんな力仕事をしてるけど、これも勉強のうちなんだ。プログラムを書くっていっても、ハードウエアのことが分かってないと駄目だしね。バイト代を貰いながら、勉強させて貰ってるみたいなものだ」

「そうですか……」

何となく勢いに押されてしまって、会話が続かない。富樫は一学年上だから、そろそろ就職のことも心配しないといけないのだろうが、どう考えても自分には縁のない世界にしか思えなかった。

そんなことより、目の前の問題を解決しないと。

問題――金がないこと。単純だが奥が深く、影のように自分にまとわりついている。

家に戻った時には、疲れが一層ひどくなっていた。アイスコーヒーと喫茶店の冷房で一時は生き返ったものの、また延々と歩いて帰って来て、再び汗だくになってしまったのだ。風呂に入りたいところだが、今日は銭湯に行かない日である。波田は、風呂に行くのは一日おきと決めていた。銭湯代だって安くはないのだから……今日は台所の流し台で頭を洗い、濡れタオルで体を拭くことで満足しなければならない。肉体労働で汗をかいた日ぐらい、ゆっくりと湯船に浸《つ》かりたかったが、ローテーションを崩すわけにはいかない。

米を研ぎ、炊飯器のスイッチを入れてから、流し台に頭を突っこむ。思い切り水を浴びておいてから、シャンプーで頭を洗った。トニックシャンプーなので、洗ってからしばらくは頭が涼しくなる。ただし、その清涼感が引いた後は、余計に暑くなる。

頭を拭いたタオルを水に濡らし、最初はたっぷり濡れた状態で体を拭いていく。肌が濡れると、それだけでも少し涼しい感じになった。波田は扇風機の前に立ち、固く絞ったタオルで体を擦《こす》っていった。これで汗は拭き取れたはずなのに、何故かまだ体が汚い感じがする。今日はたっぷり汗をかいたからな……濡れた髪から垂れた水が、畳を濡らす。この畳ってやつも、何だか鬱陶しい。特に夏は、暑くて仕方がないのだ。友人の中には、最近増えてきたワンルームマンションに住んでいる奴もいる。大抵フローリングで、ひんやりとした感触が足裏に心地好《よ》い。だけど、ああいう部屋は、このボロアパートの二倍ぐらいの家賃を取られる。

しばらく、呆然《ぼうぜん》と扇風機の前に座りこんでいた。これから冷蔵庫の中を漁《あさ》って、食べられる物を探し、夕飯を作らなければならない。昼の弁当もひどかった……会社の方で用意してくれたのだが、あれではとても腹が膨れない。

のろのろと立ち上がって冷蔵庫の中を確認したが、鮭《さけ》弁当よりひどい物しかできそうになかった。卵が三つ……しかも賞味期限が今日までだ。他に食べられそうなものといえば、ふりかけぐらいしかない。卵焼きとふりかけ。何とひどい夕飯か。

ご飯が炊きあがるのを待つ間、卵焼きの準備をした。卵だけは裏切らないよな……安いし、腹も膨れる。料理のバリエーションも豊富だ。といっても、大抵は濃い味つけの卵焼きにしてしまうのだが。醤油《しょうゆ》や砂糖を入れ過ぎるせいか、いつも焦げができてしまうが、その焦げの部分だけで、ご飯が三口は食べられる。

ご飯が炊きあがったので、侘《わび》しい夕飯に取りかかった。ふりかけも少なくなっているので、大事に使わないと……食べているうちにまた汗をかいてきて、先に体を洗ったのは失敗だったと悟る。後で、部屋の大掃除をしようか。そうすると大抵、百円玉の一枚や二枚、見つかるものだ。それで銭湯に行けるかもしれない。

そういえば、これ……バッグの中から、一枚のチラシを取り出した。数日前に大学の構内で配っていたのを無意識のうちに受け取ったのだが、バイトの募集だった。波田はいつも、割のいい仕事を探している。普段は学生援護会に頼っているのだが、あそこではそれほど儲《もう》かる仕事は回ってこない。何気なく見返したチラシに、あっという間に視線が吸いこまれた。

日給一万円？　破格だ。これに匹敵するのは学習塾のバイトぐらいだろうが、あれは人気で、枠が少ない。チラシにでかでかと「一万円」の字が躍っていたせいで、内容がすぐに頭に入ってこないほどだった。

波田は箸を置き、チラシの内容をじっくり読み始めた。

「街頭調査　データ入力の仕事です」

街頭調査？　それは何となく分かる。アンケートの類いだろう。波田自身、街を歩いていると、よくそういうアンケート調査に引っかかる。応じたことは一度もないが、この手の調査は頻繁に行われているようだ。新宿や渋谷の街頭で、クリップボードを持った人をよく見かける。人に話を聞くのは面倒臭そうだが、何しろ日給一万円だ。

細かい字で、仕事の内容が書いてある。バイトを募集しているのは、「北川《きたがわ》社会情報研究所」。聞き覚えがない名前だが、何なのだろう。民間のシンクタンク？　バイトを雇ってまで調査をするということは、それなりに規模の大きな組織なのだろうが。

**＊当研究所は、社会情勢の分析を主な業務にしています。街頭アンケートによる意識調査のために随時アルバイトを募集しています。**

これを読んだだけでは、内容も分からない。社会情勢。意識調査。「興味のあるテレビ番組は何ですか」というような内容だろうか。仕事の内容はおかしな物ではなさそうだが、北川社会情報研究所の正体が分からないのが不安だ。

だが、その不安は、内容を読み進んで行くうちに消散した。というより、ある男の顔を見て、少しだけ安心できた。所長、北川啓《けい》。テレビでよく見る顔じゃないか。肩書きは経済評論家。確かに、ニュース番組などで解説しているのを見た記憶がある。経歴も載っていたが、自分の大学の先輩だと気づいて多少の親近感を抱いた。そういえば、学部の先輩に噂話《うわさばなし》を聞いたことがある。まだ貧乏学生が多かった一九六〇年代に、音楽関係のイベントを多数手がけて大金を儲けた伝説の男だ、と。

問題はデータ入力の方か。

＊調査業務の他に、コンピュータによるデータ入力業務も行っています。統計作業のためで、当研究所では最新のコンピュータを導入、作業の効率化を進めています。簡単な作業ですので、どなたでも短い期間の研修でできるようになります。経験者優遇。

コンピュータ……関係がないわけではない。今の仕事もそうだし、大学の講義で触ったことがあるのだ。一年生の時に取った「電子計算機概論」。ちょっとしたプログラムを作るというもので、内容はさっぱり分からなかったが、キーボードを触った経験皆無、というわけではない。これで「経験者」と名乗るのはおこがましいかもしれないが、身近に話を聞ける人間もいる。富樫。困ったら、彼に教えを請えばいいかもしれない。

悪くないな。炎天下、一日立ちっ放しでアンケート調査をするのはきついかもしれないが、日給一万円は魅力的だ。三日で一か月分、六日で二か月分の生活費を稼げる。それに、富樫ではないが、これからはコンピュータの時代だろう。コンピュータが扱えれば、就職の時にも有利になるかもしれない。あんなもの、理系の、それも特別な能力を持った人間だけが使うものだと思っていたが、チラシでも「短い期間の研修」で大丈夫と謳《うた》っている。たぶん、すぐできるようになるだろう、と波田は簡単に考えた。

日給一万円か……寝転がり、チラシを顔の上に翳《かざ》しながらもう一度読む。夢のような世界だ。そのまま一か月働いたら三十万円。サラリーマンだって、毎月それだけ稼ぐのは大変だろう。

よし、やるか。いつまでも肉体労働というわけにはいかない。こういうバイトを続けていると、何となく自分が安っぽくなるような気がする。ここは一つ、賭けてみてもいい。上手《うま》くいかないかもしれないが……その時はその時だ。東京には仕事が溢《あふ》れている。その気になれば、どんな仕事だってできるのだ。

税金を引かれて、一日のバイト代が五千円。きつい肉体労働の割には安い感じがしたが、炎天下、外で作業をしたのではないのだから、こんなものかもしれない。取《と》り敢《あ》えず、財布の中に千円札が五枚入っているのは悪い気分じゃないな、と思いながら、波田は赤坂の街を歩いていた。北川社会情報研究所は、この街にある古いビルの五階に入っている。何となく緊張して、いつの間にか歩くスピードが速くなっていた。

ここへ来る前に、バイト代を受け取りに行って、富樫と顔を合わせた。北川社会情報研究所、それに所長の北川についてもほとんど知識がなかったので、つい彼に訊ねてしまったのだが、彼にしても同じようなものだった。

「テレビに出てる人だよな？」

「ええ」

「でも、俺には関係ない世界の人だから……真面目に見たこともないよ」

あっさり言われてしまった。しかし、後になってひやりとする。これは割のいいバイトなのだ。富樫が「自分も面接に行く」と言い出したら、まずいことになるかもしれない。何しろ富樫は、自分でもコンピュータを買おうかというぐらい、使いこなせる人間なのだ。ちょっと触ったことがある程度の自分に比べれば、経験の差は一目瞭然のはずで、目の前で仕事をさらわれてしまうかもしれない。

一日経《た》って、何としてもこのバイトを物にしたい、という気持ちが固まっていた。

古いビルなので、エレベーターもがくがくとしか動かない。地震でも来たら大変だな、と少し心配になった。だいたい、こんな古いビルに入っているということは、あまり金にならない商売なのではないだろうか。そういうところが日給一万円を払う……波田はにわかに不安を感じ始めた。騙《だま》されてるんじゃないか？　しかし「一万円」の魅力は大きい。結局気づいた時には、ドアノブに手をかけていた。

古いドアには磨《す》りガラスが入っており、中の様子は窺《うかが》えない。何も聞こえないので、ドアを開ける前に耳を押し当てようかと思ったが、それはいくら何でも失礼だろう。ドアノブを握ったまま、どうしようかと迷っていると、いきなりドアが開き、波田は慌てて飛び下がった。

顔を見せたのは、三十歳ぐらいの背の高い男だった。白いワイシャツの袖を肘のところまでまくり上げ、少し緩めたネクタイの先をシャツのポケットに入れている。いかにも仕事ができそうな感じである。出て行くところかと思ったが、その場に足を止めて波田の顔をまじまじと見た。

「もしかしたら、バイトの人かな?」

「はい」波田は昨日貰ったチラシを取り出して見せた。ここまで来て躊躇《ちゅうちょ》したら駄目だ、と腹をくくる。とにかく目の前の一万円だ。

「そこにいるのが見えたからさ……さ、入って、入って」

やけに調子のいい口調が気になったが、とにかく歓迎されているのは分かった。促されるまま、事務所に足を踏み入れる。

ビル全体のみすぼらしさからは想像できないほど、綺麗《きれい》に整頓されていた。しかし、波田のイメージにある「会社」や「事務所」とはだいぶ違う。置かれているデスクは、普通見かける事務机よりも一回り大きいようで、それぞれのデスクの間は、背の高い衝《つい》立《たて》で仕切られていた。座ってしまえば、隣の人が何をしているかは見えないはずだ。デスクは全部で……六つ。さらにドアが見えるが、そこは所長室か会議室だろうか。

「いやあ、引っ越し中なんで、まだ片づいてなくてね」

「そうですか？」波田の目には、十分綺麗に見えた。壁に整然と並べられたファイルキャビネット。そのキャビネットと背の高さがぴったり揃っている書棚。「引っ越し中」というのは本当のようだった。書棚はほとんど埋まっていないし、ファイルキャビネットの前には段ボール箱が積み重ねてある。それにこの男の他には、もう一人がいるだけだった。衝立の陰に隠れて姿は見えないが、誰かと電話で話しているので存在が知れる。会話は英語だ。それだけで、波田は度肝を抜かれた。流暢《りゅうちょう》で早口な英語は、ネイティブのそれを思わせる。もしかしたらこの事務所では、外国人も働いているのだろうか。だとしたら、自分はえらく場違いな所に来てしまったことになる……。

「さあ、こっちへ」男が、段ボール箱の隙間を縫うように歩き出した。

後をついて行きながら、室内の様子をもう一度観察する。デスクが固まっているのは出入り口に近い一角だけで、その奥は広いスペースになっている。応接セットがあるだけで、まだ十分物が置けそうだった。

「取り敢えず話をするには……そのソファに座って。本当はもう、打ち合わせ用のテーブルと椅子が届いているはずなんだけど、今日は作業が遅くてね。もしかしたら、道路が渋滞していて引っ越し業者が遅れているのかもしれない。どうだった？　ここまで渋滞していた?」

「いや、地下鉄で来たので、分かりません」マシンガンのような男の話し振りに呆気《あつけ》にとられながら、波田は答えた。エネルギッシュというか、落ち着きがないというか……こういうテンションが、この事務所では普通なのだろうか。ちょっとついていけそうにないな、と不安になる。

男は、音を立ててソファに腰を下ろした。波田は慎重に、浅く腰かける。バイトの面接は慣れっこだが、ソファで、というのは記憶になかった。それ故、どうにも落ち着かない。

「それで、今日からできるかな?」

「はい?」

「時間がないんだよね」男が笑いながら煙草《タバコ》に火を点《つ》けた。

「そうなんですか?」

「うちの事務所のこと、よく分からないでしょう? そのチラシを見ただけじゃ、はっきりしないよね」

「まあ、そうですね」

「要するに世論調査なんだ。例えば、新しい商品開発をする時に、世間の好みや動向が分からないでやっても、目を瞑《つむ》ってピストルを撃つようなものだよね? そうならないように、消費者のニーズを摑《つか》む必要がある。そのためには、できるだけ多くのサンプルを押さえて、傾向を分析しなくちゃいけない。シャンプーを例にとろうか？　シャンプーには、必ず香料が入ってるよね。それがないと、ただの石鹸《せっけん》だ。でも、特定の香りを嫌う人もいる。百人中五十人が嫌う香りのシャンプーを作ったら、その商品は絶対に売れない。七割の人が好む香りだったら、商品として成立する。分かるかな」

「はい。統計的な問題ですよね」

「その通り」男が、火の点いた煙草の先を波田に向けた。「分かってるね。だったら話は早い。もちろん、百人全員が好きな香りなんか、存在しない。でも、できるだけ多くの人が好む香りの傾向は、知ることができるんだ。サンプル数として、百人だと少ないかもしれないけど、千人からデータが取れれば、統計的な有意性が出てくる。しかも一種類の香りじゃなくて、二種類の香りで聞くとどうなるかな？」

「集合の問題ですか？」

「そう、いい勘してる」男が大きな笑みを浮かべる。「そうだな、オレンジとリンゴ――そんな香りのシャンプーはないけど、喩《たと》えとして考えて。二つの香りを好きな人が、百人中六十パーセントずついたとする。これは結構な割合でダブっているはずだし、『オレンジかリンゴか』ということで考えると、ほぼ百パーセントの確率で、どちらかが好きな人がいる、ということになる。だったら、オレンジとリンゴ、二つの香りのシヤンプーを開発すれば、この新商品はヒット間違いなしなんだよ」

「はあ」波田はメモ帳を取り出した。

「メモするようなことじゃないよ」男が笑い、ぐっと身を乗り出して説明を続けた。火を点けたものの、先ほどから煙草はまったく吸っていない。「もちろん、香りなんていうのは一つの要素に過ぎない。髪の毛の汚れが落ちやすいか、すすぎやすいか、もっと大事な要素はいくらでもあるよ。でも、消費者のニーズを知ることは、企業にとっては大事なことなのさ。最近はとみに、そういう傾向が強くなっている。まあ、俺に言わせれば、消費者にすり寄ってるってことになるんだけど、大量生産の商品なんていうのは、何でもそんなものだから」

「おいおい、前振りはそれぐらいにしろよ」

こちらからは見えない衝立の向こうから、声が聞こえた。先ほど英語で話していた男だ、とすぐに気づく。ほどなく、その男が衝立の陰から姿を現した。こちらは小柄、四十歳ぐらいだろうか。耳が隠れるほど長く伸ばした髪には、わずかにウエーブがかかっている。ネクタイをきっちり締めた上に背広まで着ているのは、事務所の中が寒いほど冷やされているからだろう。実際、Tシャツ一枚の波田は、早くも肌寒さを感じていた。それより何より、こんな格好で来てしまったことを後悔する。この事務所に勤める人間は、ネクタイ着用が原則のようだ。そこにTシャツ、ジーンズというのは、いかにも場違いである。

英語の男が向かいに座った。最初に出迎えてくれた男よりも落ち着きがある。煙草に火を点けると、「自己紹介もしないで」と詰《なじ》った。

「ああ、すみません」

「お前は、いきなりトップギアに入るから、相手が戸惑うんだ。俺は岩下《いわした》、こっちは鶴《つる》巻《まき》」

「波田憲司です」慌てて、履歴書を取り出す。大して書くことなどない履歴書だが、一応「持参」とあったので用意してきた。

年長の岩下がざっと履歴書に目を通し、うなずく。

「結構。大学は、うちの所長の後輩なんだね」

「ええ」

「だったら、優秀だな。安心して任せられそうだ」

「大きい大学ですから、学生も色々いますが」

途端に、鶴巻が爆笑した。岩下が「困ったな」とでも言いたそうに苦笑する。

「確かに、馬鹿な学生も多いよな」

鶴巻の言葉に、波田は少しだけむっとした。自虐的に言うならともかく、他人から指摘されると苛立《いらだ》つ。

「俺も君の先輩なんだよ」

「あ、そうなんですか」だったら、大学の悪口を言う資格はある。偏差値はそれなりに高いが、お調子者のバンカラが多いというのが、波田の大学に対する世間の一般的な評価だった。

「それで、今日から働ける?」岩下が、いきなり話を真面目な方向へ向けた。「今、夏休みだろう」

「はい……構いませんけど、ずいぶん急ですね」

「ご覧の通り、引っ越しがあったりして、仕事が遅れぎみなんだ。今、菓子メーカーからの依頼で、新しいお菓子の商品開発のための世論調査をしてるんだけど、締め切りが迫っててね」

誰でも知っている菓子メーカーの名前を口にした岩下が、腕を持ち上げて、腕時計を確認する。手首で光る時計はロレックスだ。波田もその存在は知っていたが、現物を見るのは初めてだった。というより、ロレックスをはめていそうな人間と知り合う機会がなかった、と言うべきか。

「今日、明日で百二十人から話が聞けるだろうか」

「百二十人ですか?」波田は慌てて、壁の時計を見た。既に昼過ぎ。明日まで二日間といっても、実質的には一日半しかない。アンケート項目がどれぐらいあるか分からないので、本当にできるかどうか想像もつかなかった。

「対象は、概《おおむ》ね十代から三十代の女性。一番よくチョコレートを食べる層なんだとさ。この人たちを対象に、五項目のアンケートをやってもらう」

「はい」波田は背筋を伸ばし、条件を手帳に書きつけた。五項目ということは、一人当たり五分もかからないだろう。五分、かける百二十人で六百分。計算上は十時間で終わる。

「場所は任せるけど、できれば新宿や渋谷なんかがいい。ターミナル駅だな。そういうところだと人が多いから、効率的にできるんだ。よく、アンケート調査をやってるの、見るだろう」

「ええ」

「どうかな。入力作業を考えて、明日の夕方までにはアンケートが終わるのがベストなんだが」

「はい、何とか……」時間がまた短くなった。明日の五時か六時にここへ戻って来るとして……今日何人から話が聞けるか分からないが、明日は朝早くから始めた方がいいだろう。

「よし、じゃ、やってくれるな」

「一つ、いいですか」

「何だ」立ち上がりかけた岩下が、不機嫌そうに顔をしかめる。

「こんな簡単に決めちゃっていいんですか」

「いいんだ」

「普通はもっと……話を聞いたりとか」

「そういう時間ももったいないんでね。何しろこっちは、いつも仕事に追われている。それに、バイトがなかなか定着しないんだよ」

「どうしてですか」

「きついからさ」鶴巻がさらりと言った。「何百人もに話を聞くのは大変だ。それに、名前を書いてもらわないといけないからな」

「普通、アンケートって匿名じゃないんですか」

「ところが、それをいいことに、サボるバイトがいるんだよ。友だちに書かせて、一々筆跡を変えたりしてな」岩下が言った。「だからきちんと話を聞いた証明として、協力者に署名だけしてもらうんだ。それに、依頼者側から、名前や住所を書いてもらうように言って来ることもある。プレゼントの抽選、ということなんだろうが、実際には商品の勧誘だろうな」

「ああ、ダイレクトメールなんかで……」

「そういうこと。企業は、個人情報を喉から手が出るほど欲しがっている……で、やってくれるかな」

「やります」波田は即座に返事をした。今のところ、怪しい感じではないし、何よりバイト代が魅力だ。

「よし、じゃあ、さっそく行ってもらおう。今回は今日と明日の二日で、バイト代は二万円だ。今日の分を終えたら、ここへ帰って来てくれ。何時でもいい」

「遅くなってもですか？」

「うちは二十四時間営業なんだ」岩下がにやりと笑う。「海外相手の仕事もあるから、必ず誰かが泊まりこんでるんだよ。だから、この事務所に就職するには、英語ができることが最低条件だな。君、英語は？」

「大学で、いつも苦労してます」

「じゃあ、就職のことはさておいて……出発してもらおうか。かなりきついから、覚悟しておいてくれよ」

肉体的にもそうだが、精神的に疲れる仕事なのだ、と波田はすぐに思い知った。赤坂から行きやすい渋谷駅の駅頭でアンケート調査を始めたのだが、いくら声をかけても、誰も足を止めてくれない。十代から三十代の女性——それほど厳密でなくてもいい、という指示は受けていた——というのは、どうしてこうも忙しそうにしているのか。あるいは疑《うたぐ》り深いのか。今回の調査の依頼主である製菓会社の名前を出しても、振り向こうともしない。

最初の一時間は、誰にも話を聞けずに過ぎた。これでは、明日の夕方までに百二十人は絶対に無理だ。自動販売機で買った缶コーヒーを啜《すす》りながら、波田は早くも白旗を掲げたい気分になっていた。確かに、一万円稼ぐのは楽ではない。またやりたいと思うバイトがいないのも当然だ。

ぼんやりと、駅前を急ぐ人たちの顔を眺める。早足になれば汗をかくのは分かり切っているのに、誰もが急いでいた。ハンカチで顔を拭きながら、ほとんど走りそうな勢いで急ぐ若いサラリーマン。白い日傘の下に避難して日焼けから逃れる老婦人。部活帰りらしい男子高校生の一団は元気一杯に走っていた。

しかし、普段よりもずっと人は少ない気がする。やはり夏休みだからだろうか。高校生――当然十代だ――を摑まえればすぐに話が聞けそうなのだが、見たところ、ターゲットの女子高生はほとんどいない。

仕方ない。その場にしゃがみこみたい気持ちを何とか我慢して、波田は自動販売機から離れた。今日、明日頑張って二万円。喉から手が出るほど欲しい額だ。同じ学部に気になる女の子がいるのだが、これでディズニーランドにでも誘ってみようか。彼女は最近、この春オープンしたばかりのディズニーランドのことばかり話しているのだ……自分には縁のない世界だと思っていたが、女の子からすれば、やはり「夢の国」なのだろう。なかなか女の子を誘えないのは、金がないという意識が強いせいでもある。

よし、気合いを入れ直そう。

波田はやり方を変えた。これまでは、最初に「森崎製菓のアンケートです」と真面目な調子で近づいていたのだが、誰もが急いでいる姿に気づき、最初の挨拶を「一分いただけますか」にしたのだ。実際のアンケートにはもう少し時間がかかるのだが、そんなことは終わってみないと気づかないものだから。

「一分」で足を止める人が何人か出てきた。立ち止まってさえもらえれば、こちらのもの。波田は、喋《しゃべ》りにはそれなりに自信があったから、摑まえてしまえば何とかなる、と考えていた。事実、アンケートを始めてみれば、相手を簡単につなぎ止めておくことができた。

調査項目は五つ。

①普段よく食べているお菓子の種類は

回答項目：クッキー、アイスクリーム、チョコレート、ガム、和菓子、その他

②普段よく食べている菓子メーカーは

回答項目には、森崎製菓以下、有名どころの名前が並んでいる。

③お菓子を食べる時間帯は
回答項目：午前、午後、夕方、夜
④お菓子を選ぶ時、一番大事にしているのは
回答項目：味、値段、栄養、ブランド
⑤これから食べてみたいお菓子
自由回答

最後の設問だけ、回答に手間取る人が多かったが、それ以外はスムーズに進んだ。回答を終えてから名前と住所――二十三区内なら「区」まで――それに年代を記入することになっていて、そこで躊躇する人もいたが、「適当に記入していないか、保証のためです」と言うと、ほとんどの人が応じてくれた。中には拒否する人もおり、そういうアンケートの扱いがどうなるのかが不安だったが、それはそれで仕方がない。無効票のような扱いになるのだろうか。

次の一時間では、五人に話が聞けた。しかし既に、午後二時。太陽は空の頂点にあり、容赦なく汗が噴き出して来て、体力が奪われていくのを感じる。結局また休憩して、缶コーヒーを飲んだ。今日二本目……とんでもない贅沢《ぜいたく》だな、と思う。甘ったるい味は喉に優しくなかったが、とにかく水分を補給しないとどうしようもない。明日は水筒持参

で来ようか、とも考えた。水を飲んでいる分には、金はかからないのだから。

体力が奪われるのに反比例して、アンケートはスムーズに行くようになった。もしかしたら、肩の力が抜けてきたのかもしれない。最初は、かなり張り切った形相で近づいて行ったから、逃げられたのではないだろうか。今は、できるだけ低い声を出し、笑みを絶やさないことだけを心がけている。そうすると、声をかけられた方も、つい気を許してしまうようだった。

十二人目。二十代の後半ぐらいだろうと目星をつけて近づいた女性は、気さくにアンケートに応じてくれた。少しでも顔に風を送ろうと、ハンカチをぱたぱたさせていたので、濃厚な化粧の臭いが鼻先に漂う。話を聞いているうちに、二十代ではないな、と気づいた。化粧が濃いのは、容姿の衰えを隠すためのようだった。しかし目尻の皺《しわ》は、隠しようもない。

「お菓子を食べる時間？　夜ね。七時過ぎ」

「デザートですか」余計なことを聞かなければアンケートは早く終わるのだが、時にはつい、一言訊ねてしまうこともある。

「違うわよ」女性が高い声を上げて笑った。「ああ、私はこのアンケートには合わないかも」

「そうですか？」年齢のことを言っているのか、と一瞬思った。この件は、最後に確かめるまでは明かさないのだが。

「お客様に出すものだから。それで一緒に食べちゃうの。何だかんだ言って、毎日食べてることになるから、体にはよくないかもしれないけど。太るのよねえ」

太ると言いながら、実際にはほっそりしていたが。女性はやたら体型を気にするから、少しの変化も気になるのだろうか。

「お客様、ですか」

「ああ、うち、スナックをやってるから」

なるほどね——そういう場所へは数回しか行ったことがないが、何故か毎回ポッキーが出てきた。あれで水割りをかき混ぜる……水割りもポッキーも味が変わるとは思えなかったが。

「それ、どこのアンケートなの？」

菓子メーカーの名前を挙げたが、彼女は納得しなかった。

「そうじゃなくて、どこがやってるの？」

話していいかどうか分からず迷ったが、彼女の方で話を切り出してきた。

「もしかしたら、北川さんのところじゃない？」

「ご存じなんですか？」

「北川さんも、社員の人たちも、うちにはよく来るから」女が、自分から名刺を出して来た。細い、角が丸くなった洒落《しやれ》たもの。表には「アンバサダー　藤井由貴子《ふじいゆきこ》」の名前がある。ひっくり返してみると、場所は赤坂。住所からして、北川社会情報研究所のすぐ近くだ。

「学生さん？」

「はい」

「アンケートが間に合わなかったら、うちに来れば？　女の子たちに協力させるから。それとバイト代が入ったら、遊びに来てね。いい男だから、おまけしてあげる」

ウインクすると、盛大に盛ったマスカラが蝶《ちよう》の羽のようにばたばたと上下する。これは……二十代どころか三十代、へたすると四十代かもしれない。適当に記入しておこうかと思ったが、反射的に年齢を確認してしまった。

「あら、何歳に見える？」

嬉《うれ》しそうに言ったが、波田は内心辟易《へきえき》していた。「何歳に見える？」。こういうやり取りはとことん面倒臭い。あまりに若く言えば白々しくなり、見た目の印象通りに告げれば、相手を怒らせる可能性がある。

「何歳と書いてもらいたいですか？」波田は切り返した。「年齢というか、年代を書く欄があるんです。十代、二十代……二十代でいいですか？」

「結構よ」由貴子が満足そうにうなずいた。「あなた、人のあしらい、上手いわね。何だったらうちで働かない？　女のお客さんも多いから、人気者になれるわよ」

「一応、学生の身分ですので」

　大真面目に言うと、由貴子がまた声を上げて笑う。

「アルバイトとしては、いいお金になるわよ。社会勉強にもなるし」言葉を切り、周囲をぐるりと見回した。「見てご覧なさいよ。皆真面目な顔で歩いてるけど、夜になると別の顔になるから。そういうのを見るのも、勉強になるわよ」

「時間ができたら、ご連絡させていただきます」波田は馬鹿丁寧に頭を下げた。

「待ってるわよ」

　その言葉を聞いて顔を上げた時には、由貴子はもう、歩き始めていた。化粧の残り香が、まだ鼻先に漂っている。波田は鼻を思い切り擦ってから、次のターゲットを探した。こういうのも悪くない、と思いながら。鬱陶しがられることがほとんどだし、立ち止まってもらえないことも多いが、時にはこんな風に話もできる。

　しかし、残りはまだ百もある。急がないと。波田は、できるだけゆっくり歩いている人を探した。話を聞かせてくれる余裕はありますか——。

　その日、北川社会情報研究所に戻ったのは、午後八時過ぎだった。結局、今日取れたアンケートは三十二件。残り百件は切っているが、先は長い。全身汗まみれで、早く風呂に入りたくて仕方がなかった。今日は、銭湯へ行っていい日なのだ。

事務所には、鶴巻と、昼間は見かけなかったもう一人の若いスタッフがいた。まだしっかり冷房が効いており、それだけで生き返った気分になる。

「おう、どうだった」元気一杯の声で鶴巻が訊ねた。

「残り八十八件です」

「お、やるじゃないか。優秀、優秀」鶴巻がにやりと笑った。「初日で、なかなかそこまではいかないよ」

「そうですか？　どうにもペースが摑めなくて」

「そう言う割に三十件以上もやってるんだから、大したもんだ。この分だと明日の夕方には終わるんじゃないかな」

「どうでしょうか」大きなことは言えない。波田は言葉を濁した。

「で、データ入力の方だけど、やってみる？　コンピュータを触ったことがある？」

「大学の講義で、少し」

「ああ、今は大学でもそんなことを教えてるんだ。俺の時にはなかったけどね。一般教養？」

「そうです」

「じゃあ、やってみようか」鶴巻が自席から立ち上がる。いつの間にか、室内の一角に、端末が設置されていた。椅子を引いてそこに座り、キーボードに指を走らせる。ブラウン管に、表が現れた。白黒の画面は、ちかちかして目に優しくない。

「試しに一つやってみるよ。アンケート用紙を一枚、貸して」

一番上の用紙を渡して、作業の様子が見えるように鶴巻の背後に回りこむ。鶴巻はほとんど見えない速さで、キーボードの上で指を動かした。リズミカルな音が、疲れた体に眠気を呼びこむ。一番左端に名前、その右側に住所。そしてアンケート項目を書きこむ欄が続く。

「──よし、一人終了。じゃ、座って」

促されるまま、椅子に腰を下ろす。これは講義ではなく仕事なのだと思うと、自然に緊張してきた。

「キーボードの使い方は分かるね」

「はい、何とか」アルファベットが並んだキーボード。文字配列は、タイプライターと同じだ。タイプライターなら、散々使っている。英語でのレポートを求められ、悪戦苦闘するうちに、自然に覚えてしまったのだ。

「ローマ字入力だから。『た』を出したいなら、『T』『A』と打てばいい」

言われるまま、入力してみた。画面上で「た」がちかちかと点滅する。

「よし。『ぐ』だったら?」

「『G』と『U』ですか？」

「そうそう」鶴巻の視線は、波田が作業机に置いたアンケート用紙を捉えていた。名前は「田口」。

波田は「G」「U」「T」「I」と続けて入力した。「たぐち」と名前が完成する。

「それでOK。『ち』は『C』『H』『I』でもいい……で、このキーを押す」名前が「田口」と漢字に変換された。「違っていたら、何度か押して、候補を出してみて。正しい名前が入ったら、『エンター』キーを押せば確定」

「これ、どんな名前でも出てくるんですか？」

「そうでもないな。コンピュータもまだまだ馬鹿だから」鶴巻が苦笑いする。「そういう場合は、漢字一文字ずつに分解して入力するといいよ」

「分かりました」

「数字を入力するには、上に並んでいる数字キーを押せばいい。で、次の欄に移るには『タブ』キーを押して……そうそう。一番最後の欄に入力し終えたところで『タブ』キーを押せば、下の行に進むから。とにかく、ちょっとやってみてよ。一時間も触ってれば慣れるから」

いきなりかよ……もっとしっかりした研修があると思っていたのだが。仕方がない。これも一万円のうちだ。

しかし、最初の心配をよそに、入力は意外と簡単にできた。何より、指と頭がキー配列を覚えているのが大きい。これが頭に入っていない人だと、やたら時間がかかるだろうなと思う。途中、入力の仕方が分からない名前――「服部」の「っ」が出せない――の時には鶴巻の助けを請うたが、それも一、二度だった。後はスムーズに作業が進む。一時間経つと、三十二人分を入力し終えていた。目と指はやたらと疲れていたが、一仕事終えた気分になる。

「早いじゃないか」嬉しそうに鶴巻が言った。「ここまで優秀なバイトは、今までいなかった」

「皆、すぐ辞めちゃうんじゃないですか」

「実際、きついだろう」

「きつかったです。あんな風に、短い時間にたくさんの人に声をかけて話を聞くなんて、経験したことがなかったから」

「だろうね」鶴巻が煙草に火を点けた。波田の肩越しに手を伸ばすと、キーボードをさっと弄《いじ》る。「これでデータはセーブした。明日、他のデータも入力し終えたら、間違いがないか、元データとチェックしよう……おい、飯でも行かないか？　奢るぜ」

「いや、悪いですから」そう言いながら、空腹は限界に達していたが。昼間食べた物は、汗になって全て流れ出てしまったようだった。

「いいんだよ、飯ぐらい。たまには美味《うま》い物を食わないと。それに、先輩が後輩に奢るのは普通だろう」

「はあ」俺はもう「後輩」になったのか？

「行くぞ、ほら」

鶴巻が波田の肩を軽く叩いた。そういう親しげな仕草をするほど、二人の関係は縮まっていないはずだと波田は思ったが、空腹は我慢できない。奢ってくれるというなら、少しでも腹に溜まる物を食べようじゃないか。

ステーキ。

ああ、ステーキなんて、いつ以来だろう。記憶にないぐらい、食べていなかった。もしかしたら、岐阜の実家を出て来て以来か？　進学で故郷を離れる時、家族が「お祝いだ」と地元で有名なステーキ屋に連れて行ってくれたのだ。

「疲れた時は肉だよな、肉。一ポンドぐらい、食べられるだろう」

「一ポンドって、どれぐらいでしたっけ」

「五百グラムにちょっと足りないぐらい」

「それで十分です」

鶴巻が「十分か」と言って笑った。実際、よく笑う男だと思う。

「じゃあ、一ポンドのサーロインにしよう。食べがいがあるぞ。君は痩せの大食いみたいだな」

「普段、あまり食べてないんです」

「だったら栄養補給だ」

鶴巻はビールも奢ってくれた。熱く火照った体に、凍りそうなビールが心地好い。軽く酔いが回ってくるのを感じながら、波田はビールを呑み続けた。

「仕事はいつも、忙しいんですか」

「忙しいよ。だから毎日、誰かが残ってデータの整理をしなくちゃいけない。今は、どこの会社もデータ第一だからね。昔みたいに、勘や経験だけで商品開発を進めるわけにはいかなくなってるんだ。もっと効率よく、コストをカットしながら最大限の利益を生み出さないとね。そのためには、事前のデータ収集が大事なんだ。企業側が依頼してくることが多いけど、こっちから企画を持ちかけるのも珍しくない。そういうのを考えるのが、うちでは一番大事な仕事かな。企画屋みたいなところもあるね」

鶴巻は延々とまくしたてた。酔いが回り始めた頭でぼんやりと聞きながら、悪くない仕事だな、と波田は思った。外でアンケートを取るのは肉体労働だが、その他の部分は、頭を使う仕事と言ってよさそうだった。

「ま、その辺はさすが所長だよ。人があまり目をつけていない分野に乗り出すのは、リスクも大きいけど収穫も膨大だ」

「儲かってるんですね」

「俺の年俸、七百万ぐらいだよ」

鶴巻が軽い調子で言ったので、波田は絶句した。毎月六十万円……ボーナスもあるだろうから、単純にそういう計算にはならないだろうが、それだけ稼ぐのにどれだけ働かなくてはいけないのか、想像もできない。

「もちろん、所長の稼ぎもあるけどね。本を書いたり、テレビに出たり……テレビってのは、驚くほど金をくれるからね。どこにそんな金があるのかって、驚くよ」

「鶴巻さんは、どういう関係で、ここで働いているんですか？」

「元々、商社に就職したんだ。でもこれが、仕事がきついだけでさ……ある時、会社の命令で仕方なくあるセミナーに参加したんだけど、その時の講師が北川さんだったんだ。一発でノックアウトされたね。あの人の知識の広さ……政治から経済、国際関係まで、何でもこいだ。この会社を立ち上げたばかりだっていうんで、商社に辞表を出すより前にそこに押しかけて、今に至る、ってわけだ」

「そんなに簡単に、受け入れてくれたんですか？」

「ほら……仕事がきついのは分かっただろう？」

波田は無言でうなずく。それを見て鶴巻が続けた。

「社員がなかなか定着しないんだよ。今でもそうなんだけど……だから、来る者拒まずで、誰でも受け入れてるんだ。今でもそれは変わらないよ……おっと、肉が来た。食べちまおうぜ」

「はい」

目の前に置かれた皿に、波田は言葉を失った。皿からはみ出そうなサイズの分厚いステーキが、美味そうな匂いを放ちながら湯気を上げている。見た目と匂いだけでも、おかずになりそうだった。つけ合わせはアルミホイルにくるまれたジャガイモと、大量のコーン。ライスとサラダもついてきた。

ステーキにナイフを入れると、中は絶妙に赤みが残った焼き加減だった。口一杯に頬張ると、最初塩の強い味がきて、次にニンニクの香りが口一杯に広がる。その後で、甘い肉の味が、口中を満たした。びっくりする。こんなに美味い肉は食べたことがなかった。ライスの炊き加減も完璧、オーブンで焼いたらしいつけ合わせのジャガイモは、外側は香ばしく、中はほくほくしていた。バターが絡むと、こくが加わる。サラダのドレッシングは酸味が強かったが、これまで食べたどんなサラダよりも美味く感じられる。何だか、自分がワンランク上の人間になれたようだ。

「美味いです」

「ここな、所長の行きつけなんだ。俺たちもよく連れてきてもらうんだよ」

波田は、壁にかかったメニューをちらりと見た。サーロイン一ポンド、三千五百円。目が回りそうだった。一食にこんなに金をかけたのは——今日は自分で払うわけではないが——前回のデートの時ぐらいではないだろうか。

波田は言葉をなくしていた。黙々と肉を切り取り、冷めないうちにと次々に口に押しこむ。合間にライスを食べ、ジャガイモを突き崩し……としているうちに、あっという間に皿は空になってしまった。グラスの底にわずかに残ったビールを流しこみ、完全に満足する。

「腹一杯か？」

鶴巻は、まだ三分の二ほどしか食べていなかった。慌てて食べないのが食べ慣れている証拠だろう、と波田は急に恥ずかしくなった。

「はい。こんなに食べたの、久しぶりです」

「デザートもあるぞ。アップルパイが美味いんだ」

甘い物か……基本的に、あまり食べない方だが、どうせ奢りなのだと思うと、食べないのが勿体《もったい》なく思えてきた。

そういえば、今までアップルパイなど食べたことがあったかどうか。運ばれてきたパイは、またも波田を仰天させた。大きな三角形に切り取られたパイは温かく、脇に添えられたたっぷりのアイスクリームが溶けかけている。温かいパイと冷たいアイスの組み合わせは、口の中で喧嘩《けんか》せずに、すっと溶けてなくなった。世の中にはこんな食べ物もあるのかと、夢中で食べてしまった。ステーキを食べ終えた時には、もう何も胃に入らないと思っていたのだが。

食後のコーヒーも、濃く美味い。普段飲んでいるインスタントのコーヒーとは段違いだ。これだけ贅沢して、明日から牛丼や立ち食い蕎麦《そば》の生活に戻れるだろうか、と不安になってくる。

「……で、やれそうかい？」鶴巻がコーヒーカップ越しに視線を投げてきた。

「何とか」

「ばてるだろう」

「でも、コツは摑めたと思います」

「一日だけやって辞めちゃうバイトが多いんだけどね」

「大丈夫だと思います」

「だったら、よろしく頼むよ。うちの会社は常に人手不足でね……他にも、大きい仕事が入ってるんだ」

「調査ですか？」

「そう。またアンケートなんだけど、今度は千人単位なんだよ。しかもターゲットはお年寄り——六十歳以上の高齢者だ。当然、駅で待ち構えてるだけじゃなくて、家まで訪問することになる」

「それ、どんなアンケートなんですか」

鶴巻がぐっと身を乗り出す。まだ極秘の仕事なのだろうと、波田は神経を集中させた。

「介護、分かるか？」

「ああ、お年寄りの世話をしたり――」

「日本は、これから本格的な高齢社会に入る」鶴巻が、波田の言葉を遮った。「こういう言い方をするとまずいかもしれないけど、高齢者ビジネスが本格的に始まるんだよ。直接家に行って面倒を見たり、どこかに行く時に付き添いしたり。だけど、実際にそういう手伝いが必要な人がどれぐらいいるかは分からない。役所で統計データは手に入るけど、そういうのは表面だけのものだから。実態を知りたいんだ」

「そういう仕事を始めようとしている人がいるんですね？」

「ああ、ベンチャービジネスってやつだ。うちも協力するかもしれない。人を出すんじゃなくて、資金面でだけどね。小さいけど野心がある企業に投資して、後から回収するようなビジネスも、これから花盛りになるよ。うちはその先頭を行きたいんだ。会社を育てる会社――面白そうだと思わないか？」

「そうですね」

相槌《あいづち》は打ったが、実際にはピンときていたわけではなかった。法学部にいる波田の専攻は民法であり、ビジネス関係のことはまったく分からない。あまりアンテナを立ててもいなかった。しかもまだ、自分が将来どんな道に進むかも決めていない。世の中のことを何も知らない若造なのだ。

「とにかく、そういうビジネスの第一歩になるだろうな。できれば、その仕事も手伝って欲しいんだけど、できないかな」

「いいんですか?」

「君は、調査員の素質があるみたいだから」鶴巻が、髪をかき上げた。「辞めないで続けてくれたら、会社としても助かる。もちろん、俺は単なる下っ端だから、一存では何も決められないけどね。取り敢えず、明日までの仕事は頼めるね」

「大丈夫です」

「その後、三日ほどアンケートの仕事があるんだけど、それも大丈夫かな。化粧品会社からの依頼なんだけど、金曜日までに二百人なんだ」

「できると思います」

「頼もしいね」鶴巻がにやりと笑った。「今まで泣き言を言って辞めていったバイトに、聞かせてやりたいよ。だけど、どうしてそんなに頑張れる?」

「金がないんです」嘘《うそ》をついても仕方がない。正直に打ち明けた。

「それも立派な動機だな」腕組みをして、鶴巻がうなずく。「苦学生ってわけかい?」

「まあ……そんな感じですね」授業料と家賃こそ親が出してくれているが、生活費は、月三万五千円の奨学金とバイト代だけが頼りだ。この夏休みの間にどれだけ稼げるかで、秋以降の生活レベルが決まってくる。ただし、こんなバイト生活は、来年までしか続けられないだろう。四年生になったら、就職活動で時間を取られる。

「金で苦労するのも、悪くないと思うけど」

「でも、やりたいことができませんでした。今年、短期留学しないかっていう話があったんです。交換留学生で……でも、お金がなくて、どうしようもなかったです」本当は行きたかった。行って何が学べたかは分からないが、とにかく海外の空気に触れてみたかったのだ。同級生の中には、普通に海外旅行に出かけて行く人間もいるのだが。

「留学だったら、大した額はかからないんじゃないか？」

「いや、自分には絶対に出せない額でした。親にも無理させられないですし」

実は、同じ学部の友人が何人か、ちょうど今渡米している。彼らの土産話を聞くのは、何となく寂しい予感もした。

もしもこのまま、北川社会情報研究所に就職できたら？　すぐに年俸七百万円というわけにはいかないが、かなり稼げるだろう。それに仕事も面白そうだ。基本的に、大学での専攻もあまり関係ないようだし……今まで、司法試験でも受けてみようかとぼんやり思ったこともあるが、実はそれも、金の問題で頓挫した。波田の大学には、歴史ある

「司法試験研究会」があるのだが、中で勉強するためのテキスト代が、数万円単位でかかるので諦めたのだ。波田は、その件も鶴巻に話してしまった。

「ああ、学術書は高いからね。そういうの、先輩から譲ってもらえないの？」

「基本、自分で買わないといけないんです」

「そうか……ま、ちょっと考えてみてくれよ」鶴巻が伝票に手を伸ばした。何だかんだで、二人で一万円ぐらいになるのではないだろうか。アルコールを頼むと料金が天井知らずになることは、少ないデートの経験で確認済みだ。

「はい……」

「この飯は、会社につけておくから」鶴巻が声を出して笑った。

食事も経費で落とせるのか？　だとしたら、何といい会社だろう。波田は、自分の気持ちがぐらりと揺らぐのを感じていた。


無理かもしれないと少し不安ではあったが、二日目の午後六時、波田は百二十人目からの聞き取り調査を終了した。朝から立ちっ放しで、昨日よりも疲れているのを意識したが、それでも気持ちは高揚している。一人で百二十人……大したものではないか。

事務所へ戻ると、鶴巻はいなかったが、今日は岩下が歓迎してくれた。荷物がまた増えて、引っ越しが着々と進んでいるのが分かる。

「コンピュータは、普通に使えたみたいだな」

「文字を入力するだけですけど」

「結構、結構」岩下が笑った。「俺みたいな年寄りは、まずそれが駄目なんだ。若い人は覚えが早いな」

「そんなこともないですよ」

「それはいいが、便利屋になっちゃ駄目だぞ」岩下が小声で囁《ささや》く。

「便利屋？」

「タイピスト代わりに使われちまうってことだよ。この事務所の人間も、全員がコンピュータを使いこなせるわけじゃないから。あれを入力して、これをやってなんていうお願いを聞いていると、きりがないぞ」

「分かりました」

この男は既に、自分がずっとここで働くという前提で話しているようだ。ちょっと先走り過ぎではないかと思ったが、今はそんなことを考える時間ではない。とにかく、データの入力を済ませてしまわないと。昨日の数倍はあるのだ。

しかし、二日目ともなると、入力作業はずっとスムーズにいった。気づくと、指先がリズミカルな音を立てている。視線を画面とキーボードに行ったり来たりさせながら打ち続けたが、スピードは昨日よりもはるかに上がっていた。二時間作業を続け、肩凝りを感じ始めた頃に終了。大きく伸びをして「できました」と告げると、岩下が驚いたように「早いな」と言った。

「ちょっと慣れたみたいです」波田は椅子を回して岩下と向き合った。「でも、チェックするんですよね」

「ああ。プリントアウトして、原本とつき合わせよう。それで今日の仕事は終わりだ」

プリントアウト……印刷のことか。さすがにその操作は分からないので、岩下に助けを請うと、彼は素早くキーボードを弄った。「それが駄目なんだ」と言っていた割には、動きは素早い。程なく、金属を引っかくような耳障りな音がして、コンピュータの近くのデスクに置いてあるプリンタに、紙が呑みこまれていく。

なるほど、こんな風になるのか。立ち上がり、プリンタの側《そば》に行った瞬間、紙が吐き出された。まるで印刷されたような綺麗な罫線《けいせん》と文字。こんな物が、簡単に打ち出せるのか。大学で使ったコンピュータは、画面と睨《にら》めっこして文字列を打ちこむだけだったので、印刷結果までは見たことがなかった。これでは、印刷屋なんか仕事がなくなってしまうのではないだろうか。

「さて、やろうか」

当然、岩下はこんなことでは感動しない。さっさと紙を摑むと、昨日顔合わせの時に使ったソファに腰を下ろした。波田も慌てて、彼の正面に座る。

「俺が君の書いたアンケート用紙を読み上げるから、君の方で、打ち出した紙を見てチェックしてくれ。すぐに終わるよ」と言って、赤いボールペンを差し出す。受け取って、紙をテーブルの上に置き、神経を集中させる。つい先ほどまで、画面を見続けていたので、目がしばしばする。

岩下が、歯切れのいい声で項目を読み上げ始めた。名前、住所、アンケート項目……アンケート項目は数字の部分も多いので、ともすれば聞き違いしそうになる。何度か「もう一度お願いします」と頼み、さらに入力のミスを見つけた。その都度ボールペンでチェックマークをつけていく。百二十人分で、間違いが五か所……赤くなっているのを見て、情けない気分になった。

「すみません、ミスが五か所ありました」

「それは少ない。君は優秀だな」

「そうですか？」

「そうだよ。初めての人は、もっと打ち間違えるもんだ。じゃ、間違っていた所を直して」

言われるまま、また端末に向かう。岩下が肩越しに覗《のぞ》きこみ、同時にチェックした。作業、五分で終了。

「よし、お疲れ様」終始渋い表情を浮かべていた岩下が、にっと笑う。一仕事終え、緊張が解けた様子だった。「じゃあ、今回の件はこれで終わりだから」

「お疲れ様でした」波田は立ち上がり、大きく伸びをした。肩がばきばきと音を立てる。結構肩が凝るものだ。

岩下が、自分のデスクの引き出しを開け、封筒を取り出した。さりげなく突き出された封筒に「二万円」と書いてあるのを見て、波田は胸の中に温かい物が流れ出すのを感じた。これでディズニーランドに行けるかも……いや、九月以降の生活費として残しておくべきか。

「受け取りに、判子をもらえるかな」

言われるまま、岩下が差し出した紙に判子を捺《お》す。今夜は少し、いい物でも食べようか。しかし、昨日食べたステーキ以上に贅沢な物を思いつかない。つくづく貧乏性になっているな、と情けなくなった。

「あ、それと明日なんだけど」

「はい」

「鶴巻から話、聞いてる?」

「化粧品会社のアンケートですよね」

「そう。引き受けてもらえるね?」依頼ではなく確認だった。

「やらせてもらいます」断る理由はない。

「じゃあ、明日の朝九時に、ここへ来てもらえるかな。その時にアンケート用紙を渡すから」

「はい……あの、今日持って帰っていいでしょうか。そうすれば、明日の朝一番から始められますから」

「お、やる気があるね」岩下が笑みを浮かべた。「持ち帰りも……君なら大丈夫か。細かいやり方について書いた指示書もあるから、なくさないように気をつけて。機密書類だからね。これが表に漏れたら、君の首が飛ぶぐらいじゃ済まないぞ」

「分かりました」

緊張しながら答えたが、同時にほっとしてもいた。これで明日は、時間を無駄にせずに済む。どうせきつい仕事なんだから、朝から始めて早く終わった方がいい。

「一応、終わったらこっちに顔を出してくれよ」

「了解です」

「じゃあ、これを持っていって」

岩下が、分厚い封筒を手渡した。二百人分のアンケート用紙となると、結構重い。その重さがそのまま、データの重要性を示しているようだった。

水曜日からの三日間は、ひどい目に遭った。連日、最高気温は軽く三十度を超え、金曜日になると、疲労の溜まった体に最後のダメージが加わった。少し体調がおかしくなっていると思いながら、夕方、事務所に上がる。コンピュータに向かうのが辛《つら》かったが、何とか今日中に作業を終えてしまいたいと思い、眠気や疲れと戦いながら、必死で打ちこみを続ける。これであと三万円だ、と思うと、自然に気合いが入った。

午後八時、照合も終了。

「いや、立派なもんだよ」鶴巻が褒めてくれた。「本当に、バイトにしておくには惜しい人材だね」

「ありがとうございます」褒められても、疲れのせいか笑顔が引《ひ》き攣《つ》ってしまう。それでもほっとして、次第に表情が緩んでくるのを感じた。

「飯奢るけど、行かないか？」

魅力的な誘惑だった。どうやら鶴巻は、高い給料に物を言わせて、あちこち食べ歩いているらしい。この前のステーキの味が口中に蘇《よみがえ》り、涎《よだれ》が湧き出てくるようだったが、断る。今週はずっと仕事にかかりきりで、自分の時間がほとんどなかった。洗濯もしなければならないし、銭湯で広い湯船にゆっくり浸かりたい。そのためには、そろそろここを辞去する必要があった。

「今日は、すみません……帰ります」

「そうか？　まあ、次の仕事もあるから、その時にまた飯を食おうか」

「はい。ありがとうございます」波田は素直に頭を下げた。そうすると、軽くくらくらしてくる。自分で想像しているよりも、疲れが溜まっているらしい。次の仕事は、千人単位。それだけの人に、自分一人で声をかけられるだろうかと思うと、ぞっとしてくる。一週間でやれと言われたら……無理だな。一日百人以上は、かなり厳しい。しかし、金はどうしても欲しかった。

「あの……前に、年俸七百万円と仰《おつしや》ってましたよね」

「ああ」他のスタッフがいるのに、まったく気にする様子もなく鶴巻が認めた。

「それ、どんな感じなんですか？」

「どんなって言われてもな」鶴巻が顎を撫でる。本気で困惑している様子だった。「ずっとこんな感じだから、よく分からない」

「そうですか」

思わずうつむき、溜息をついてしまう。顔を上げると、鶴巻の目が同情を湛《たた》えているのに気づいた。

「ま、金はあるに越したことはないよな」

「そうなんですよ」波田は思わず、声の調子を高めた。日々、実感していることである。

「金なんかどうでもいいとも思うけど、金があれば、少なくとも惨めにはならずに済むよ」

波田はうなずいた。女の子の前では見栄《みえ》を張りたいが、それ以外のところでは、できるだけ金を使わないようにしている。友だちに誘われるコンパも、なるべく断っていた。あいつら、いったいどこにそんな金があるのだろう……週に三回も呑みに行っている奴もいる。安い居酒屋がほとんどなのだが、それでも一週間に一万円札一枚は確実に飛んでいくだろう。自分と同じ地方出身者なのに、どうしてそんな風に暮らしていけるのか、さっぱり分からなかった。バイトも、たまに気が向いた時しかしていないようだし。親がよほど金持ちで、たっぷり仕送りをしてもらっているのだろうか。

「学生時代は、変に金なんか持ってない方がいいかもしれないけどね。その方が、働き出した時、金のありがたみが分かるよ」

「でも、毎日金の心配してるのは辛いです」

「じゃあ、少しは心配しないで済むようにしよう」鶴巻がバイト代を渡してくれた。三日分で三万円。ほとんど重さを感じない封筒だが、掌《てのひら》にずっしり食いこむようだった。

「ありがとうございます。それじゃ――」

別れの挨拶は、ドアが開く音に邪魔された。何故か波田は、一瞬で、声を上げてはいけないような気分に襲われた。鶴巻も、緊張して体を強張《こわば》らせている。

ドアの方を見ると、テレビで見知った顔が部屋に入ってくるところだった。北川。夜になってもクソ暑いのに、きちんと背広を着てネクタイを締めている。緩く後ろへ流した髪、鋭い目つき、大きな鷲鼻《わしばな》。一目で強烈な印象を与える顔つきだった。そして、意外に小柄である。百七十センチはない……百六十五センチぐらいだろう。テレビの画面で見る時は、だいたい座っているから、体の大きさが分からないのだ。

「所長だよ」鶴巻が耳元で囁く。「挨拶していきな」

北川の許《もと》へ向かおうとしたが、体が動かない。何だろう……この男は、妙な迫力を放っている。相手を寄せつけないというか、何かあったら攻撃すると、無言で圧力をかけてくるようだった。その源泉が目であることに、すぐに気づく。鋭い上に大きいので、こちらの心の中まで見透かされているのでは、という気になってしまうのだ。

波田の足が止まっているのに気づいた鶴巻が、自ら北川に歩み寄って耳打ちした。

「ああ、君が優秀なバイト君か」北川が急に相好を崩す。途端に、愛想のいい表情が顔を支配した。「仕事は終わったのか？」

「はい」

「ちょっと座りなさいよ」

ソファを勧められたので、緊張感を保ったまま腰を下ろす。非常に浅く、尻の端を引っかけるような格好で、背筋を伸ばした。

「鶴巻君、お茶ぐらい出しなさいよ。コーヒーメーカー、今日こっちへ持ってきたはずだろう」

「あ、はい」

突っ立っていた鶴巻が、慌てて部屋の片隅に飛んでいく。確かに、毎日訪れる度に、ここでは荷物が増えていた。最初はがらがらだったのが、今ではスペースはかなり狭くなっている。引っ越しが完全に終わり、全員がここで働くことになったら、かなり手狭な感じではないだろうか。

「今回、頑張ってくれたそうだね」

北川が煙草をくわえる。ラークだった。自分の周囲では、外国産煙草を吸っている人間などいないので、かすかに驚く。火を点けると、国産の煙草にはない香ばしい香りが鼻先に漂ってきた。北川が煙草のパッケージを押しやり、「吸うかい？」と訊ねる。自分は吸わないので、と断ったが、もう吸っているも同じだった。ここへ来ると、必ず誰かが煙草をくわえている。それほど広い部屋でもないので、いつも人が吐き出した煙を自然に吸いこむ感じになっているのだ。これだったら、自分でも吸った方がましかもしれない。今まで吸わなかったのは——吸ったことがあるわけではない——煙草を買う金がもったいなかったからだ。

「仕事は大変だったかな？」

「肉体労働ですから」

「それはそうだ」北川が軽い笑い声を上げた。「どんな仕事でも、最初はそこから始まるんだよ。それを言えば、世の中の仕組みが皆そうだ。体を使って金を稼ぐ……基本中の基本だよ」

「はい」

「コンピュータも、ちゃんと使えたようだな。どこで覚えたんだね」

「大学で少し教わりました。タイプライターを使っていたので、キーボードの配列も分かっていましたし」

「ああ、それは頼もしい」

北川がうなずく。心底感心してくれているようだ、と波田は思った。

「バイト代は貰ったか？」

「いただきました」

「ぱっと使っちまいなよ。あぶく銭だからね」

「いや……大事に使います」そこは譲れないところだ。何しろこっちには、生活がかかっている。

「そうか。真面目なんだな」

「金がないだけです」

北川がまた、声を上げて笑った。何となく人を安心させる笑い方だ、と波田は思った。強面《こわもて》というか、迫力がある外見からは想像できない笑い方で、そのギャップが一つの魅力になっている。テレビで見ている限り、極めて真面目に、かつ簡潔に解説をするのだが、実際に会うと少しイメージが違う。堅物の評論家、という感じではない。実際こうやって、ビジネスも展開しているのだし。

「そうか、貧乏学生か」

「はい」

「時間に余裕はあるか？」

「まあまあ、ですかね」

「二年生だったな」

「そうです」

「このままバイトは続けられるか？　今は夏休みだろうが、その後も」

「継続的に使ってもらえる、ということですか」

「そう」北川が、忙《せわ》しなく煙草を灰皿に打ちつけた。今は普通に喋っているが、せっかちな内心が透けて見える。「正直言って、うちもバイトの確保では四苦八苦しているんだ。やってもらって分かったと思うけど、かなりきつい仕事なんだよな」

「はい」

「だからどうしても、何回もやってくれる人がいない。毎回募集をかけるのも、金がかかるしな。バイトというか、契約で社員というか……学生だから、正社員になってもらうわけにはいかないが、どうかな。都合のいい時間に働いてもらうという感じで。知っているかもしれないが、うちは二十四時間、必ず誰かがここにいる。海外とのやり取りも多いからな」

「はい」どんどん話が進んで行き、あっという間に置いていかれそうになる。これではまるで、就職の面談ではないか。バイトの面接、という感じではない。

「社員ではないにしても、できるだけ長い時間、ここで働いてもらうことはできないかな。時間の都合は、君次第でどうでもいい。何時から何時まで、という決まりもなしで、夜中に来てもらってもいい」

「夜中には、アンケートはできないと思いますが」

「それはあくまで、ついでだ」北川が首を振り、煙草を灰皿に押しつける。「君は調査員としても優秀なようだが、それは単なる現場仕事だからな。バイトで何とかなる話だ。むしろコンピュータの操作や、企画の方で力を発揮して欲しい」

「はい、あの……そんなに期待されても……」

北川が爆笑した。からかわれているのではないかと一瞬むっとしたが、北川がすぐに真顔に戻ったので、こちらも表情を引き締める。

「期待してなければ、こんなことは言わない。君には可能性を感じているから、誘ってるんだぞ。うちの事務所も……まあ、若い人間もいるが、俺を筆頭に、年寄りも多い」

ふと、コーヒーの香りが漂う。鶴巻が、危なっかしい動きでコーヒーを運んできたところだった。北川がすかさず、鶴巻をからかう。

「なあ、俺たちみたいな年寄りと仕事してると、お前の感覚も年寄り臭くなってくるだろう」

「所長は若いと思いますよ――同年代の人に比べて、ずっと」

「おべっかばかり上手くなりやがって」苦笑しながら、北川が盆の上から直接コーヒーカップを取り上げる。かなり熱いはずなのに、まったく熱がる素振りを見せなかった。

「所長とつき合ってたら、そうなりますよ」

「馬鹿言うな」北川が、音を立ててコーヒーを啜る。「俺におべっかを使っても何にもならない。そういうことは、ビジネスパートナーに向かってやるんだな」

「それは、十分やってます」

「それなら結構だ……さあ、コーヒーでも飲んで」

「いただきます」

美味いコーヒーだった。先日、ステーキの後で飲んだコーヒーにも劣らない。ここで働くと、毎日こんな美味いコーヒーを飲めるようになるのだろうか。だいたい、喫茶店のコーヒーっていうのも、これほど美味くないんだよな……。

「正直に答えてくれるか？」

「はい」慌ててカップをテーブルに置き、背筋を伸ばす。

「苦しいか？」

「お金のことですか？」

「そう。だいぶ苦労しているみたいだが」

「生活は……楽じゃないですね」少し耳が赤くなるのを感じながら、波田は認めた。年が近い鶴巻に話すのとは、勝手が違う。

「そうか。苦労するのは悪いことじゃないけど、金はないよりあった方がいいな」

もしかしたらこのフレーズは、事務所のモットーなのだろうか、と波田は皮肉に考えた。何だか当たり前過ぎて、北川の「切れ者」のイメージとは合わないが。

「大学の講義には支障がない程度で、協力してくれるだけでいいんだ。本当に、都合のいい時間帯で、な。コンピュータを使える人間はいつでも歓迎だし、君の若い感性にも期待したい。色々な調査をやっているけど、その中には若者——十代、二十代をターゲットにしたものも多いからね。調査を仕掛ける方にも、若い人がいた方がいいんだ」

「はあ」理屈では分かる。事務所が忙しそうなのも、肌で感じていた。しかし、素直にはうなずけない。あまりにも話が急過ぎる。自分に、北川が期待しているほどの能力があるとも思えなかった。そもそも自分が何者なのかも分かっていない。

「自分を信じてみるのもいいんじゃないかな。就職するのと同じだよ。もちろん、社員と同じような縛り方はしないが……就職する時は、誰でも初めての仕事に取り組むことになる。最初はできなくても、段々覚えていくもんだ。五年も経てば、大概の仕事はこなせるようになる。もちろん、君がうちでやっている仕事を気に入って、長く続けてもらえるかどうかは分からない。やってみて、合わないと感じるかもしれないしな。その時は辞めて、就職の時には自分に合った仕事を探せばいい。ただ、うちの仕事でやりがいがない、と感じる人間がいるとは思えない」

「そう……ですね」まだ仕事のほんの一部に触れただけではあるが。

「データが全てなんだ」北川がコーヒーカップをテーブルに置き、ぐっと身を乗り出す。「そうすると小柄なことも忘れさせ、テレビで見る時のような迫力が生じるのだった。「これからの世の中は、データを持っている人間が強い。世間のあらゆる出来事は、実は統計学的に分析できるんだ。何が流行《はや》っているか、どうして流行っているか……それが読めれば、次の流行を作り出せる。それは、俺の研究と密接にかかわってくるんだけどね。世の中を作る仕事、してみたくないか？」

心が揺らぐ。魅力的な誘いなのは間違いなかった。何か物を作ってそれを売る、そして金にするのは分かる。それを「仲介」する仕事もあるだろう。人の金を預かって増やすのも立派な仕事だ。しかし、流行を作るというのは……そんなことが自分にできるかどうかは分からなかったが、できるならば凄《すご》いことだと思う。次の車のトレンドは、洋服の流行は、どんなレストランを作ったら流行るか——そういう情報を提供していく仕事は、いつまで経っても飽きが来ないだろう。流行は常に、新しく作り出されなければならないからだ。

「どうかな、当面『助手』、『契約社員』という扱いで。給料については、また別に相談させてもらう」

「助手ですか」肩書きに何か意味があるとは思えなかったが、惹《ひ》かれないこともない。

「鶴巻から聞いたけど、短期留学、諦めたんだって？」

「ええ……」波田は唇を嚙《か》んだ。

「来年はどうなんだ？　二年生の時だけか？」

「三年でも行けると思います」

「じゃあ、ここで稼いで、来年は行けばいいじゃないか。金がないのが理由で、やりたいことがやれないのは馬鹿らしいぞ。何なら、まとめて金を援助してもいい。例えば、授業料はあと二年分必要なんだろう？」

「ええ」

「それを融資してもいい。で、毎月払う給料から少しずつ返してもらう」

そんなことができるのか。波田は頭の中で素早く計算した。あと二年で必要な授業料は九十万円。毎月貰う金の中から一万円ずつ返していくだけで、九十か月——七年以上もかかる。仮に、この研究所に就職しなかったら、他のところで働きながら返済していくことになるわけだ。そして他の会社では、年俸七百万円などとても望めまい。そして、一気にそれだけの金を貰えれば、もう親に頼らなくて済む。それを考えただけで心が揺らいだ。

「心配するな。仮に君が途中で辞めても、それぐらいの金をどぶに捨てる余裕はある」こちらの心を読んだように、北川が言った。「優秀な人材を採るための先行投資だと考えればいいんだ。そして投資は、必ずしも成功するとは限らない。俺も、それぐらいのリスクを負う覚悟はあるよ」

分かりました、とは言えなかった。そんなに簡単に金を使っていいのか？　自分のような大学生を雇って問題ないのか？　またもこちらの考えを読み取ったように、北川がまくしたてる。

「簡単にイエス、とは言えないわな」コーヒーを一口飲み、新しい煙草に火を点ける。流れるような動きは、一々様になっていた。「働くことは大変だ。でも、どうせ数年後には働いてるんだよ？　だったら、少し早く世の中の仕組みを知っておく方がいいんじゃないかな。うちで働かなくても、他で仕事をする時にも役にたつ」

「それじゃ、北川さんが一方的に損するだけみたいじゃないですか」

「こういうのは、損とは言わないんだ。俺はこれから、人や企業に投資していく。これは、その第一歩だからね。成功すれば嬉しいけど、執着はしない」

それは完全に、北川に不利ではないか、と思った。もしも俺が、金だけ受け取って、そのまま姿を消してしまったらどうするつもりだろう。

「ま、考えてくれ」北川がぽん、と膝を叩いた。「うちとしては、いつでも君を受け入れる準備があるということだけ、頭に入れておいてくれればいいから」

「——分かりました」了承しても、別に言質《げんち》を取られたことにはならないだろう。少し考える時間が欲しかった。

「期待してるよ」急に真面目な顔つきになって、北川が立ち上がった。

話はこれで終わりなのだと気づき、波田も立ち上がる。やけに緊張して、作業を終えた時よりも肩が凝っていた。そのまま外へ出ると、鶴巻がついてくる。

「今の件、真面目に考えた方がいいよ」ドアを閉めるなり、鶴巻が言った。

「何か話が急過ぎて……考えられません」波田は正直に打ち明けた。

「分かる。でも、うちの研究所は、ご覧の通りで、そんなに大きいわけじゃない。将来はずっと大きくなるだろうけど、今のところは、毎年正式採用をして所員を増やしていくような感じじゃないんだ。実際、今働いている人も、俺みたいに自分からドアをノックしたり、所長が自分でスカウトしてきた人ばかりなんだよ。何しろ、きちんと採用試験をやろうとすると、大変だからね。こんな小さな研究所には、人事部もないんだし」

自分のジョークに、鶴巻が笑い声を上げた。「学生の身分で見こまれたんだから、大したもんだよ。賭けてみるのもいいんじゃないか?」

週末は、結局二日間とも寝て過ごした。疲れているというより、やはり風邪を引いたようだった。土曜日は一日布団の中にいたのだが、夕方になると汗をかき始め、全身が濡れて気持ちが悪くなった。しかし、銭湯へ行く体力すらない。結局、ぬるぬるした体のまま、気持ちの悪い一夜を過ごしただけだった。せめて風呂のあるアパートに住めれば……金はないよりあった方がいい。その通りだよな、と考えながら、日曜日をぼんやりと過ごした。

月曜日には何とか回復して、銀行へ行った。残高を確かめて、バイト代五万円のうち二万円は貯金しておくつもりだったのだ。手放すのが惜しい一万円札だが、それでもまだ財布の中に三万円もあると思うと、風邪の辛さも吹っ飛ぶようだった。

窓口で預金を終え、通帳の残高を確認する。途端に目を剝《む》いた。残高、百七万円。百七万円? 何かの間違いではないか。銀行の方で、記入のミスをしたとか……この前確認した時には、残高は五万円ほどしかなかったはずだ。この口座には奨学金と雀《すずめ》の涙ほどの仕送りが振りこまれ、家賃や光熱費が引かれていくので、貯金はほとんどできない。ただ金を動かすためだけの口座だった。しかし、金がなくなると引き落としができなくなるので、よく確認していたのだが……何なんだ、この百万円は。

通帳を確認すると、すぐに事情が分かった。振りこんだのは「北川社会情報研究所」。額は百万円。残り二年分の授業料プラスアルファだ。北川は「授業料を援助する」と言っていたが、突然金が入っているのは気味悪くもある。今後のバイト代の振りこみのためにと、口座番号は教えたのだが……。

あり得ない。返すべきだ。だけど、どうやって？　ここから、振りこんできた人の口座に戻すなどということができるのだろうか。

いや、待て。まずは確認だ。波田は、先ほど預け入れをした窓口に戻って、慌てて確かめた。

「あの、すみません、この振りこみなんですけど、間違いないんですか？」

自分とさほど年が変わらないように見える窓口の女性行員が、不審そうな視線を向けてきた。

「間違いとは、どういうことでしょうか」

「覚えがないんですけど」覚えはある。だが、混乱していて、きちんと説明できなかった。行員に説明しても仕方がないことだが。「調べてもらえませんか」

「……少々お待ち下さい」むっとした表情のまま、女性行員が奥へ引っこんだ。男性の行員と一言二言言葉を交わし、その間にもちらちらとこちらを見ている。

波田は、待ち合いスペースのソファにも座らず、その場で立ったまま待ち続けた。何か調べ始めたようだが、何をしているかは分からない。簡単なことのはずだが……腕時計に視線を落とす。秒針が目盛りを一つ刻むごとに苛々してきた。しまいには、カウンターに身を乗り出して、事務室の中を覗きこみ始めた。大声を上げたい気分になってくる。

ようやく女子行員が戻って来た。平然とした表情で、「問題ありません」と告げる。

「だけど、百――」言いかけて、思わず口ごもる。急に周りの目が気になり出した。百万円は、どう考えても大金だ。何か怪しい金だと思われても困る。「身に覚えがないんですけど」

「手続きには問題ありません。電信振りこみで、今日処理されました」

「だけど……」

「先様をご存じないんですか？」

「いや、それは……知ってます」

「でしたら、先様にお問い合わせなさるのがいいかと思いますが」

「……分かりました」

銀行では金が流れているだけなのだ。これ以上言っても仕方ない、と気づき、波田は一礼してその場を去った。

銀行を出ると、急に不安になってくる。「百万円」は通帳に記載されているだけなのだが、まるで現金を持っているような気分になった。通帳を入れたバッグを、思わず体の前で抱き抱える。とにかく家に帰らないと。通帳をちゃんとしまわないと安心できない。

だが、歩き出した途端に気になり始めた。この金が何なのか、早くはっきりさせなければ。北川社会情報研究所に電話する必要があったが、家には電話を引いていない。一度家に戻って、また外に出て、というのがひどく面倒になった。一刻も早く事情を知らないと、気持ちが落ち着かない。

コンビニエンスストアの前で公衆電話を見つけ、バッグをしっかり抱えたまま財布を取り出した。鶴巻に貰った名刺を見つけ、電話番号を確認する。テレホンカードを取り出し、電話機に突っこんだ。度数は十分残っている……去年出たばかりのテレホンカードは便利だった。自宅に電話を引いていない波田は、誰かと連絡を取るのに、一々公衆電話を使わなければならないが、十円玉がたっぷりあるか、気にしなくて済むのは大きい。近い場所に電話する時に百円玉しかなく、会話が一分で終わってしまった時の空《むな》しさといったらなかった。十円分も話していないのに、お釣りが出てこないのだから。

電話に出たのは、鶴巻本人だった。例によって、やけに元気で明るい声。

「ああ、どうした？　例のバイトの件、引き受けてくれるか？」

「それより、一つお伺いしたいんですが」妙に疑り深くならないように、と気をつけた。北川社会情報研究所はいいバイト先なのだ。できればこれからもつながっていたい、という気持ちはある。

「何だい？」

「今日、銀行に金が振りこまれていたんです」

「ああ、それか。俺がやったんだよ」

「あの、北川さんからお誘いは受けていますけど、まだ引き受けたわけでは——」

「気にするなって」笑いながら鶴巻が言った。「会って分かったと思うけど、所長はせっかちでね。これと思ったことは、すぐ手をつけるんだ。君のことも、どうしても欲しい人材だと思ったから、金を振りこんだんだよ」

「でも、引き受けていないのにお金を貰うわけにはいきません」

「じゃあ、引き受けちゃえば？　仕事、面白かったんじゃないの？」

「ええ、まあ、それは……」認めざるを得ない。北川が言ったように、分析や企画の仕事が中心になれば、もっと面白くなるだろう。

「取り敢えず働き始めてみればいいじゃない」鶴巻の口調はあくまで軽やかだった。

「夏休みの間は、ずっと働けるだろう？」

「夏休みですか……」そういえば正月も帰省しなかった、と思い出す。新幹線代が捻出できなかったのだ。親からは時々手紙がくるが、何となく気まずく、返事も出していない。ひどい親不孝だよな、と思ったが、金を稼げばいつでも帰省できるだろう。それこそ、土産でも持って。

「まず、肩慣らしをしてみればいいよ。合うと思えば続ければいいし、駄目ならその時また考えればいいんじゃないか」

「辞められないんじゃないですか？　こんなお金を受け取ってしまっているし」

「たかが百万円だろう？　気にするなよ。うちの所長にすれば、はした金みたいなものだから」

波田は、うなじの毛が逆立つような感じがした。百万円がはした金……あり得ない感覚だった。一万円稼ぐだけで、自分がどれほど大変な思いをしているか。

「なあ、金の問題なんか、気にする必要はないんだよ。大事なのは、どんな仕事をするか、じゃないかな。社会の役にたつ仕事、社会を変える仕事をしてみたいと思わないか？　これからは、情報を握っている人間が一番強いんだ。俺たちは、時代の最前線で仕事をしてるんだぜ。俺も、君みたいな若い人が来てくれると嬉しいな。俺がやっているような雑用も引き受けてくれるんだろう？」鶴巻が豪快に笑った。

「仕事は、確かに魅力的ですけど……」

「だったら迷うなよ。飛ぶ時は、思い切って飛ばないと駄目だぜ。なあ、やる気になったらまた電話してくれよ。次の千人分の調査の下準備をしなくちゃいけないから、仕事はいくらでもあるんだ。何だったら、今日から出てきてもらってもいいぐらいだぜ」

電話を切って、波田は受話器を見詰めた。話が美味過ぎる……まずいことはないと思うが、自分の判断は正しいのだろうか。このまま実家に電話してみようか、と思った。両親なら、いいアドバイスをくれるかもしれないし……いや、この仕事の内容を説明するのが面倒だ。両親が理解できるとは思えない。

波田はまたふらふらと歩き出した。意識は常に、バッグの中の通帳にあったが、これからどうするかという考えが頭に忍びこみ、金のことを忘れそうになる。

今日も暑い。曇っているから頭に直射日光が当たるわけではなかったが、頭の中が沸騰しているような気分だった。

ふらふらしているだけの毎日。金に追われ、終始惨めな思いをしている自分。これでいいわけがない。金はあればあった方がいい。そしてその金を稼ぐ仕事に意味があれば……言うことはないではないか。

# 第2章　飛　躍

北川社会情報研究所は、二十四時間三百六十五日営業が基本だが、ふっと人がいなくなる時間帯はある。例えば日曜日の午前零時。主にやり取りしているアメリカも土曜日とあって、海外との連絡もほぼ途絶えるのだ。一応、夜勤の人間がいる決まりになっているのだが、実際には居眠りしていることが多い。

そういう時に、波田は積極的に事務所に顔を出すようにした。コンピュータの勉強のためである。八月、大学は夏休み中で、何かと動きやすいせいもあった。夜中から明け方までコンピュータを使っても、誰の迷惑にもならない。文字の入力はすぐに覚えてしまい、今ではキーボードを見なくても打てるまでになった。

今夜は、本当に一人だった。夜勤の鶴巻は、「今夜はどこからも連絡は来ないから」と気楽に言って、日付が変わる頃に事務所を抜け出してしまった。アメリカから電話がかかってきたらどうしようかと気もそぞろだったが、その時はその時だ。英会話の勉強、と考えればいい。何だか楽天的——というか、いつの間にか度胸がついてきたのかもしれない。

開き直ってコンピュータに向かっているうちに、次第に集中してきた。自分で淹《い》れたコーヒーを時折啜るだけで、後はひたすら画面に集中する。

今課されているテーマは、来月に控えた大きな調査の下調べだった。大手製薬会社が始める新規のビジネス――薬ではなく化粧品――のために、市場調査を行うことになっている。規模は五千人、対象は十代から二十代の女性のみ。この調査のために、アルバイトを二十人ほど雇うことになっている。調査期間が十日間と短いために、大量に人を動員して一気に片づけなければならないのだ。五千人を二十人で割り振って、一人当たり二百五十人。それを十日間で済ませるとしたら、一日で二十五人に話を聞かなくてはならない。きつい仕事だし、慣れないうちはそれほど数もこなせないだろうから、早々と辞める人間がいるのも予想できた。予備の人間も含めて、アルバイトの教育は大事だ。

波田はそれも任されていた。いきなりの大仕事である。確かに自分は、こういう調査業務に向いている――好きだとは思う。オフコンの設置で、無言のまま床を這いずり回っているよりはよほどましだった。街頭での聞き取り調査では、最初の一時間こそ戸惑ったものの、その後はまったく苦にならなかった。人に話しかけて情報を引き出す――時に興に乗って余計な話までしてしまうのが面白い。渋谷駅前でアンケートに答えた藤井由貴子には「人のあしらいが上手い」と褒められたが、実際そうかもしれない、とうぬぼれはじめてもいる。

ただ、そのノウハウを人に伝えるのが難しい……話し方とか、質問の持っていき方とか――場合によっては質問の順番を変えることもある――は、アドリブのようなものなのだ。相手の顔色を見て、状況に応じて変化させていく。そういうやり方は、ひどく説明しにくい。

「どうしたものかな……」自分も街に出る。そういう前提だったが、まずそれを崩すべきではないか。自分は事務所で待機して、何か困ったことがあったら、すぐに相談できるようにしておくとか。しょっちゅう電話がかかってきて、大変なことになるかもしれない。

どこへ人を配するかも問題だ。駅で声をかけて……というのが定番だが、あれは効率が悪過ぎる。もっと上手くアンケートを取る方法はあるはずだ。しかし、十代から二十代の女性がたくさん集まる場所と言えば――大学があるじゃないか。そう、これが一番手っ取り早いのでは？　波田の大学は圧倒的に男子が多いのだが、アルバイトとして女子大の子を引っ張ってくればいい。友だちに話を聞く感覚でアンケートを取ってもらえれば、話が早い。早く終われば、分析に回せる時間も増えるわけで、これほど効率がいいやり方はないだろう。

しかし、待てよ。大学だけだと偏るか。そもそも大学生は、化粧品にはそれほどこだわらないというか、金をかけないはずだ。会社が想定している主な購入者も、ＯＬだろう。自分で金を稼ぎ、化粧品に自由に金をかけられる人たち。となると、アンケートを大学生で全部埋めてしまうのはまずい。

どこかの会社に潜りこめないかな、と波田は考えた。一人一人に声をかけるのではなく、例えば社内でアンケートを回してもらう。何も変な話ではなく、商品開発のためなのだ。どこの会社でもそういう事情は分かっているはずで、上手く頼めば引き受けてもらえるのではないだろうか。北川の名前を出せば、信用もされるはずだ。

——いや、それはあまりにも虫がよ過ぎるか。会社の業務時間を割いてもらうわけだから、それこそ少しは謝礼を払うとか、景品をつけるとかしないと。だが、今回の予算ではそこまでのことはできないだろう。

波田は耳にボールペンを挟んで、腕組みをした。あれこれ数字を書き散らしたメモ帳をちらりと見てから椅子に体重を預け、天井を見上げる。製薬会社は、このプロジェクトに関してどういう狙いを持っているのだろう。十代、二十代の若い女性向けの製品を作る……しかし、新しい化粧品の開発は、相当大変なのではないか。何となく感覚で分かるのだが、一度決めた化粧品を変えるには、相当の決断が必要なはずである。人の嗜《し》好《こう》は簡単には変わらないのだ。酒、煙草、女の子の好み。

少し広過ぎるのかな、とも思う。十代から二十代では、同じ女性でもだいぶ違うのだ。

大学に入ったばかりの子もいるし、ばりばりに働いている女性もいる。結婚して、子育てに追われている人もいるだろう。それを一緒くたにして、「十代から二十代」とするのは、かなり乱暴なやり方ではないだろうか。

いっそのこと、十代向け、とか。高校生で化粧はしないかもしれないが、卒業の前に、女子たちが学校で化粧講座を受けていたのを思い出す。進学と就職、半々の高校だったからかもしれない──社会へ出れば、化粧するのは普通になるからだ。しかしちらりと見た時に、ぎょっとしたのを覚えている。何というか……けばけばしかった。子どもが無理に化粧している感じは、見られたものではなかった。あれは、普通の「大人用」化粧品を使っていたせいではないか？　もっと若い人向けの、ナチュラルな化粧品を作れば、その世代には売れるはずだ。そう、思い切って「ヤング向け」を謳えば、それに飛びつく人間はかなりいるはずである。何しろ日本の人口は一億人以上なのだ。十代後半で化粧をする女性層だけ切り取っても、かなりの人数になる。それこそ、市場としてしっかり成立するほどに。もしかしたら、もっと年上の世代も目をつけるかもしれない。若い人向け……自分も若く見られたいから使いたい、と。

波田は、ワープロソフトを立ち上げた。この製薬会社の仕事は以前から決まっていたものであり、仕事の交渉そのものに波田は参加していないが、後から「提案」の形で企画書を出すのはありだろう。北川も、「本当の仕事」はこちらだと言っていた。「調子に乗ってる」と怒られるかもしれないが、やるだけやってみよう。

まず簡単に、内容をまとめてみた。タイトルは「十代女性向けの化粧品開発について」。クソ面白くもないが、これはこれで仕方がない。まずは内容だ。

――とはいっても、簡単には内容が浮かんでこない。コンセプトはあるのだが、いかんせん、自分の考えを裏づけるデータがないのだ。それこそ、アンケートで大量のデータを集めないと、商品として有効かどうかも分からない。しかし、そもそもの契約では、アンケートの内容に適当な質問項目がなかった。例えば、「十代限定の化粧品があったら使いますか」といったような項目が。化粧品については詳しくないが、若い人向けにどんな商品がいいのかは、それこそ質問すれば出てくるだろう。その質問項目は――。

あちこちに考えが彷徨《さまよ》い始めたが、思考は一瞬で中断させられた。ドアが開き、誰かが入って来る。慌てて立ち上がり、そちらを見ると、北川だった。午前一時……こんな時間になんだろう、と波田は緊張した。

「ああ、ご苦労さん」北川が気さくに声をかけて手を挙げた。事務所の中を見回し、「誰もいないのか？」と顔をしかめる。

「ええと、あの……」鶴巻はサボって出て行った。しかしその事実を告げる気にはなれない。

「どうせ鶴巻は逃げ出したんだろう」北川が苦笑する。「いいんだ。今日は特に何かがある日じゃないからな。サボった分は給料からさっ引いてやるから、それでいい」

「ずいぶん遅いんですね」

「ああ」北川が、自分のデスクにバッグを下ろした。所長なのだから、自分の部屋があってもいいのに、北川は他のスタッフと一緒にデスクを並べている。もっとも、ここにいることはほとんどないし、いる時は大抵会議用のテーブルで熱弁を振るっているだけなのだが。「今日はテレビの収録だった」

「こんな遅くまで、ですか？」

「あの業界は、時間感覚がおかしいからな。うちも二十四時間で動いているけど、あいつらには時間の感覚その物がないんじゃないか」

音を立てて椅子に腰を下ろし、北川が両手で顔を擦った。さすがに疲れている。波田は「コーヒーがありますが」と声をかけたが、北川は力なく首を振るだけだった。

「この時間にコーヒーはきついな。眠れなくなるから遠慮しよう」

「そうですか」

北川は無言でうなずき、デスクの一番下の引き出しを開けた。ウイスキーのボトルと小さなコップを取り出し、一センチほど注ぐ。それをぐっと呑み干すと、小さな溜息をついて口元を拭った。

この事務所の人たちはよく呑むな……波田は呆気に取られた。鶴巻たちもよく呑みに連れていってくれるのだが、北川もかなり酒好きなのは間違いない。デスクにウイスキーを隠して、一人の時にちびちびとやっているのだろう。見詰められているのに気づき、北川がボトルを掲げてみせた。首を振って断ると、にやりと笑って新たにグラスに注ぐ。水位は先ほどよりも高かった。啜るようにして呑んでから立ち上がり、波田が使っていたコンピュータの前に立つ。

「何か書いてたのか？」

「ええ……はい」慌ててモニタの前に立って視線を遮ろうとしたが、北川は素早く内容を読み取ったようだ。

「なるほど。例の製薬会社の絡みだな？」

「そうです。何か、ターゲットの範囲が広過ぎるような気がして、絞りこみができないかと思ったんです」

「俺も、あの狙いは少し曖昧過ぎると思う」意外なことに、北川が同意した。「十代から二十代というのは、あまりにも範囲が広過ぎるな。これからは、好みが細分化する時代なんだ。もっと絞りこんで、ターゲットを明確にしても、十分商品として成り立つ。もちろん、性別、年代を決めて商品を開発するのは基本だが、それでも連中の視野は広過ぎる。怖いから、網を狭められないんだ」

「はい」

「化粧品っていうのは、消耗品だ。一度買えば終わりというわけじゃない。気に入ってもらって、毎回同じ物を買ってもらうのがベストなわけだよ。必ずしも、分母が大きい必要はない」

「分かります」

「まあ、それを企業側に納得してもらうのは大変なことなんだけどな……我々としては、粘り強く説得していくしかない。これからは隙間の時代なんだ。何百万人、何千万人の好みに合う物を作るよりも、一万人とか十万人を完全に満足させる商品を開発して、長く使ってもらう。そもそも万人が納得できる商品なんか、存在しないということに、早く気づいて欲しいな。百万人を納得させるのは難しいが、一万人の好みにフィットする商品なら、作れるかもしれない。分かるか？」

「何とか」

北川が満足そうにうなずいた。グラスを目の高さに掲げ、乾杯の仕草をする。

「君の考えた方向性は間違っていないよ。今回の調査で、オプションとして調査項目をつけ加えればいい」

「大学生を集中的に調べようと思いました」

「女子大生だね？」北川が訊ねる。

「ええ。同じ十代から二十代でも、学生と働いている人とでは全然違います」

「最近の女子大生は金持ちだからねえ」北川が苦笑した。「そういう連中向けの化粧品、というのもニーズはあると思うぞ。面白い。やってみるといい。設問項目を練って、アンケートに盛りこめるようにするんだ」

「分かりました」

「鶴巻に相談しろ。あいつはいい加減なところもあるが、頭の回転は速い」

「それは分かっています」

北川がくすりと笑い、グラスを呷《あお》った。目が少し赤く、表情は柔らかになっている。

「調子がよ過ぎるのは困り物だが、今の時代はあれでいいんだ。いつもしかめ面で、難しいことばかりを言っているのがいいわけじゃない。ポイントを外さなければいいんだから」

「そう思います」

「だから君も、あまり緊張しないようにして、な」北川が波田の肩を叩いた。「緊張して真面目にやるのも大事だけど、もっと軽くいこう。これからは、軽さが大事だぞ。腰の軽さとか、発想力の軽さにも通じる」

「すみません、北川さんと一緒だと……緊張しないわけにはいかないので」

北川が声を上げて笑った。近くの椅子を引いて腰を下ろし、聞いてもいないのに自分のことを話し始める。

「君は、俺を買《か》い被《かぶ》り過ぎなんだ。俺なんか、まったく大したことがない人間なんだぞ……勘違いするなよ。テレビに出ている人間が偉いわけじゃない。ただ、顔を知られているだけだ。これが俺にとって役に立つとしたら、選挙に出る時ぐらいだろうな」

「そんな予定でもあるんですか」波田は、コンピュータの前の椅子に浅く腰かけ、背筋を伸ばした。もしもそうなら、俺は政治家の秘書になるかもしれない……。

「ない、ない」北川が大袈裟《おおげさ》に顔の前で手を振った。「政治なんてのは、暇人か馬鹿がやることだ。分析するのは楽しいが、自分で中に入って何かしようとは思わない。馬鹿馬鹿しいよ」

「はい」

「世の中を動かすのは政治じゃない。経済だ。資本主義社会では、金を持っている人間が絶対的に強い。簡単な理屈じゃないか」

「ええ」

「俺もな、若い頃は貧乏したんだよ」急に北川がしみじみした口調で言った。

「そうなんですか？」

見ただけで分かる仕立てのいい背広、いかにも高価そうなウイスキー。そしてテレビで見せる切れ味鋭いトーク。今の北川が「貧乏」などと言うと、いかにも嘘臭い。

「俺は戦時中の生まれだからな……最初の記憶は、戦後の貧乏な時期だ。もちろんその頃は、日本全体が貧しかったわけだが、うちはとにかくひどかったよ。父親が山っ気のある人間でな。終戦後、色々な商売に手を出して、ことごとく失敗した。要するに商才がなかったんだろう。商売を潰す度に夜逃げして、あちこちを転々として……そういうのが、高校を卒業するまで続いた。奨学金で何とか大学には入ったんだけど、実際にはほとんど行かなかったね。卒業できたのは奇蹟《きせき》みたいなものだ」

「そんなことないと思います。うちの大学では、伝説の先輩ですよ」

波田は力をこめて言った。噂は聞いていたが、今回ここで働き始めるに当たっていろいろ調べてみた結果、北川は学生のレベルには収まらない男だった、と分かった。北川の大学生時代といえば、一九五八年から一九六二年。その頃北川が何をやっていたかと言えば、「興行」だった。その昔、「ジャズコン＝ジャズコンサート」のブームがあったというのだが、北川の世代には少し早かった。しかし北川は、少年時代にその熱狂を見ており、ブームが去った後も、別の音楽で別の熱狂を作れるのではないか、と考えたのだという。

そこで目をつけたのがロカビリーだった。実際は、ロカビリーブームというのはごく短いもので、一九五六年から一九五八年にかけてだったそうだが、北川はその流れに乗っかった。東京でしか演奏していなかったバンドを地方へ連れ出し、それまで生で見たくても見られなかったファンを喜ばせて、大枚を懐にした。

　だが卒業後はショービジネスの世界には入らず、商社に入社。そこで十年ほど、世界を股にかけて活躍した後、自分の研究所を作って独立したという次第だ。波田から見れば、「何でもできる人」という感じである。しかもどれも一流のレベルで。

「君は、俺がロカビリーで一儲けしたことを知ってるだろう」

「ええ。うちの大学の伝説です」

「あれなんか、全然大したことはないんだぞ。ちょっと目端が利いただけだから。俺が大学に入った時、ロカビリーブームはもう山を越えていたと思う。ちょうど、入学の直前に日劇ウエスタンカーニバルが開かれて、それでロカビリーは伝説になったんだよ。あの盛り上がりは、ちょっと異常なくらいだった。ただし、あんな風に頂点を極めてしまうと、後は転がり落ちるだけでね。東京の人間は飽きっぽいし……ただ、日劇ウエスタンカーニバルは、東京の人間は見られても地方の人間は見られなかった。だから地方へ似たような公演を持って行くだけ。簡単だろう？」

「その簡単なことを、なかなか思いつけないんだと思います」

「そうでもないぞ」にやりと笑って、北川が首を振った。「君だって、化粧品についてアイディアを出した。しかもまったく知らない分野についてだ」

　波田は無言でうなずいた。この男の勢いは好きだが、少し褒め過ぎるのではないか、と思える。自分のような人間を持ち上げても、何にもならないはずなのに。

「むしろ、あまり知らない世界のことだから、大胆に言えるのかもしれないな。俺だって、ロカビリーのことなんか何も知らなかった。ああいうのは、金持ちの坊ちゃん嬢ちゃんたちのお遊びだと思ってたんだよ。何しろレコードを買うにも、コンサートへ行くにも、金がかかるんだから。当時の俺には、そんな余裕はなかった。君も同じじゃないか。留学もできないし、司法試験の勉強会にも入れなかった。金さえあれば、好きなことができるのに、な。俺も同じだった。その日の飯にも困るような学生生活で、好きなことなんか何もできなかったな……俺たちは似ているんだよ」

「ええ」貧乏な人間の精神性は、北川の時代も今の時代もあまり変わらないのだろう。図々《ずうずう》しいと思いながら、波田は確かに、北川に自分と同じ臭いを嗅いでいた。

「まあ、あれこれ考えるのは楽しいんだね。ただし、人間が一人でやれることには限りがある。コンサートの企画も、世界のあちこちで何かを売って回るのも、やっている時には楽しい。ただし、何となく空しいんだなあ。自分は世界とかかわっていない気がしていた」北川が肩をすくめる。

「でも、大変なことじゃないですか」

「君が言いたいことは分かるよ。確かに、簡単な仕事じゃない。バンドを説得して、会場を押さえ、きちんと宣伝して何千人もの客を集めるのは大変だ。そして、上手くいった時に得られる充実は、一瞬のものなんだよ。世界全体を知ることにはならない。商社で働き始めて十年経って、俺は迷ったね。だから思い切って会社を辞めて、大学院に入り直した。そこでもまだ自分が何をやるべきなのか分からず、結局辿《たど》り着いたのはここだよ。世の中を知るために、俺は調査の仕事をやっているんだ」

「それで、世の中のことは分かりましたか？」

「未《いま》だにさっぱり分からん」北川が豪快に笑った。「だから面白いんだ。結局、一番分からないのは人間のことなんだろうね。社会を調べるのは、イコール人間を知ることなんだ。俺は、それがたまらなく面白い。金儲けなんか、どうでもいいと思うよ……ただ、覚えておくといい。金に執着しない人間のところにこそ、金は回ってくるんだ。不思議なことだが、これは本当だからな」

「分かりました」あまり納得できない理屈だったが、波田はともかくもうなずいた。自分が知らないことなど、いくらでもあるはずだから。自分は海綿のようなものだと思う。様々なことを、いくらでも吸収できるはずだ。それがいいか悪いかの判断は、後でゆっくりすればいい。せっかく学ばせてくれる人がいるのだから、無視するわけにはいかない。この人の言葉は、全部吸い取ってやる。

　波田はかすかに緊張して、肩を上下させた。凝りを解《ほぐ》すようにゆっくりと……だいたい、ホテルというのは自分の柄に合わない。しかし鶴巻は、「こういう時はホテルだ」

と涼しい顔で言ったものである。こういう時――二十人のアルバイトを前に話す時。きちんとした仕事だということを、相手の頭に染みこませなければならない。そのためには、まず場所が大事だ。事務所の狭いスペースに押しこんで、立ったまま説明するようでは信用されないだろう。

そういうわけで、波田はホテルのバンケットルームで演壇に立っている。買ったばかりのスーツは何だか体に合わない感じで、今にも肩からずり落ちそうだ。しきりに肩を上下させるのは、きちんとスーツが着られているかどうかを確認するためである。

鶴巻が先に挨拶した。慣れたもので、まったく淀《よど》みなく喋っている。北川本人は顔を出していないが、それでもアルバイトは、全員が興奮しているように見えた。やはり、テレビで名前を売っている人間の下で働けるのは、大変なことのようだ。実際一か月前の自分も、同じように感じていたわけだし。

「では、今回のプロジェクトのリーダーになる波田憲司の方から、詳しいやり方について説明があります」

プロジェクト。リーダー。そして呼び捨て。それで波田は、自分が北川社会情報研究所の一員なのだと、改めて意識した。バイトではない。契約社員として、しっかり書類も交わしている。もう、遊び気分ではやっていられないのだ。

波田は鶴巻に一礼してから、マイクの前に立った。たまたま広いバンケットルームしか空いていなかったのだろうが、二十人のアルバイトが部屋の真ん中に集まっているので、がらんとした感じになっている。どこか間抜けな光景だと思うと、ふっと緊張が抜けた。

「波田です」挨拶して、全員の顔を見回す。計画通り、男女半々ずつだ。男の方は皆気楽な格好――Tシャツやポロシャツ――だが、女子はそれなりにきちんとした服装である。このプロジェクトの意味を、本当の意味で理解しているのは女性の方だろう。理解しているというか、直感的に分かっている。

「今日はお疲れ様です。既に、今回の調査の目的に関する説明は読んでいただいたと思いますので、今日はどうやって進めていくか、具体的な話をしたいと思います」

アンケートの半分は大学生で埋める、というアイディアは、上手く通った。クライアントの製薬会社では、この割合に難色を示したのだが、北川が自ら出向いて意図を説明してくれた。学生が半分として、残り半分はOLや主婦。それでも母数としては十分だし、統計の有意性も保証される。ここは是非、我々を信じて、大学生を多めにアンケートに加えて欲しい、と。北川の説得力は抜群で――ネームバリューのせいもあるだろう――今回アンケートを依頼してきた製薬会社の販売対策部長は、あっさり納得してしまった。というわけで、女子大生向けアンケート対策として、半分は女性のアルバイトになっている。本当は、全員が女性でもよかったのではないか、と波田は思っていた。女性のことは、やはり女性でないと分からないだろう。

しかし、男性アルバイトの方を見ると、これもありかと思う。変な話だが、全員ハンサムなのだ。面接は主に鶴巻が対応したのだが、何よりも外見を重視して選んだようである。

「まあ、任せておけよ」鶴巻はにやにやしながら言ったものである。「女に対するには女。それは間違いないけど、いい男が近寄って来て、悪い気がする女性はいないだろう？　それを狙うんだよ」

まさか、ね。その話を聞いた時には、馬鹿馬鹿しいと思ったものだ。しかし、ハンサムな男がずらりと揃っていると、それなりの説得力がある。

「まず、アンケート調査時の服装について説明します。特に男性の方、注意して聞いて下さい。今日は暑いので、Tシャツやポロシャツの方が多いようですが、アンケートをする時には、きちんとした服装をして下さい。暑いので上着は着なくても構いませんが、できればネクタイは着用でお願いします。ネクタイをしない場合でも、襟のないシャツは避けて下さい。相手にきちんとした印象を与えるのが、一番大事です。私の経験でも、汚い格好で近づいて行くと、それだけで逃げられてしまいますから」

かすかに笑いが走った。笑うところじゃないんだけどな、と波田は苦笑した。実際、汚い物を見るような目で見られ、逃げ出されたこともある。これはかなり恥ずかしいことで、波田は今では毎日、きちんと風呂に入るようにしていた。逆に言えば、毎日銭湯へ通えるようになったのが何となく誇らしい。そして今、密《ひそ》かに次の計画を立てていた。引っ越し。とにかく今のアパートは狭くて古く、寝ているだけで体が痒《かゆ》くなってくる。できれば新しいワンルームマンションに引っ越して、フローリングの床と風呂、エアコンのある生活を経験してみたい。実際、できない話ではないのだ。今後も北川社会情報研究所で働いていくことを決めたのだから、金は何とかなるだろう。「授業料に」と貰った金を使えば、新しいマンションの契約、引っ越しまで楽勝だ。来年以降の授業料については、これから稼げばいい。

「暑いですから、毎日風呂に入るようにして下さい。汗臭い人は嫌われます。それと女性の方ですが、厚化粧は避けてもらえますか。できるだけ目立たないように……今回は、若いアルバイトの人だけを頼んでいるんですが、その理由は変な色がついていないからです。新しい化粧品を作るための市場調査ですので、相手に先入観を与えないようにしたいのです」

全員が静かにうなずく。呑みこみは早いようだ、と波田は満足した。

「今回、女性には大学を重点的に回ってもらいます。アンケートですが、友だちに聞いてもらっても構いません。ただし、できれば普段話をしない、知り合いでない人に積極的にアンケートを取るようにして下さい。友だち同士でアンケートをやっていると、どうしても答えが曖昧になりますから。気安い雰囲気でやってもらっていいんですが、アンケートの質問内容はシビアです。そこはきっちり分けてお願いします」

特に質問がなかったので、波田は細かい仕事の割り振りとやり方について、説明を進めた。その頃になるとすっかり慣れ、緊張はどこかに消えていた。質問も特にない。ひとまずほっとした。

アルバイト全体の顔を見渡す余裕もできた。その中で一人、気になる顔がある。女性なのだが、何だか不安そうなのだ。ただ話を聞いているだけなのに、唇の両端が下がって、何かを心配しているように見える。その弱さが何故か気になった。年齢は自分と同じぐらいだろうか。出身は東北とか？　色が白く、そのせいかふっくらとした頰の赤みが目立つ。あれは、チークじゃないな。実際、化粧っ気が全然ないのだ。髪は顎の下で丸まるぐらいのショートカット。服装は地味——余り特徴のない白いブラウスにグレーのスカート——で、他の女性アルバイトが結構気合いの入った格好をしているせいで、かえって浮いている。ただしそれは、波田が考える「アンケートに適した服装」でもあった。

話しながら手元の名簿を探し、着席順の一覧表から名前を割り出す。勝田陽子《かつたようこ》か。住所は中野区……おっと、俺の家の近くじゃないか。大学生かと思ったら、「家事手伝い」とある。ということは東京の人なのか。それにしては純朴な雰囲気が強い。何だか鼓動が速まってきた。

「……以上で、細かい説明は終わります。実際の調査業務は明日からですが、私が事務所の方で待機していますので、何か分からないことがあったら、まず電話して下さい。自分で勝手に判断せず、迷ったら相談する方向でお願いします。よろしいですか？」

一斉に頭が動く。納得してもらったようだ。ここから先、実際のアンケートについては、個人の能力に任される。誰がどの程度できるかは、明日の夕方にまとまる結果を見れば、ある程度は読めるだろう。それによって、担当を変えたり、場合によっては馘《くび》にする。厳しくするところは厳しくしないと、この仕事は上手く回らないのだ。スピーディに、一方で正確に。そして情報量は多く。

一礼して壇上から引き下がる時、波田はもう一度陽子の顔を見た。資料に視線を落として、難しい顔をしている。自分には合わない、あるいは荷が重いとでも考えているのか。だとしたらまずい。まだ話もしていないのに、バイトを辞退されたらもったいない。

もう一度鶴巻が挨拶して解散する直前、波田は一足先にバンケットルームの外に出た。ぞろぞろと出て来るアルバイトの中に陽子の姿を見つけ——埋もれてしまいそうなほど小柄だった——声をかける。

「勝田さん？」

陽子が振り向く。相変わらず不安気な表情で、今にも泣き出しそうに見えた。何がそんなに心配なのだろうと、波田は急に不安になった。陽子が、少しうつむいたまま、こちらに歩いて来る。

「何か」顔を上げてちらりと波田の顔を見る。目を合わせる気はないようだった。

「いや……心配なことでもあるんですか？」

「別にないですけど」また顔を上げ、今度は波田の目を真っ直ぐ見据えた。「何か問題でもありますか？」

「何だか、不安そうに見えたから」思い違いかと思いながら、波田は早くも撤退の道を探り始めた。声をかける機会かもしれないと思ったのだが、どうもタイミングが悪かったようだ。陽子はもともと、こういう顔なのかもしれない。

「そんなこと、ないですよ」突然、陽子がぱっと花が開くような笑みを見せた。

驚いたな……さっきの地味な表情から一転して、こんな顔を見せるなんて。決して派手ではなく清楚《せいそ》な笑いだが、それ故胸に深く染みこむようだった。まずいよ、これは。波田は自分を抑えようと必死になった。仕事なんだから。何となく好感を抱き始めていたが、ここは気をつけないと。

「何でもないなら、別にいいですけどね。結構厳しいバイトだから、心配事があると大変ですよ」

「心配と言えば心配ですよ」陽子が素直に認めた。「バイトなんて、したことがないんです」

「ああ」お嬢様なんだろうか、と波田は思った。「家事手伝いですよね」

「ええ。だから、アルバイトする機会もあまりなくて。短大を出て二年になるんですけど、ずっと家に籠《こも》っているのも馬鹿馬鹿しくなって、応募しました。親を説得するのは大変でしたけど」

「仕事は、それよりももっと大変かもしれませんよ」

「そうですか」陽子が引き攣った笑みを浮かべた。

「僕も自分でやってみて分かったけど、考えているより大変でした」

「波田さん、アルバイトなんですか？」陽子が目を見開く。

「ああー、最初は」急に照れ臭くなって、波田は言葉を濁した。「一か月前なんですけどね」

「それで今は、アルバイトをまとめる立場になってるんですか？　凄いですね。よほど優秀じゃないと、そんな風にならないですよね」

「たまたま合ってたんでしょうね」アンケートなんて仕事の一部。北川や鶴巻得意の台詞《せりふ》を使ってやろうかと思ったが、嫌みに聞こえるかもしれないと思って言葉を呑みこんだ。

「でも、波田さん、まだ学生なんじゃないですか？」

「ばれました？」波田は照れ笑いを浮かべた。スーツが板についてないんだろうな。

「学生で、ここまでやれるって凄いですよね」

「慣れですよ、慣れ」自分のことで突っこまれるのに戸惑い、波田は適当に誤魔化した。

「何か困ったことがあったら、連絡して下さい。いつでも相談に乗りますから」

「ありがとうございます」

陽子が丁寧に頭を下げる。おしとやかというか、育ちがいいというか、いい感じだな……波田は自然に顔が綻ぶのを意識した。こういう出会いがあるなら、この仕事は本当に悪くない。今までは、女の子をデートに誘うにも一大決心が必要だったが、ここならもっと自然に出会えるかもしれないではないか。


「おい、やるじゃないか」鶴巻がにやにやしながら話しかけてきた。既にかなり酔いが回っている様子で、体の動きがやけに大きく、揺れているようだった。

「何の話ですか」波田は水割りを軽く啜った。北川は水割りを嫌う——「いいウイスキーを何かで割るのは犯罪だ」とはっきり言い切った——が、波田には生《き》のままのウイスキーはきつ過ぎた。

それにしても、まさかこの店に来ることになるとは。波田は思わぬ偶然に、ついにやにやしてしまった。最初にアンケートのバイトをした時に話を聞いた、藤井由貴子。彼女の店、「アンバサダー」は、北川社会情報研究所のスタッフのいきつけだったのだ。どういうわけか店にとってはいい客のようで、ママの由貴子がわざわざついてくれた。

波田は、彼女にも気に入られている。

「こういう席での『やるじゃないか』は、女の子の話に決まってるでしょう」由貴子も笑いながら言った。

「そうですかねえ」

「そうよ。可愛《かわい》い娘《こ》でも見つけたの？」

「いやあ、可愛いかどうかは微妙なところなんですけどね」鶴巻が煙草を揉《も》み消した。

「何ていうか、ちょっと純朴な感じの娘でね。田舎から出て来たばかりみたいに見えたんだけど……」

「東京の人でした」波田は合いの手を入れた。

「東京の人が、全員派手なわけじゃないわよ、私みたいに」

笑いながら、由貴子が自分の頰に人差し指を当てた。それを見て、鶴巻がまた声を上げて笑う。釣られて波田も笑いながら、全身から緊張感が抜けていくのを感じた。やはり今日は、相当疲れていたのだ……自分にとっては大舞台。どうも、自分は一対一で話を聞いたり、データをまとめたり、企画を練ったりする方が向いていると思う。ああいう、大勢を前に喋るような場は、できるだけ避けたい。首を大きく回すと、硬くなった関節が音を立てるようだった。

「何だか疲れてるみたいじゃない」

由貴子が波田の太腿《ふともも》に手を置いた。今夜は着物を着ているせいか、香水は控えめである。こっちの方がずっといいな、と波田は思った。

「今日はいろいろありまして……ちょっとへばってます」

「暑いしね」

「本当に暑いですよね」波田は相槌を打った。こういう店に来た時、どういう会話をすればいいのか、未だに分からない。

きらびやか、というのとは違う。秘められた小さな世界なのだ。この店は、波田でも分かるほど内装が上質で、静かな雰囲気を保つよう、努めているらしい。BGMは低い音で流れるだけで、最近どの店でも見かけるようになったカラオケもない。店内の照明は明る過ぎず暗過ぎずで、座っているだけでゆったりと落ち着けるものだった。働いている女の子の質も高い。もちろん素顔は分厚い化粧の背後に隠れているのだが、その化粧の仕方が上手いので、美しさが際立つのだ。そういえば、この店の女の子たちも、今回の調査の対象世代のはずだ。アンケートに加えてみようかと思ったが、少し特殊過ぎるか……この店の女の子たちは、海外の高い化粧品を使っているような気がする。

「化粧って、大変ですか？」波田は訊ねた。

「何よ、いきなり」由貴子が声を上げて笑う。そういう笑い方をすると下品になりそうなものだが、彼女の場合、単に豪快に見えるだけだった。こういう商売の女性らしからぬ、屈託のない態度。

波田はちらりと鶴巻を見た。酔い始めているが、鶴巻はまだ意識がしっかりしているようで、小さくうなずいて見せた。話しても問題なし。

「これから、化粧品の関係でアンケートをやるんですけど、女の人にとって化粧って何なんでしょうね」

「それは、人によって違うわよ。私たちにとっては、商売道具ね。あるいは武器」由貴子が頰を平手で軽く叩く。「夜の世界で生きていくには、この武器は基本中の基本よ」

「綺麗に見えるから？」

「それと、本当の自分を隠せるから」

「隠してるんですか？」

「こういう世界で働いている子は、多かれ少なかれ、素顔を隠してるわよ。素顔を出せない理由があるから、こういう商売をしていると言ってもいいし。その辺のＯＬさんたちとは事情が違うのよ」

「そうですか……」借金とか、男とか。しかしこの店で働く女の子たちには、そういう影は見えない。

ふと、由貴子が寂しそうな表情を浮かべた。営業用——何か話題を提供しようというわけではなく、一瞬本音を見せたような感じである。

「私もね、いろいろあったのよ、いろいろ」

「ええ」

「あなたもこれから、いろいろあるわよ」急におどけたような口調になって、由貴子が言った。「でも、男の人は可哀想《かわいそう》よね。どんなに傷ついても、化粧で隠すことはできないから。男の人は誰でも、傷むき出しのまま生きているのよね。そう考えると、女は弱いように見えてもタフなのかもしれない」


アンケートは順調に進んだ。特に女性アルバイトの方は。大学へ放った彼女たちは、実に手際よく調査を進めている。それはそうだろう。同年代の同性の人に話を聞くのが、難しいわけがない。もちろん、個人による差はあった。話がつい長くなる人は数が伸びなかったし、素っ気無い人は数だけはこなせる。ただし、話し好きな人の方が、「備考」に詳しい事情を書いてきた。統計上のデータには関係ないが、こういう風に聞き出した本音は、後で生かせるかもしれない。

男性グループの方は、効率が悪い。こちらは全員、街頭に立たせたのだが、物が化粧品だけに、女性からは警戒されているようだ。自分が街頭に立てば、もう少し上手くやるのだが……とまだるっこしい気持ちになる。

「日給制じゃなくて、数で金を出せばよかったかな」なかなか調査が進まない状況に、調査を始めて二日目、鶴巻が首を捻《ひね》った。

「それも手でした。でも、今から変えられませんよね」

午後八時。その日分のアンケートの入力を途中まで終え、二人はげっそり疲れてソファに並んで腰を下ろしていた。百人単位の入力となると、かなり面倒臭い。鶴巻は伸ばした足を足首のところで組み、天井を見上げている。苛立ちが隠せない様子で、しきりに煙草の煙を天井に噴き上げていた。

「一人当たり五百円、とかにした方がやる気が出るんだけどな」

「そうなると、ストップさせる方が大変かもしれませんよ。アンケート人数が多くなっても困るでしょう。インチキをする奴も出てくるだろうし」

「まあな……切りがいいところで止めておかないと、数字のバランスが悪くなる。五千人だって六千人だって、統計の有意性は変わらないわけだから……六千なんていう中途半端な数は何だっていう話になるよな。うちはケチじゃないけど、そういう金の使い方をすると、所長もいい顔はしない」

「……そうですよね」

何とか、男どもの尻を叩く方法はないだろうか。しかし、余分に金を出す以上に効果的な方法はなさそうだ。

「女性に頑張ってもらうしかないですね」

「そうだなあ」鶴巻が頭の後ろで両手を組んだ。「結局そうなるか……全体で数が合えばいいんだし」

「大学の方が終わったら、街頭のアンケートに回るよう、女性チームにもお願いしてみます」

「その分金がかさむけど……今さら数で払うよりは、安く上がるか。それぐらいなら、俺の裁量で何とかできる」

「仕事の進み具合によりますけど、明日の夕方、こっちへ上がってきた人に、声をかけてみますよ」

「そうしてくれ。しかし、君も元気だな」鶴巻が体を起こした。「これだけの数になると、俺なんか、ちょっと混乱するけどね」

波田は素早くうなずいた。同意するのではなく、鶴巻の能力に疑問を抱いている、という意味で。一緒に働くようになって分かってきたのだが、この男は基本、調子がいいだけなのだ。腰が軽いから、北川も手元に置いているのだろうが、それ以外にいい点は見当たらない。とにかく、アイディアが出ないのだ。「頭の回転は速い」という北川の評価は過大だと思う。まあ、この会社の流儀や礼儀を教えてくれるという意味では、頼りになる先輩なのだが。

「とにかく、明日、割り振りをもう一回やり直します」

ドアが開き、「すみません」と小さな声が聞こえた。波田は思わず立ち上がり、声の主を見た。陽子。気になっていた相手が顔を見せたので、思わず顔が綻んでしまう。アルバイトは、午後五時にはその日の作業を終え、六時までに事務所にアンケート用紙を返すことになっている。だがこの日、陽子は約束の六時に事務所に顔を見せなかったのだ。さては仕事がきつくて逃げ出したのか、それとも事故に遭ったのか……逃げ出したとは思えなかった。一度話した感じでは、非常に真面目そうだったから。波田は、自分の人物評定はそれなりに確かだと思っている。だから、陽子が何も言わずに約束を違《たが》えることなどあり得ないと思っていた。事故か、と心配になってきたのだが、確かめる術《すべ》もなく、やきもきするだけだった。

「どうかしましたか」波田はドアの所に立ちすくんだ陽子の許へ駆け寄った。

「ごめんなさい」陽子が頭を下げる。「どうしても今日のノルマが終わらなくて……明日以降の予定が狂うから、どうしても今日の分は達成しておきたかったんです」

「それぐらい、何とでも調整できたのに」波田は手を伸ばし、アンケート用紙を受け取った。彼女が頑張った結果だと思うと、ずしりと重く感じる。

「本当に、難しい仕事ですね」陽子は汗をかき、髪が額に張りついている。化粧っ気はほとんどなく、薄く口紅を引いているぐらいだった。

「簡単じゃないですよ。簡単そうに見えるかもしれないけど」

「よく分かりました」陽子が疲れた笑みを浮かべる。「遅れてすみませんでした」

「一度、連絡してくれればよかったのに」そうすれば、こんな遅い時間まで無理している必要はなかった。

「何とかノルマを達成しようと、それしか考えていなくて。そうですよね、電話すればよかったですね」

「でも、何とかなったんだから、いいですよ」慰め、波田はアンケート用紙を顔の高さに上げた。その瞬間、自分でも驚くほど大胆な台詞が出てきた。「ありがたくいただきます……そうだ、食事は？」

「まだ食べてません」陽子が力なく首を振る。

「じゃあ、一緒に行きませんか？　僕もまだなんですよ」

「え？　でも……」

遠慮がちにうつむく。その仕草がまた、波田には新鮮であった。最近の同年代の女性は——東京の女性だけかもしれないが——ひどく図々しい感じがする。こんな控え目な女性を見るのは久しぶりだった。田舎の岐阜で共に育った同級生の女の子たちは、控え目というか地味なだけだったし。

「何だかんだ、夕方から忙しかったんです」

「でも、私……」

「どうせご飯は食べるんだし……あ、もしかしたら門限があるとか？」

「そういうのはないですけどね」顔を上げた陽子が苦笑した。「もういい年だから」

「まだ二十二歳じゃないですか」

「……行きます」突然陽子が言った。「もう、遅くなっちゃいましたよね。今から家に帰ったら、九時を過ぎちゃいますから」

「遅く食べると美容によくないし」

波田の一言に、陽子が今度は心の底からに見える笑みを浮かべた。波田は心がとろけそうになるのを感じながら、「ヘマはするなよ」と自分に言い聞かせていた。やたらにがつがつしないこと。ろくに女の子とつき合ったことがないのだから、ここは慎重にいかないと。

俺もそろそろ、ちゃんとした彼女がいてもいい頃だよな？

にやにや笑う鶴巻に送り出され、二人は夜の赤坂に出た。この辺りは、七時を過ぎると街の顔が一気に変わる……正直、柄がいいわけではない。見た目に危ない人がよく歩いているし、昼間とは空気が違う。昼間は潜んでいる暴力団関係者が、夜の支配者として街に出て来るのだ。アルコールと暴力の臭い。それを敏感に感じ取ったのか、陽子は肩を丸めるようにして歩いていた。その肩を抱いてやりたい、という欲求と波田は必死で戦った。いくら何でも、それでは図々し過ぎる。会うのは二回目だし、陽子から見れば俺は単なるバイト頭だ。

「何を食べますか？　苦手な物とかあります？」

「何でも大丈夫です」

北川社会情報研究所に来るようになって、波田は赤坂の街にも少しは馴染《なじ》んだように思う。さすがと言うべきか、美味い店はいくらでもあった。特に最近覚えたのが、焼肉である。どういうわけか、赤坂には美味い焼肉屋が多く、波田も何度も連れてきてもらっていた。決して上品な感じではないが、純粋に肉の味を楽しむという意味では、最初に鶴巻に連れていってもらったステーキ屋よりも上だと思う。もっとも、女性の姿はほとんど見かけない。たまにいるのは、その筋の男に連れられた、派手な化粧の女性ばかりだ。さすがに、陽子をそういう店に連れて行くわけにはいかない。

となると、ステーキか。

「肉は好きですか？」

「ええ」

「美味いステーキ屋があるんですよ」あの店は、味は下品に豪快だが、店内の雰囲気は悪くない。北川に聞いたことがあるのだが、「ニューヨークにある『ピーター・ルーガー』という店の真似」だそうだ。そこは十九世紀から続く古いステーキハウスで、「男の社交場」という雰囲気だという。赤坂のステーキ屋は、そこまで重厚な雰囲気ではないが、肉を焼く店にしては清潔で油っぽくないのがいい。それに、デザートのアップルパイを食べさせてやりたかった。

「いいですよ」

「じゃあ、そこで」

波田は彼女のペースに合わせてゆっくり歩こうとしたのだが、実際には陽子は歩くのがかなり速かった。家事手伝いと言いながら、普段からよく歩いているのではないかと思える。

ビルの二階にあるステーキ屋はほぼ満員だったが、何とか奥のテーブルを確保できた。人に奢ることを目的にこの店に来るのをまったく恐れていないことに、我ながら驚く。初めてここに連れてきてもらったのは一か月と少し前。あの時は、メニューを見て驚《きょう》愕《がく》したものだが、今は何とも思わない。懐が温かいだけで、人間はこんなに豊かな気分になれるのだ、と改めて思い知った。

「高いんですね、ここ」陽子がメニューを眺めて不安そうに言った。

「大丈夫ですよ。それぐらいの給料は貰っているから」実際は、事務所に経費として領収書を提出しても、文句は言われない。どうやら北川は、人脈を広げるのが一番大事な仕事だと思っているようで、外で誰かと食事をするのをむしろ奨励している。

「でも、私、こんなに高いの払い切れませんよ」頬を引き攣らせながら陽子はメニューを伏せる。

「心配しないで」何となく成金っぽい言い方かな、と思いながら波田は言った。「どうせ食事はするんだし、それなら美味い物を食べましょうよ。会社が払いますから」

それでも陽子の緊張が解けない様子だったので、波田は勝手に注文することにした。前菜代わりにサラダと、メインはTボーンステーキ。ヒレとサーロインが一緒に味わえるこのステーキの存在を、波田はこの店に来て初めて知った。肉質が柔らかなヒレと、脂が強いサーロインの味を楽しめる、贅沢なステーキだ。故郷の岐阜には飛騨牛《ひだぎゅう》という名物があるが、そんなものは特別な日——主に正月——にしか食べられなかったし、東京に出てきて自炊するようになってからは、高い牛肉を自腹で買ったことは一度もなかった。

ステーキは安定の美味さだった。一口食べると塩気が強い感じがするが、それも肉の味を生かすためだと分かっている。生々しい肉の味を塩気が引き立て、遠くで感じられるニンニクの味が上手い具合に打ち消してくれる。絶妙のバランスだった。

陽子は、肉が運ばれてきて、初めて遠慮をなくしたようだった。まあ、そうだろうな……初めてこのTボーンステーキを食べる人は、まずその姿に驚く。巨大な皿からはみ出すサイズに、目を引かれない人はいないだろう。

「美味《おい》しいですね」ヒレの部分を自分の皿に取り分けて食べながら、陽子が言った。

「こんな美味しいステーキを食べたこと、ないかもしれない」

「僕はそもそも、ステーキなんかほとんど食べたことがないですけどね」波田は自嘲気味に言った。こういうのはいい加減やめようかと思うのだが、一月前までぎりぎりの貧乏暮らしをしていたことは忘れられない。人は平然と贅沢に慣れていくものだが、それでも貧乏な時代の記憶はそう簡単に消えない。

「そうなんですか？　あんなところで仕事をしていると、いつでもステーキぐらい食べられるんじゃないですか」

「でも、あそこで働き始めて、まだ一か月だから」

「どうしてあそこで働いているんですか？」

波田は最初から説明することにした。岐阜から上京してきて、ずっと貧乏暮らしをしていたこと。先月、たまたま貰ったチラシで北川社会情報研究所のバイトを見つけ、働けるようになったこと。仕事の内容が合い、何故か所長の北川にも気に入られて、契約社員として働くようになったこと。話していて、この一か月がどれだけ濃厚だったのか、自分でも意識する。

「よほど仕事ができるんですね。そうじゃないと、学生で契約社員になったりしないんじゃないですか」

「どうなんだろう。自分でも、その辺は分からないけど」

「大したものだと思いますよ。私なんか、何もできないから」

「そんなこと、ないでしょう」

　陽子はぽつぽつと自分のことを話し始めた。父親は都庁の職員。母親は専業主婦。弟が一人いて、まだ高校生だということ。彼女自身は女子校から短大に進んだが、就職はせずに家事手伝いをしているということ。

「就職する気はなかったんですか？」

「父親が厳しくて」陽子が寂しそうな笑みを浮かべた。「短大は花嫁学校みたいなものだから、働く必要はないって。早く嫁に行けって、煩《うるさ》いんですよ」

「そういう予定があるんですか？」

「まさか」陽子が苦笑した。「父親がしょっちゅうお見合いの話を持ってくるんですけど、全部断ってます。そういうの、何か嫌じゃないですか」

「そうですか？」

「自分の人生ぐらい、自分で決めたいですよ。母親は応援してくれてるけど、父親はそこを分かってくれないんですよね」

「今回のバイトも、もしかしたらお父さんに逆らって？」

陽子が小さな笑みを浮かべる。握っていたナイフとフォークをそっと皿に置いた。

「だって、いつまでも小遣いを貰ってるわけにはいかないでしょう？　経済的に自立しないと、親には対抗できませんよ」

「それに、家に籠っていると出会いもないし」

「そう、そうなんです」陽子が真顔でうなずいた。「お見合いなんて、絶対嫌なんです。いつか婚約者を家に連れて行って、父親を驚かせたいんですけど、家にいたら誰にも会えませんよね」

「バイトはいいですよ。特にうちみたいな仕事の場合、たくさんの人に会うし」

「アンケートを取っている人と、個人的なことを話したらまずいんじゃないですか」陽子が鼻に皺を寄せた。

「研究所としては、そこまではコントロールできませんから」波田は苦笑した。「それは個人の自由ですよ」

「波田さんも、そういうことはありました？」

「そういうことって、ナンパとか？」

陽子が少しだけ顔を赤くしてうなずいた。何とまた、素直なことか。たぶんまだ、男を知らないだろうな、と波田は思った。女子校から短大だったら、男と接触するチャンスなどなかっただろう。

「ないですよ」波田は首を横に振った。「僕は、バイトの時から必死ですから。ちゃんとノルマをこなして、いい答えを貰うことしか考えていません」

「それが大変なんですよねえ」陽子が溜息をついた。「何とかできそうだと思ったけど、考えてたよりもずっと大変でした」

「分かります。ちょっと図々しくならないと無理ですよね」

「私、自分が通っていた短大へ行ったんですけど……短大って、すぐに縁が切れるんですよ。二年しかいないから、あっという間に卒業になるし」

「ああ、サークルなんかも関係なくなりますよね」

四年制の大学の場合、そこまで簡単に縁は切れない。もちろん、就職すれば学生時代の仲間と気軽につき合うのは難しくなるだろうが、少なくとも自分が四年生の時に一年生だった学生は、自分の卒業後も三年は大学にいるのだ。顔を出せば、大したことでなければ協力してくれるだろう。それこそ、アンケートに答えるぐらいは何でもない。陽子の場合、卒業して二年経つと、大学内の知り合いが一人もいなくなるわけだ。これでは、駅頭で見知らぬ人に声をかけるのと変わらない。

「応募して失敗だったかもしれないと思ってます」

「でも、頑張ってくれたじゃないですか。辞めたら勿体ないですよ。うちはバイト代も高いし」

「そうなんですよねえ」陽子が溜息をついた。「それは魅力なんですけど、やっぱり、仕事の内容を考えるときついです」

「もう少し我慢してみましょうよ。二日目になると、初日よりは上手くできるようになりますから。慣れるんです。僕もそうでした」

「そうですかねえ」

「経験者が言うんだから間違いないですよ」波田は大きな笑みを浮かべてみせた。この笑顔がどれだけ魅力的かは分からなかったが……バイトに集まった男性たちの顔を一々思い出してしまう。まあ、よくもあれだけハンサムな連中を集めたものだ。鶴巻は、芸能事務所でも開いた方がいいのではないだろうか。

「何だか心配です」

「心配すること、ないですよ。やれますから。それより、バイトのスタッフの中に、誰かいい男はいましたか？」

驚いたように陽子が顔を上げた。

「いいえ、別にそういうことは……」

「印象がよくなるように、わざわざいい男を集めたんですよ」波田は裏側を少しだけ明かした。「よりどりみどり、選び放題じゃないですか」

「そういうの、ちょっと……それに、顔だけで選ぶわけじゃないでしょう」

「だったら、男に期待するものって何ですか？　やっぱり経済力？」

「そういうわけでもないんですけど……難しいな」陽子が困ったような笑みを浮かべた。

「強さ、かな？」

「腕力？」波田は腕をくっと曲げて見せた。力こぶができるほどの筋肉はないが、そこだと自分では思っている。こんなことを自慢して見せるのは……考えていたよりも、彼女のことが気になっているのだと思う。

「そうじゃないです」陽子の笑みが少しだけ大きくなった。「気持ちの強さっていうかな。うちの父、結構怖いんですよ。それに勝つには強さが必要だと思います」

ずいぶん先走って考えているのだな、と波田は思った。陽子は父親に反発して、自分の結婚相手ぐらい自分で探そうと思っているのかもしれない。となると、つき合ったらすぐに結婚、とか言い出しかねない。

自分が彼女に好意を抱いているのは間違いない。だけど俺はまだ、二十歳なんだ。いくら何でも、足かせを嵌《は》められるのは早過ぎる……波田は、あれこれ矛盾した自分の考えに困惑していた。

なるほど、こういうことか……波田は、予想もしていなかった調査結果に驚いた。

できるだけナチュラルに。

「ナチュラル」という言葉の定義は難しいのだが、要は化粧していないように見えるぐらい薄い、ということだろうか。それでは化粧——自分を飾り立てる——の意味がないだろうとも思うが、二十代の女性の感覚はこういうものかもしれない。ごてごて厚く化粧はしたくない。できれば「素顔じゃないんですか」と相手を驚かせたいのだろう。しかし実際は、化粧していない顔はくすんでいたり、染みが目立ったりして、人前にはさらせない、という女性は多いはずだ。

「面白いもんだな」調査結果の報告を受けて、北川が言った。「化粧していないように見える化粧か。だったら化粧しなければいいのにな」

「そうもいかないんじゃないですか」波田は遠慮がちに反論した。「女性にとって、化粧しないで人前に出るのは、裸でいるのと同じようなものらしいですよ」

「それは極端かもしれないが……」

「アンケートで、そういう風に言っている人もいるんです」

「なるほど」北川がアンケート用紙をぱらぱらとめくった。コンピュータで打ち直したものではなく、アルバイトが書いたそのままの紙だ。「ああ、確かにそんなことが書いてあるな。『化粧なしでは出られないけど厚化粧はしたくない』。なるほどね」

「男には分かりにくい世界です」

「そうだよなあ」北川が気さくな調子で言った。「薄化粧すればいいんだろうけど、そういうのも上手くできるかどうかは、人によるんだろう」

「そうだと思います」

「よし、ＯＫだ。よくやってくれた」北川が破顔一笑した。「この結果を簡単なレポートにまとめてくれ。クライアントが一分で読んで理解できるようにするんだぞ。それが一番大事だからな」

「一分ですか？」

アンケート結果の分析なら、長い論文を――それこそ卒論に使えるような論文を書けそうだ。やる気もある。波田の不満そうな顔を見て、北川が静かに諭した。

「あのな、クライアントというのは気難しいんだ。データそのものは分厚い方がいい。いかにも真面目にやってもらったと思うんだろうな。でも、その梗概はできるだけ短くする。数字をふんだんに使って、説得力を持たせるんだ。さらに言えば、梗概につける前文は、短ければ短いほどいい。レポートを書く時は、前文で全てが決まるんだ」

「そんなものですか？」

「そりゃそうだ」北川が大袈裟に両手を広げた。「考えてみろよ。社長がレポート全部に目を通すと思うか？　表紙をめくって最初の一枚しか見ないもんだよ。それが分かりやすければ、喜ぶだろう」

「分かりますけど――」

「常に、トップに読んでもらうつもりで書け」北川がいきなり真面目な表情になった。「下の人間、実務を担当している人間がどんなに意見を言っても、トップの一言で全部がひっくり返ることはよくある。で、俺たちは誰を見ればいい？　トップなんだよ。実務をやってるたくさんの人を相手にするより、社長一人を説得する方が効果的だ。もちろん、この手のアンケートで、社長を恣意的にどこかに誘導しようとは思わないけどな。単純に考えようか。社長は忙しい。毎日どれだけの書類に目を通すか、想像もできないだろう？　そんな時、短いレポートがあると、かえって目立つんだよ。レポートは、長きが故に尊からず、だ。さ、頑張ってみろ。社長を上手く騙すようなレポートを書くんだぞ」

「騙す、は人聞きが悪いんじゃないでしょうか」

「騙すが悪ければ、誘導だ。できたら、俺が直接見てやる」北川が腕時計を見た。「あまり時間はないぞ。三日……二日で仕上げろ。頑張れよ」

ぽん、と肩を叩いて北川が事務所を出て行く。取り残された波田は、呆気に取られた。何だか……いつも通りの北川ではあるが、この締め切り設定はきつい。実は波田は、引っ越しを計画しているのだ。ようやく適当な物件が見つかり、もう契約するまでになっている。その約束が明日。契約にはそれなりに時間を取られるだろうし、引っ越しの準備もしなければならない。となると、レポートにかける時間がなくなるのだが……これはしっかりやらなければならない。仕事は仕事なのだ。

しょうがない。事務所に泊まりこみだな。引っ越しも大事──自分のステージを上げるために場所を変えるのは必要だ──だが、北川に認められたいという気持ちが上回る。欲望には限りがないのだ、と思う。北川のような人に認めてもらえれば、自分の将来は大きく広がるだろう。

それに、一度でも贅沢を味わってしまった人間は、簡単にはそれを忘れられないのだ。今後も贅沢な生活をしていく……金を儲けるために必要なことは、何か。

知恵と人脈だ。


さすがに疲れた……波田は真新しい部屋の真ん中に座りこんだ。今年の夏は特に暑く、どこにいても汗だくになっていたのだが、それに比べればこの部屋は天国だ。フローリングの感触は心地好いし、エアコンが効いている。広い部屋ではないから──前の部屋よりはだいぶ広いが──冷気が回るのも早いのだ。

無意識のうちに寝転がる。硬いフローリングが心地好く背中を刺激した。両手を組み合わせて頭の後ろに差し入れ、クッション代わりにする。それにしても、何もない部屋だな、と苦笑した。元々、前に住んでいた四畳半の部屋にも何もなかったが、引っ越して部屋がいきなり八畳に広がったので、がらんどうの空間になってしまっている。目立つのは、壁に押しつけて置いた本棚とデスクぐらいである。テレビも、四畳半の部屋に住んでいた頃には十分なサイズに思えたものだが、今はひどく小さく見える。こいつも買い替えるか……それに、ベッドも欲しかった。せっかくフローリングになったのに、今まで通り布団を敷いて寝ているのは何だかおかしい。それに、上京して以来使っている布団は、湿って嫌な臭いを発している。もしもこの部屋へ陽子を呼べば……いやいや、それは焦り過ぎか。

腹筋を使って体を起こし、立ち上がる。ベランダに出てみた。五階なのだが、ずいぶん高い所にいる感じがする。下を見下ろすと道路は遠く、かすかに目眩《めまい》がするようだった。

まだ暑いが、風は心地好く体を突き抜けていく。手すりに両腕を預け、空に向かって顔を突き出す。こんな開放的な気分を味わうのは、東京へ来てから初めてかもしれない。

短い間に俺は変わったよな、と思う。オフコン設置のアルバイトでぶつぶつ文句を言っていた日には、こんなことになるとは思ってもいなかった。人生、何が起きるか分からないから面白い。そう考えると、自然に頬が緩んでくる。これからの人生がどう転んでいくかは読めないが、今後は「分からない」では済ませない。自分の人生は自分でコントロールしていく。

インターフォンが鳴った。慌ててドアへ駆け寄り開けると、大学の友人、広井《ひろい》が立っていた。にやにや笑いながら、ぶら下げたビニール袋を顔の高さに掲げてみせる。

「引っ越し祝い。ビールだ」

「悪いな」

「しかし、広いな」玄関先に突っ立ったまま、広井が声を上げた。「ちょっと贅沢過ぎないか、これ」

「いいんだよ」さらりと言って、波田は部屋の中に向かって手を差し出した。「入れよ」

「お邪魔しますよ」気楽な調子で言って、広井が靴を脱いだ。部屋の真ん中に立つと、

「しかし何もないな」と笑った。

「家具はこれからだよ」

「何か買うのか」

「ベッドと……ソファも置けそうだな」

「何か、スケベ心丸出しじゃないか」

「そうか?」

「女の子でも連れこむつもりだろう? ま、この部屋だったらいけるんじゃないか? 前の部屋、ひどかったからなあ」

「あんな部屋、動物の巣みたいなものだよ。人間らしい暮らしはできない」

「だな」うなずき、広井が部屋の真ん中で胡座《あぐら》をかいた。「さて、呑もうぜ」

「ちょっと待て。つまみがある」

「引っ越しの時に、よくそんな物用意できたな」

「ただのフライドチキンだよ」

「いいねえ」広井がにやりと笑う。

地方出身者の二人——広井は盛岡の生まれだ——にとって、ファストフードは特別な意味を持っている。田舎にはまだファストフード店が少なく、特別な時に食べる珍しい物、という感じなのだ。それに量が少ないのに割高なので、二人にとっては贅沢感が強かった。

「引っ越し祝いの時ぐらい、こういうのを食べなきゃ」自分を元気づけるように、波田は言った。

「普通は、誰かが持ってきてくれるんだけどな」

「お前はビールを持ってきてくれたじゃないか」

「バイト代、はたいたよ」

「悪いな」

「ま、こういう時だから」

二人で缶ビールを開け、脂っぽいチキンを食べ、しばらくは他愛《たわい》もない会話を交わす。

軽く酔いが回ってくると、広井が遠慮をなくした。

「何か、最近金回りがいいみたいだな」

「そうかな」

「だっていきなり引っ越すんだから……引っ越しにだって金はかかるだろう」

「まあな」波田はチキンの骨をしゃぶった。二人にしては十分な量があるが、どうしても肉の細片を骨から引きはがすようにして食べてしまうのは、我ながら貧乏性が抜けていないと思う。

「何か、おいしいバイトでも見つけたのか？」

「ちょっとね」

「どこかの塾か家庭教師？」

探りを入れるような広井の聞き方が、少し引っかかった。気持ちは分かる。広井の実家は農家で、それほど裕福なわけではない。東京へ出て来る時も、親にはかなり無理を言った、というのは波田も聞いている。自分も同じようなもの……アルバイトで生活費を稼いでいるのもよく似ている。二人とも汲々《きゆうきゆう》としていて、常にバイトを探している。一番バイト代がいいのは塾の講師や家庭教師なのだが、なかなかいい口が見つからない。体の大きい広井は、肉体労働のバイトをよく見つけてくるのだが、いつも「割に合わない」と零《こぼ》していた。

「まあ、いろいろあるよ、バイトは」

「そう？　いいバイトなら、俺も乗りたいな」

「うーん」まずい話題だ、と意識しながら波田は首を捻った。広井を紹介すれば、北川社会情報研究所は拒みはしないだろう。来る者拒まず、が大方針なのだから。しかし、知っている人間があの職場で働くことには抵抗があった。何というか……同じフィールドに入って来て欲しくない。何かとがさつなこの男が、統計調査で才能を発揮するとは思えないが、やってみないと分からない。自分よりもいい企画を出されたりしたら、俺の存在が霞《かす》んでしまう。せっかく北川たちに認められているのだから、自分の方だけを向いていて欲しかった。

「おいしいバイトなら紹介しろよ」広井がしつこく訊ねる。

「いや……人数が決まってるんだ」

「何だ」広井はあっさり引き下がった。「だったらしょうがないな。長くできそうなのか？」

「たぶん」こちらから辞めると言わない限りは。

「金はいい？」

「悪くないな」

「そんな都合のいいバイトがあるのかね。何なんだ？」

「調査会社……街頭アンケートとかあるだろう？　あれをやってるんだ」これは嘘ではない。ただ、波田本人が今後街頭に立つことはないだろう。今後はむしろ、バイトをまとめる立場でいくのだ。そして新しい企画を出すこと。

「何だかきつそうな仕事だな」

「少し痩せたよ」自嘲気味に聞こえるだろうかと思いながら波田は言った。「今年は暑かったからな。毎日街頭に立って、へとへとだった。声をかけられるのを嫌がる人もいるしな」

「宗教の勧誘だと思われたんじゃないか？」

「そうかもしれない。ああいうの、多いからな。でも俺のは、真面目な調査だよ」

「あ、そう。だったら、街でお前を見かけることがあるかもしれないな」

「そういう時は、見なかった振りをしてくれよ。何だか恥ずかしいから」

「了解」

話は一度そこで終わった。ほっとしながら波田はビールを啜り、また他愛もない話に戻る。講義のこと、女の子たちのこと、将来のこと。話すのは主に広井の方だった。波田はぼんやりと話を聞き、時々集中して言葉を耳に入れ、相槌を打った。ビールを持ち上げ、缶の底が床につけた水滴の輪を、神経質に掌で拭う。せっかくのフローリングが、こんなことで傷んだら勿体ない。そうか、テーブルも買わなくちゃいけないんだ。食事をしたり、語り合ったり——相手は広井ではなく陽子にしたかった——するために。

「しかしお前、何だか変わったよな」広井が突然言い出した。

「そうか？」

「余裕ができたっていうか。いいバイトをしてるせいかな」

「まあ、そうかもしれない」またその話か……つい一月前までは、自分も広井のように汲々としていたのに、今ではこの男からはずいぶん離れてしまったような感じがする。俺は今、金のことで悩んでいない。他に、もっと考えるべきことができた。そう、人間の悩みの大半は金の問題である。これさえ解決できれば、もっと前向きな考えができるのだ。逆に言えば、金がないと人間はどんどん後ろ向きの穴に引っこんでしまう。

「俺さ、田舎へ帰るかもしれない」

「そうなのか」突然の告白に驚いた。広井はひたすら故郷を嫌っているのに……それも「毛嫌い」と言っていい激しいレベルなのだ。大学進学を決めたのも、どうしても入りたい大学があったからではなく、故郷を離れるためだった、と打ち明けられたことがある。波田はそこまで生まれ故郷の岐阜を嫌ってはいなかったが、広井の感覚は理解できた。田舎にいると、どんどん取り残されてしまう感じになるのだ——何に？　全てから。日本は、東京を中心に動いている。そこから遠く離れた場所にいると、どうしても置いてけぼりを食う気分になるのだ。もちろん、東京にいるからと言って、時代の最先端を走ることにはならないのだが。金があって遊び回っている連中は違うかもしれないが、波田はずっと、この街にへばりついて、地面を這いずり回っている感じしか持っていなかった。

それは、これから変わるかもしれない。

「帰るって、卒業してからだろう？」

「そりゃそうだ」

「あんなに嫌がってたじゃないか」

「親父《おやじ》がさ……体の調子がよくないんだ。今までみたいに、一人で田んぼをやるわけにはいかないようなんだよ」

「他に手伝う人は……」

「誰もいない。だから、俺がやらなくちゃいけない……かもしれない」

「こっちで就職する話はどうなるんだ？」

「どうかなあ」広井が床に後ろ手をついた。溜息をつき、天井を仰ぐ。

広井はマスコミ志望だった。波田たちの大学には、伝統ある「マスコミ研究会」があり、業界に多くの卒業生を送り出している。広井は一年生の時から研究会に入り、あちこちにコネをつけていた。最終的な希望は新聞社。コネがあっても通用しない世界らしく、既に試験対策で勉強を始めているぐらいだった。とはいっても、新聞五紙を読みこむこと——金がないので当然大学の図書館を使っている——と、研究会の「論文講座」で小論文対策をしているぐらいだったが。もっとも本人はやる気満々で、「絶対に受かる」といつも豪語している。この男の大学生活は、就職対策とバイトだけ、と言ってもいい。

「マスコミは……」

「どうかなあ」広井が顎を撫でた。そうすると、剃《そ》り残した鬚《ひげ》が目につく。

「こっちで無理でも、田舎でも新聞社だってテレビ局だってあるだろう」

「そういうの、何か田舎臭くないか？」

「まあ、田舎は田舎だけど……お前は、マスコミでやっていく力は十分あるだろう」波田はビールを取り上げた。二本が既に空になっている。広井は六本入りを買ってきてくれたのだが、彼はもう、三本目を開けていた。まあ、いいか……ビールぐらい、後でいくらでも買える。プルタブを引き上げ、口をつけた。最初に感じた爽快感は消え、何となくビールを重く感じる。

「田舎のマスコミなんてさ、嫌なもんだよ」

「そうなのか？」

「うちの研究会のＯＢでも、Ｕターン就職して田舎のマスコミに就職した先輩がいる。たまに会うこともあるんだけど、何となく卑屈なんだよな」

「卑屈？」

「うん……何ていうのかな、田舎で威張ってるだけっていう感じがしてね。確かに、田舎ではマスコミの力は大きいんだろうけど、東京へ出て来ると、それだけで萎《しぼ》んじゃうんだよ」

そんなものだろうか……地方の新聞やテレビが、その地で威張っていることは簡単に想像できるが、東京に出てきただけで萎むというのは、大袈裟過ぎる感じがした。

「よく分からないな」

「俺も理由は分からないけど、実際そんな感じがするんだ。田舎の人は所詮田舎の人って感じかな」

「そうかもしれない……でも、他の仕事なんかあるのか？」

「公務員とかかなあ……それとも教員か」

波田は首を横に振った。因縁をつけられるかもしれないと思ったが、広井も元気なく首を振るだけだった。

「田んぼを放っておくわけにはいかないんだ。そういうことをやりながらできる仕事っていうと、公務員とか教員ぐらいしかないんだよ。ある程度は時間の自由も利くし。そういえば、そんな風にやってる知り合いとか、何人もいたよ」

「きつそうだな」

「なあ」広井が言って、大きくビールを呷った。「何でそんなに、土地にしがみつくのかね。意味分からないよ」

「日本は土地が高いから」この理屈は合っているようないないような……。「せっかく持っている土地を遊ばせておいたり安く手放したりするのは馬鹿馬鹿しいだろう」

「まあ、そうかもしれないけど、盛岡の土地なんて二束三文だぜ？　東京で土地を持っていればともかく……ま、俺たちには関係ない世界だけど」

「そうだな」

何だか落ちこむ。夢を語り合ってきた友人がそこから脱落するのは、何とも寂しいものだ。波田は、ビールの缶を手の中で転がした。

「田舎の方の話は無視して、東京で就職するわけにいかないのか？」

「それは無理だろう」広井がまた力なく首を振る。「だって、家族の問題なんだぜ？放っておくわけにはいかないだろう」

「でも、お前にはやることがある」

「そうなんだけど、家族は家族だから」

「そうかね」

広井が奇妙に顔をしかめ、波田を見た。非難されているような気分になり、波田は目を逸《そ》らした。

「お前だったらどうするよ」

「うちは……ちょっと事情が違うから」波田の父親はサラリーマンである。田んぼの心配をする必要はないし、継がなければならない家族の系譜もない。そもそも分家で、そういう心配をしなければならないのは、本家の方だ。本家とか分家とか、馬鹿馬鹿しい限りだよな……と思うが、田舎にいると嫌でも意識せざるを得ない。盆や正月ごとの集まり。それがさらに鬱陶しくなったのは、大学に入ってからだ。休みで家に帰る度に、親戚の連中からあれこれ煩く言われる。一族の中で、大学へ進む人間はまだ珍しく、将来はどうするのか、妙に期待されているようなのである。放っておいて欲しい。未来のことなど、一人でゆっくり考えたい。今年はこの仕事を言い訳に帰らなくて済むので、ほっとしていた。

「仮に、俺と同じような立場だったら、という話だよ。親が病気で、何か受け継ぐものがあって、という立場だったら」

「そう、だな」言葉を濁したが、頭の中では結論はあっさり出ていた。

無視。

どうでもいいことではないか。もしもこれが、政治家一族だったら話は違う。世襲はよくないとか言われながらも、跡を継ぐことは躊躇《ためら》わないだろう。しかし、所詮農業ではないか。地元に縛りつけられ、東京はどんどん遠い世界になる。そんな状況を我慢するぐらいだったら、家族なんか捨ててしまう。

「どうでもいいかな」

「どうでもいいって？」広井の表情が険しくなる。

「俺にはやりたいことがあるから。それは、田舎にいたらできないんだ。家族の面倒を見ないのは当然だと思わないか？」

広井が溜息をつく。怒りを自分の中に呑みこみ、目を見た限り怒っているようだったが、文句を言い出しはしなかった。

必死で我慢しているような……悪いことを言ったかな、と思ったが、酔いの勢いもあって言葉は止まらない。

「何かさ、田舎って何もないじゃないか。日本は結局、東京で全部動いているんだから、そこにいたいんだよ。自分で日本を動かすこともできると思うんだ」

「お前、政治家にでもなるつもりなのか？」

「まさか」波田は声を上げて笑ってしまった。「政治家なんて、ただのハリボテだよ。偉そうにしてるけど、何もできない」

「じゃあ、官僚か？　日本を本当に動かしているのは官僚だからな」

「それもないな」波田はビールを一口啜った。自分の将来に明確な目標があるわけではないが、北川社会情報研究所の仕事が何かにつながるのは間違いないだろう。流行から社会を読み、動かす……そういう仕掛けができる仕事はあるはずだ。

「何だかはっきりしないな」

「自分でもよく分からないんだ」波田は苦笑いし、ビールの缶をそっと床に置いた。水滴の輪が……そんなことはどうでもいい。汚れたら、また引っ越せばいいのだ。「でもとにかく、俺は家族じゃなくて自分の夢を取るよ」

「お前、変わったな……夏休みの間に何かあったのか？」

あった。だが波田は、表面上は首を振って否定した。自分が何をしているのか、何を考えているのか、この男には知られたくない。何というか……家族の問題に搦《から》め捕られ、夢を捨ててしまうような男は、自分とは生きるレベルが違うと思う。もちろん、そんなことを言ったら広井も激怒するだろうが、この考えは否定できなかった。

「人間って、変わるだろう。変わらない奴の方がおかしい。お前だって変わったんじゃないか」酔いも手伝って、思わず言い返してしまった。

「俺が？　どう変わったって？」広井が睨みつけてくる。

「簡単に諦めるような奴じゃないと思ってたのに。お前の夢って、その程度なのかよ」

広井が唇を噛んだ。言い返せないのは、波田の非難が的を射ているからだろう。ああ、これでこの男とは、今までのようにはつき合えなくなるな……少しだけ苦い思いを味わったが、それほどのショックでもないことに、逆に波田は驚いた。

広井は夢から脱落した。俺は違う。

それだけの話ではないか。

「なるほど、ナチュラルメイクね」

クライアントである製薬会社の販売対策部長、赤木《あかぎ》が、感心したようにうなずいた。

「そうです。化粧していないように見える化粧……でも実際にはしっかり化粧している、という感じになります。紫外線対策などもありますから、化粧しないわけにはいかないので……でも、若い人ほど、あまりけばけばしい化粧は好まないという調査結果が出ています」波田は必死で喋った。慣れないネクタイで首が不快だったが、今は喋ることの方が大事だ。

この説明をやってみろ、と言い出したのは北川本人だった。大きな仕事で、社長に会うかもしれないから自分も同席すると言ったのだが、説明は波田に丸投げした。北川社会情報研究所の中だけならともかく、外部のクライアントに対して説明するのは、異常に緊張する。淀みなく説明するために、波田はこの二日間、ほとんど徹夜で準備を進めてきた。北川に指示された通り、レポートの内容を総合的に説明する前文は一枚にまとめてある。それも箇条書きで、ぱっと見ただけでポイントが分かるようにした。

話し始めて三十分。細かい数字を交えた説明は既に終わり、赤木の方からの質問に入っていた。

「つまり、若者向けの化粧品というジャンルを考えろ、ということかな」

「はい。そういうニーズは必ずあります」

「しかし、この『若い人』はほとんど大学生だよな？　ちょっと特殊なデータじゃないか？」

「いえ、そんなことはないんです」この質問は既に予期していた。波田はびっしりと数字を書きこんだ手帳に視線を落とした。「現在、女性の大学進学率は十二パーセントから十三パーセントです。単純計算で毎年十万人以上の女性が大学に入るんですよ。一年生から四年生までで見ると、四十万人以上の女性が大学に在学している計算になります。これは、分母としてかなり大きいじゃないですか？　それに、一度ある化粧品に慣れると、他の化粧品にはなかなか手を出さない、というアンケート結果もあります」

「直接肌に触れるものだからね」赤木がうなずいた。

よし、引きがある、と感じて波田は畳みかけた。

「学生時代に御社の化粧品に慣れれば、社会人になっても結婚しても、長く続けて使ってもらえるものと考えます。そのためには、できるだけ若々しいイメージで、ＣＭなどもそういう方針で……」

「それはまだ早いよ」赤木が苦笑した。「でもまあ、コンセプトは分かりました。うちとしては、もっと総合的に、幅広い年代の人に使ってもらえる化粧品を想定していたんだけど、こういう考えは盲点だったね」

「四十歳の人に使ってもらってもいいんです」最後の一押しだ、と波田は一気に言った。

「女性は誰だって、いつまでも若いイメージを持たれたいんじゃないですか？　そのために、若者向けの化粧品を使うというのも、ありだと思います」

「なるほどね……ま、分かりました。非常に面白い調査結果でした」赤木がぽん、と音を立てて膝を叩く。

「実はね、彼がほとんど一人でレポートをまとめたんですよ」北川が久しぶりに口を開き、波田の背中を平手で軽く叩いた。

「ほう、若手のホープですか」赤木が愛想笑いを浮かべた。

「若手どころか、まだ大学二年生でね。二十歳になったばかり」

「本当に？」赤木がぐっと身を乗り出す。眼鏡の奥の目に、真剣そうな光が宿った。

「大学生？」

「はい」波田は少しだけ耳が赤くなるのを意識しながらうなずいた。

「いやあ、立派なもんだね。最近の大学生は大したもんだ。私らの頃は、こんな風にはできなかったよ」

「いろいろ勉強させていただいています」これは上手い台詞だ、と波田は一人悦に入った。遠慮がちに聞こえるであろう一方、自分はしっかり学んでいると相手にアピールできる。いかにもできる学生らしいではないか。

「こういうのは、大学で教わっているようなことなのかな？　統計学とか」

「いえ、専門は民法です……法学部ですので」

「法律も知っていて、統計にも詳しい。これはいい人材だね……北川先生、うちの会社にいただけませんかね」

北川が声を上げて笑った。が、次の瞬間には真顔になり、「うちにとっても貴重な人材なので。残念ですが、お渡しできませんね」と言い切った。

「いい人材は、どこでも欲しがるものですよね」

赤木がうなずいた。かすかに不満そうであり、単にお愛想で言ったのでないことは、波田にも分かった。もちろん、波田としては製薬会社で働くつもりはなかったが。この会社の主役は開発陣だろう。つまり理系。文系の自分が入社しても、営業か宣伝、企画部署に回されることになるはずだ。企画の仕事などはやりがいがあるかもしれないが、扱う範囲が決められてしまうのは気に食わない。

俺は世界を相手にしたいんだ。

「ま、大変参考になりました」赤木がもう一度膝を叩いた。波田をスカウトすることにどこまで本気になっていたかは分からないが、既に諦めた様子である。「北川先生、支払いの方は振りこみで？」

「ええ。事前のお約束通りでお願いします」北川が背広の内ポケットから封筒を取り出した。「請求書です」

赤木が口を細めて封筒に息を吹きかけ、中の請求書を引っ張り出した。ちらりと見ただけで封筒に戻し、素早くうなずく。

「確かに。では、経理の方で処理します」

「よろしく」

生々しいやり取りのはずだが、波田はぴんとこなかった。紙切れ一枚で、どれだけの金が動くのだろう。

自分はまだ、学ばなければならないことが多い、と実感する。

この会社のビルは、二年前に新築されたばかりだという。景気のいい話だ……新宿の高層ビル街に近く、さすがに高さでは京王プラザホテルには敵《かな》わないが、シンプルでモダンなデザインは、いかにも一流企業の本社らしい。一階のロビー部分には大理石が多く使われており、高級感もあった。

来た時には緊張していて、ろくに周囲を見ていなかったが、帰る段になると観察する余裕もできた。自分と同年代の、スーツ姿の男女が目立つ。ああ、四年生は今頃ちょうど、就職活動の追いこみなんだ。二年後の自分の姿……だろうか。

波田の目が学生の方を向いているのに気づいた北川が、何故か怒ったように言う。

「気になるか？」

「はい？」

「あの学生たちが気になるか？」

「まあ、同世代ですし……」北川の言葉の強さに圧《お》されて、しどろもどろになってしまう。

「ちょっとお茶でも飲んでいこうか」

「時間、いいんですか？」波田は腕時計をちらりと見た。安っぽい時計……これも、いつかは買い替えたいな。こういう時計をしていると、詰めが甘い気がする。

「所長が時間に追われているようじゃ駄目だろう。自分のスケジュールぐらい、自分でコントロールできる」北川がにやりと笑い、周囲を見回した。「ちょうどいい。そこでお茶が飲めるじゃないか」

ロビーの一角に、テーブルが幾つか並べられていた。どうやら、打ち合わせなどで利用されているらしい。今も二組の客がいて、何やら額を寄せ合って相談していた。

「コーヒーを二つ、買ってきてくれ」北川が財布から千円札を一枚、抜いた。自分はさっさと窓際の席に陣取る。足を組み、悠々としているように見えるが、その実苛ついているのは波田にはすぐに分かった。そのスペースは全面禁煙なのだ。というより、社内は基本的に禁煙のようである。煙草を吸わない波田は、ヤニの臭いに敏感なのだが、社内を少し歩いた限り、まったく煙草の気配を感じなかった。製薬会社ということで、健康に悪そうなものは全てシャットアウトしているのかもしれない。

コーヒーを持って戻ると、北川は唇を捻《ね》じ曲げて不機嫌そうにしていた。テーブルの上に煙草のパッケージを置いたものの、吸えるわけでもなく、貧乏揺すりをしている。

「禁煙か……失敗したな」

「所長も思い切って禁煙したらどうですか？」北川に対して、気軽に話しかけられていることに驚いた。

「それは考えたこともなかった」北川が煙草を一本引き抜き、くわえる。しばらく唇の端でぶらぶらさせていたが、やがてパッケージに戻して、コーヒーを飲んだ。その瞬間、顔を歪《ゆが》める。「このコーヒー、幾らだった？」

「百五十円です」

「百五十円なりの味しかしないな。そもそも紙コップというのが、ね……ま、こういう時もあるか」

「あの、一つお聞きしていいですか？」先ほどの請求書の件が頭に引っかかっている。

「何だ？」

「今回の調査で、幾ら請求したんですか？」

「ああ、五百万」

北川はこともなげに言ったが、波田は思わず息を呑んだ。五百万って……想像もできない金額だ。百万円の束が厚さ一センチあることぐらいは知っている。五センチの札束。自分はこれからの人生で、それを生で見ることがあるのだろうか。

「……高くないですか？」

「まさか。経費を考えろ。今回、バイトを二十人使った。一人当たり一日一万円、かける十日間だぞ。それだけで二百万円だ。うちの純利益は大したことはない。所員の一月分の給料にもならないよ」

確かに。北川社会情報研究所の財政状況については、波田は知ることができない。聞けば教えてもらえるかもしれないが、聞いてはいけないような気がしていた。高給取りの所員を何人も抱えて、どうやって事務所を回しているのか、実はひどく不思議に思っているのだが。

「……高いですよね」

「そうでもない。これぐらいは平均だ」

「そうですか……」

「それより、さっきの学生たちを見てどう思った？」

「どうって……大変だな、と」

「ああいうことでエネルギーを使うのは馬鹿らしい。君は、卒業したらそのままうちで働くことだな。それが一番だ」

「ええ」

「勉強もしっかりやってもらわないと困る。専門は民法だったな？　そういう知識は、うちの業務にも役立つんだ」

「はい」何となく、答えが途切れ途切れになってしまうのが悔しい。

「夢は大きく持たないと……いや、夢じゃなくて目標だな。夢っていうのは、叶《かな》うかどうか分からないこと。目標は達成すべきものだろう？」

「分かります」

「とにかく、細かいことで悩むのは馬鹿らしい。あの学生たちも、今は大変かもしれないが、実際に働き始めれば、就職活動なんか大したことがなかったって分かるよ。働くことは、それほど大変なんだ。しかも、その仕事が自分に合っているかどうかは分からない……君は、うちの仕事が自分に合っていると思うか？」

「よく分かりませんけど、楽しいのは間違いありません」

「仕事を楽しいと言えるのは、自分に合っている証拠だよ」

北川がうなずき、コーヒーを一口飲んだ。またも顔をしかめる。口が奢っているのだな、と波田は思った。自分は、それほど不味《まず》いコーヒーだとは思えないのだが。

「自分は、同世代の連中とは違う人間だと思え。君には嗅覚がある」

「嗅覚?」

「仕事に対する嗅覚だよ。今回のアンケートだって、独自の分析ができただろう? 調査業務や、企画立案に向いてるんだよ。こういう仕事には向き不向きがある。センスがない人には絶対にできないが、君にはその能力がある」

「難しいですけど」

「何言ってる。簡単な仕事なんか、やりがいがないだろう」北川がにやりと笑った。

「そこで、だ。もう少し難しい仕事を君に任せようと思う。やってくれるな?」

抗《あらが》いがたい誘いだった。今は、仕事を一つこなす度に、一つ大きくなれる気がする。

# 第3章　拉　致

初めて給料を貰ったが、「金を稼いだ」実感はなかった。現金ならともかく、紙切れ一枚。もっとも、現金だろうが給与明細だろうが、「三十万円」に変わりはない。銀行で口座の残高を確認し、間違いなく金が振りこまれているのを見ると、にやけ笑いが止まらなくなった。

確か、最近の大卒の初任給が、十三万円ほどではないだろうか。卒業までまだ間がある自分がこれだけの金を手に入れたことが、誇らしくてならない。最初に振りこまれた百万円は、引っ越しに使った後もまだ残っていたし、しばらく懐具合を心配する必要はない。ありがたい話だ……波田は五万円だけを下ろして財布に入れた。本当は、全部千円札にしてみたかった。札が五十枚も財布に入っていたら、畳めなくなるかもしれない。しかし、そんなことをするのは貧乏臭い……今の自分は、そういう考えや行動からは離れつつあるはずではないか。

それでも、尻ポケットに入れた財布の分厚い感触が頼もしい。ほくほくした気分のまま、銀行を出て歩き出す。今日の講義はサボろう。今の自分には、もっと大事なことがある。

秋の気配が街に満ちている。長袖のシャツ一枚では、少し肌寒さを感じるぐらいだった。最近、この先どうしようかと考えることがよくある。このまま大学に通っていていいのか……普通に卒業する意味があるのかどうか、分からない。大学などさっさと辞めて、北川社会情報研究所で仕事をする方が、よほど勉強になる。もちろん金も稼げる。一度北川に相談したが、「大学は出ておいた方がいい」と軽く諭された。そもそも大学ぐらい卒業できないようでは、将来はおぼつかない。ロカビリーの興行で大忙しだった自分でも卒業できたのだから、何とでもなる――というのが彼の言い分だった。

まあ、そうかもしれない……しかし今の波田にとって、大学は生温《なまぬる》い世界だった。実社会に直《じか》につながるわけでもない机上の空論をどれだけ学んでも、自分のためにも社会のためにもならないのではないか。

「波田?」

声をかけられ、足を止める。振り返ると、富樫がにやにやしながら立っていた。会うのは久しぶり……この前会ったのは二か月近く前になる。そう、まだ暑い盛りに、オフコン設置のアルバイトをした時だ。今日の富樫は、珍しくスーツ姿だった。

「どうしたんですか?」

「うん。仕事だよ」

「バイトですか」

「バイトだけど、ちゃんとスーツを着てないとまずいから……お前こそ、何だかずいぶん綺麗な格好をしてるじゃないか」

「そうですか？」自分の体を見下ろす。綺麗といっても、大したことはない。真っ白なボタンダウンシャツに、きちんとプレスしたチノパンツ、それにローファーだ。綺麗に見えるのは、どれも下ろしたてだからだろう。富樫の中での俺のイメージは、汗塗《あせまみ》れのTシャツのはずだ。自分では、あんな格好はもう卒業したと思っている。

「飯でも食わないか？」

　富樫が時計を見ながら言った。そういえば、もうすぐ昼。急に空腹を覚えて、波田はうなずいた。さて、どこにするか……最近食べ過ぎて体重が増えつつあるから、そんなにたくさんは食べられない。

「いいですよ……あ、今日は俺が奢ります。今まで散々奢ってもらいましたから」

「おう、いいね」富樫がにやりと笑う。「お前、この辺、詳しいか？　仕事で来ただけなんで、俺はよく分からないんだ」

「分かりますよ。うち、すぐ近くなんで」

「何だ、そうなのか」富樫が笑みを浮かべ、近づいてきた。

国鉄中野駅と西武新宿線新井薬師前駅《あらいやくしまえ》のちょうど中間地点辺り。せっかく引っ越したのに、結局中野区から離れられない。まあ、この辺は一人暮らしの人間には優しい街ではあるのだが。安い中華料理屋や定食屋が多く、その気になればまったく台所を使わなくても、食べるには困らない。

「じゃあ、お前のお勧めの場所にしてくれよ」

「カレーとか、どうですか？」

「カレーねえ……」富樫の顔が一瞬歪む。「ま、いいけどね。だけどカレーは、当たり外れが大きいんだよな」

「絶対お勧めです」

引っ越してすぐに見つけたその店には、既に何度も入って、その度に満足させられている。銀行のある駅前からは、自宅の方へ戻る格好になるのだが……中野の象徴でもある中野サンプラザの横を通り過ぎ、中野ブロードウェイを右手に見ながら、新井の交差点を目指す。早稲田通りを右折すると、すぐにその店「辛坊」がある。マンションの一階の喫茶店のような店なのだが——事実波田は最初、コーヒーを飲もうとして立ち寄った——実際は本格的なカレー屋である。一歩足を踏み入れた途端に、香辛料の香りが全身を包み込む。

昼前なので、まだ客は少なかった。十二時を過ぎると、途端に近所のサラリーマンで店内はごった返す。二人は早稲田通りを望む窓際のテーブル席に陣取った。

「お勧めは？」

「ビーフカレーですね」

実際波田は、ビーフカレーしか食べたことがない。最初に食べて病みつきになったのだ。とにかく肉が美味い……カレーで千円はいかにも高いが、それだけの価値がある味だ。ついでにランチタイムには、値段はそのままでコーヒーまでつくので、お得感も強い。

このところ波田は、ろくに大学へ行っていなかった。まだ単位が危ない状況ではないし、とにかく北川社会情報研究所での仕事を中心に生活を回しているので、どうしても夜型の生活になってしまうのだ。日付が変わる時刻近くまで赤坂にいて、終電で慌てて帰宅する。それも逃すと、残っている誰かがタクシーのチケットを切ってくれる。そんな生活を続けていれば、起床時間はどんどん後ろへずれこみ、一日が始まるのは昼頃になってしまう。大学へ行く時も、ゆっくり起き出して、自宅近くで食事をしてから、というパターンだった。そういえば最近は、学食で食事をした記憶がない。美味い店を見つけてしまうと、量が多いだけで味気ない学食には我慢できなくなってしまう。

最初にレタスとトマトのサラダ。すぐにカレーが出てきた。黒に近いほど濃い色のルーの中に、牛肉の塊がごろごろ転がっている様を初めて見た時には感動したものである。

実家で食べていたカレーでも、学食のカレーでも、肉と言えばひらひらの豚肉だったから。肉を噛み切る時に、歯が「通過する」感覚は今まで経験したことがなかった。

「これは、美味いね」富樫が素直に褒めた。

「でしょう？」褒められ、波田もまんざらではなかった。自分の舌の確かさを認められたようなものである。「毎回ビーフカレーなんですよ。他のも美味そうなんですけど、癖になって」

二人はあっという間にカレーを食べ終えた。本当は、ここのカレーはじっくり味わって食べる価値があるのだが、と波田は苦笑する。

店内ではずっと、マイケル・ジャクソンがかかっている。波田は好きではないのだが、今年はどこへ行ってもマイケル・ジャクソンだ。今は「ビリー・ジーン」が流れている。

食後のアイスコーヒーを前に、二人の雑談は続いた。

「今度はどこでバイトしてるんですか？」

「プログラマなんだ。本格的にコンピュータを使う仕事を始めたんだよ」

「プログラマっていうと、ソフトを作る……」

「そういうこと」

富樫がうなずく。その顔に、わずかに疲労感が漂っているのに、波田はめざとく気づいた。

「何か、お疲れですか？」

「いや……最近急に目が悪くなったかな」苦笑して、富樫が顔をこすった。「ずっと画面と睨めっこだから、疲れるよ」

「大変ですね」波田は意識して心配そうな表情を作った。この男は、自分がどれだけ苦労しているかをアピールしたがる癖がある。

「お気遣い、どうも」富樫が少しだけ表情を緩める。「でも、これで何とか飯を食っていけそうだからな」

確かに富樫は、そんなことを言っていた。「これからはコンピュータだ」「絶対に食いっぱぐれることはない」。そうかもしれないが、こんな風に疲れるのはきついだろうな、と波田は同情した。自分にとってコンピュータは、データの整理に役立つ便利な機械でしかないが、きちんと使えるようにチューンナップする富樫たちは大変だろう。そして、彼が考えているほど誇り高い仕事とも思えなかった。何というか……水道や電気の工事のようなものではないか。誰かのために、基礎を作ってやるだけ。

「お前こそ、いいバイトでも見つけたのか？」

「ええ、まあ」富樫には素直に話せる、と思った。元々金には困っていない男で、今も割のいいバイトを見つけたわけだし……広井のいじけた顔や物言いを思い出す。あの男は明らかに、少し金回りがよくなった俺を羨んでいるだけだ。人間、あんな風になったらおしまいだと思う。

説明したが、富樫は予想通り、特に羨ましそうな表情にもならなかった。まあ、給料についてはぼかして話したのだが。

「それ、大丈夫なのか？」

「何がですか？」いきなり心配され、波田は戸惑った。危ない仕事をしているような意識はない。

「何て言うかさ……虚業みたいな感じがするけど」

「そんなこと言ったら、広告業界とかは全部虚業じゃないですか。でも、それで金が回っているんだから、問題ないと思いますけど」

「まあ、そうなんだろうけど……ちょっと、俺には分からない世界だな」自信なさそうに富樫が言った。

「そうですか？」

「うん」富樫がスプーンをコーヒーに突っこみ、ゆっくりとかき回す。何となく不安だが、その理由が自分でも分かっていない様子だった。「大丈夫なのか？　いろんな意味で」

「大丈夫ですよ」波田はわざと明るい口調で言った。「だって、北川さんがやってるところですよ。北川さん、知ってるでしょう？　テレビにもよく出てるし」

「知ってるけど、それとこれとは関係ないだろう」

「そうですかねえ」波田は首を捻った。富樫が何を心配しているのか、さっぱり見当がつかない。この人も、結局広井と同じなのだろうか。人が充実した仕事をして、ちゃんと金を稼ぐのを嫉妬している？　結局、金を持っている人間は羨ましがられるということなのか……何だかしみったれた話だ、と情けなくなる。

俺は、そんな風にはなりたくない……いや、少し前までの俺は、人並み以上に金に敏感だったけど。お釣りでもらう一円玉を貯《た》めて数えるような生活をしていたし、遊びに金を使う人間を見るとむかついたものだ。

結局、金があれば人は変わる、ということか。自分も変わるし、見る人の目も変わる。世の中、すべての基準は金、ということなのだろう。

「山養《さんよう》商事ですか？」波田は首を傾《かし》げた。聞き覚えのない名前だった。

「知らないか？」鶴巻が押し殺した声で訊ねる。

「ええ。初耳です」

二人は、打ち合わせ用のテーブルを挟んで向き合っていた。それ自体が、少し異常に思える。普段、仕事の話をする時には、わざわざこんな風にはしない。席が隣同士なので、鶴巻はいつも椅子に座ったまま話を切り出してくるのだ。しかし今日は、わざわざとか。

「向こうで話をしよう」と言ってきた。事務所には二人きり、電話も鳴らず、わざわざこのテーブルで話をする必要もないはずなのに……それだけ改まった重要な話ということか。

「まあ、君が知らなくてもしょうがない」鶴巻が納得したようにうなずく。「俺も、最近名前を聞いたばかりだから」

「何の会社ですか？　商社？」

「商社と言えば商社かな」鶴巻が、神経質そうに指先をテーブルに打ちつける。いつも鷹揚《おうよう》、というかいい加減な彼にしては珍しく、苛立ちが透けて見えた。

「何を扱ってるんですか」

「何も」

「はい？」

「何も扱っていない。だけど金は動かしている」

「よく分からないんですけど」

「ペーパー商法って知ってるか？」

突然訊ねられ、波田は口をつぐんだ。その言葉自体は知っている。新聞か何かで読んだ記憶があったが、「説明しろ」と言われると、黙りこむしかない。素直に「分かりません」と認めた。この事務所では、「分かりません」は決して不名誉な言葉ではない、と波田は既に学んでいた。そして「分かりません」と言えば、必ず誰かが説明してくれる。

「そんなに難しい話じゃない。例えば俺が、君に宝石を売るとするよな。だけど、宝石なんか、実際にはないんだ」

「ええ」そう言われても、まだ戸惑いしか感じない。

「宝石は、高いだろう？　というか、高いものだと皆思いこんでいる。で、売った方は、『大事な物なので、保管はこちらでします』と言って、証書だけを渡すんだよ」

「ああ」何となく理解できた。

「物がないのに、金だけ受け取れるわけだ。買った方は、そのうち転売などで利益を得られる、とか説明を受ける。そのうち、十分な金を巻き上げた会社は、いつの間にか姿をくらませて……という筋書きなんだ」

「それ、詐欺ですよね」

「まあ、警察が詐欺で立件するのは、相当難しいみたいだけどね……とにかく、山養商事っていうのは、そういうペーパー商法をやっている会社らしい」

「はあ」

「で、うちは山養商事を調べることにした」

「そうなんですか？」違和感を覚えながら、波田は訊ねた。これまでの仕事といえば、あくまで会社のための市場リサーチである。そんな詐欺まがいの商売をやっている会社を、どうして調べるのか。しかも、今までと同じようなアンケート調査ではないようだ。そのノウハウは、波田には想像できない。

「君にも主力として働いてもらうから」

波田はにわかに緊張感が高まるのを感じた。これは……警察の捜査か、あるいは探偵の仕事のようなものになるのでは？　身に危険が及ぶような仕事かもしれない。

「あの……大丈夫なんですか？　危ないことはないんですか」

「分からない」

鶴巻が否定しなかったので、波田はさらに緊張した。現物まがい商法をやる会社など、ろくなものではないだろう。もしかしたら、裏に暴力団がいるのではないか？

「こういう仕事、よくやるんですか」

「前にも一度、やったことがある。その時も、詐欺的商法をやっている会社について調べたんだけどな」

「どうしてそんなことを……」

「正義のためだよ」

突然、北川の声が聞こえた。驚いて顔を上げると、いつの間にか鶴巻の背後に立っている。鶴巻が急に立ち上がって一礼し、北川のために椅子を引いた。

ゆっくりと腰を下ろしながら、北川が波田の顔を凝視する。北川の顔には、波田が今まで見たことのない表情が浮かんでいた……怒り、だろうか。普段の北川は、「面白いか」「面白くないか」で物事を判断している感じがする。自分が興味を持つものだけに取り組む。しかし今の北川は、自らが口にした「正義」という言葉に取《と》り憑《つ》かれているようだった。怒りの表情は、その表れだろう。

「実はこの件は、知り合いの弁護士からの依頼なんだ」

「弁護士、ですか」波田はおうむ返しに言った。

「そう。消費者問題に取り組んでいる人でね。山養商事に関しても、既に被害者から相談を受けている。裁判を起こす動きもあるようだ。それに、警察も目をつけているらしい」

だったら警察に任せておけばいいのでは、という台詞を波田は呑みこんだ。北川がこんな風に言うからには、何か理由があるはずだ。北川が自分の言葉に納得したようにうなずき、続ける。

「もちろん、警察は警察で仕事をするだろう。だけど警察の仕事は犯人を捕まえることで、被害者を助けることじゃない。実質的にそれができるのは、弁護士なんだよ。山養商事の資産を保全して、被害者が奪われた金を弁済させる。そのためには、この会社のことを徹底的に調べ上げておかなくちゃならない」

「そういう情報は、警察に貰えばいいんじゃないですか」

北川が首を振る。相変わらず怒りに満ちた表情だった。

「警察と弁護士は、協同して仕事をするわけじゃない。時には警察にとって、弁護士の存在が邪魔になることもある。十分な情報提供は期待できないだろうな。だから、我々が調べるんだ」

「どうしてうちなのか……」分かりません、と言いかけて波田は言葉を呑んだ。

「普段のうちの仕事は、企業の利益のための調査だ。しかしな、それは消費者のためでもあるんだぞ。いい商品ができれば、企業が儲かるのは当然だが、消費者も得をするわけだ。上手く金が回って、企業も消費者もいい思いをする……まっとうな企業の、まっとうな経済活動に関しては手を貸す。しかし、ある企業が、消費者を食い物にしているとしたらどうだ？」

「悪いことですよね」

「許せないことだ」北川が言い直した。「悪徳商法というのは、昔からある。金に目がくらんだ人を引っかける……騙された人が百パーセント被害者だとは言わない。自分も欲に目がくらんで騙されるんだから。だがな、山養商事は、お年寄りばかりを相手にしてるんだ。君にはまだ分からないだろうが、年を取るといろいろ不安になるんだよ。頼れるのは金だけ、という気持ちになるのは理解できるだろう」

「ええ……」北川の迫力に驚いて、思わず相槌を打ってしまった。助けを求めて鶴巻の顔を見たが、何故かすっと目を逸らす。

「山養商事の連中は、お年寄りのそういう不安につけこんでいるんだ。宝石を使って、利回りのいい商売をする。客の側からすれば、金を出すだけで面倒なことはしなくていいんだから、つい釣られるよな。だけどそれは、ビジネスのやり方としては間違っている。明らかに犯罪だ。だから我々は、消費者を守るためにこの仕事を受ける。普段やっている仕事とは感じが違うかもしれないが、消費者のため、という点に違いはないんだ。理想は同じなんだ。分かるな？」

「……はい」正直に言えば、分かったような分からないような、だ。だが、おかしいと指摘できるだけの材料を波田は持っていなかった。普段は金儲けのことしか口にしない北川が、急に正義感を持ち出してきたことに、違和感もある。だが、そもそもこういう考えを正面切って否定はできないものだ。「誰かのために」という名目を否定すれば、自分の正義感が問われることになる。

まあ……悪いことではないのだから、と波田は自分に言い聞かせた。問題は、自分にこういう仕事ができるかどうかだ。これは……アンケートを取ったり、バイトを束ねたりするのとはレベルが違う話である。

登記簿、というものを波田は初めて見た。岩下にくっついて法務局へ行き、山養商事の登記簿謄本を求めたのだが、見ただけでは何のことか分からない。岩下が、見方を教えてくれた。

「そんなに難しくはない」立ったまま、登記簿を波田の方に向ける。「名前と住所、設立年月日等の、基本的なことが書いてあるだけだ。あとは、役員に関する情報……なるほど、同族経営ではないみたいだな」

波田は「役員に関する事項」の項目に視線を落とした。代表取締役が松方英実《まつかたひでみ》。取締役は他に二人いて、それぞれ本村千寿《もとむらちず》、植岡隼人《うえおかはやと》となっている。名字が違うから、家族でやっているような小さな会社ではない、ということか。

「これだけだと、そんなにたくさんのことは分からないが、手がかりにはなる」

「例えば？」

「役員について調べるんだ。社長の松方っていう男は有名だけど、他の二人は、俺も名前も知らない。こいつらが、実際のビジネスにどこまで嚙んでるかがポイントだ」

波田はうなずいた。法務局でこんな話をしていて大丈夫だろうか、と心配になる。どういうわけかここは、やけに人が多くてごった返しているのだ。もっとも、人の話に耳を傾けているような暇な人間はいそうにないが。

「まず、どこから調べるんですか」

「会社の実態だな……ちょいと覗いてみようか」

「大丈夫なんですか？」波田は眉をひそめた。岩下の態度は、あまりにも軽過ぎるように思える。反社会的な会社に、そんなに簡単に接触していいのだろうか。

「大丈夫」岩下が静かにうなずいた。「心配するほどのことはない。取り敢えずは外から見てみるだけだから」

本当に、という質問を波田は呑みこんだ。これは本当に、アンケート調査などとはまったく異質の仕事だ。下手をすると、こちらの顔を見られて、逆に身元を洗われるかもしれない。そんなことになったら……だが、岩下はまったく心配していない様子だった。

登記簿謄本をバッグにしまうと、波田の顔を見てうなずいた。

「心配するのは分かるけど、俺は、こういう仕事は初めてじゃない」

「ええ」

「慣れてるから、危なくなったら引くタイミングは分かる。君を危険な目に遭わせるようなことはないから」

「……分かりました」本当は逃げ出したいぐらいだったが、臆病者とは思われたくない。これは正義の戦いなのだし、こちらには後ろめたいところはまったくないのだ。上手くやれば、北川も褒めてくれるだろう。

そうやって自分を鼓舞しようとしたが、気持ちはまったく膨らまなかった。

なるほど……ここを見ただけでは、危ない会社とは思えない、と波田は思った。山養商事の本社は新橋にあるビルの二階にあり、一階は営業窓口になっている。一階は、一見証券会社か銀行の支店——それをぐっと小さくしたもののように見える。出入りしている人の多くが高齢者……波田の親よりもずっと年上の人間のようだ。どちらかというと、祖父母の年齢に近いかもしれない。

二人は、道路を挟んで向かいにあるビルの屋上にいた。屋上とはいっても、五階建てのビルなのでそれほど高くはなく、双眼鏡を使えば人の出入りは確認できる。

「じいさんばあさんばかりだな」

言って、岩下が双眼鏡を手渡した。受け取った波田は、手すりから身を乗り出すようにして、一階部分に焦点を当てる。今も、七十歳ぐらいの老夫婦が出てきたところだった。何となく、安心したような笑みを浮かべている。これで老後の生活資金を確保した、とでも思っているのだろうか。冗談じゃない、と波田は双眼鏡を持つ手に力が入るのを意識した。騙されてるだけなんですよ。本物の宝石は、あなたたちの手には渡らない……いや、それも本当かどうか分からないことだ。自分ですべてを確かめたわけではなく、人づてに聞いただけなのだから。

「どうしますか？　人の出入りは確認できますけど、ずっとここで見ているんですか」

双眼鏡を覗きこんだまま、波田は訊ねた。

「それは無理だな。いつまでもここにはいられないし。勝手に屋上に上がりこんでるんだから」

「だったら……」

「もう、手は打ったよ。二階の部屋が空いてるそうだ」

「え？」波田は思わず、双眼鏡から目を離した。手回しがよ過ぎる……自分が知らない間に、いろいろなことが進んでいるのが気に食わなかった。「そうなんですか？」

「この話が出てすぐ、部屋を押さえたんだ。ちょうど、連中の会社の向かいにある。そこでしばらく、監視するんだ。できたら、出て来た人から話を聞きたい」

「営業妨害ですか？」

「営業妨害だと思われないように、上手くやるんだ」岩下が苦笑した。「露骨にやり過ぎると、まずいことになるからな。とにかく、どんな具合に商売の話が進んだかを確認するだけでいい。それをまとめて、依頼人の弁護士に報告する……言ってみれば、いつものアンケート調査と似たようなものだよ」

「でも、内容は全然違いますよね」

「そりゃそうだ」岩下が肩をすくめる。「でも、ノウハウは同じだからな。人に話を聞くのは変わらないだろう。君の得意の人たらしを見せてくれよ」

人たらしか……そんな風に言われると、少しむっとする。だが、自分が「話を聞く」能力に長《た》けているのは、どうやら間違いないようだ。

「いつからやるんですか？」

「できれば今日から」

「今日、ですか」まあ、仕方がないか。講義はサボり決定だ。「もしかしたら、二十四時間体制とか？」

「そこまでは必要ないと思う。一階の窓口がいつまでやってるか分からないけど、向こうが店じまいしたら、それで終わりにしよう」

「ちょっと、見てきましょうか」波田は双眼鏡を岩下に渡した。「営業時間ぐらい書いてあるんじゃないですかね」

「気をつけろよ」

忠告され、走り出そうとした足が止まってしまう。何に気をつけるんだ？ そんなに危ないことなのか？ だが、振り向いて顔を見ても、岩下は何も言おうとしない。その顔は、何故か能面のように無表情だった。

嫌な予感を胸に抱きながら、波田はビルの階段を駆け下りた。今日はかすかに暑さが残る陽気で、たちまち汗が吹き出てくる。息も上がってきた。最近、美味い物ばかり食べて、運動していないから体重が増えている……自分の生活が確実に変わってしまったのを意識しながら、波田はビルの外へ出た。

外堀通りに面したこのビルは、ビジネスをするには一等地だろう。道路を横断した波田は、ビルの少し手前で足を止め、呼吸を整えた。狭い敷地に無理矢理建てた細長いビルだが、まだ真新しい。七階建て……看板を確認すると、一階、二階に「山養商事」の看板があった。特に凝ったものではなく、白地に黒で社名が書いてあるだけ。

自動ドアが頻繁に開くので、正面でうろうろしていると目立ちそうだ。波田は一度だけ、さりげなく前を通り過ぎることにした。波田に近い方に自動ドアがあり、その向こうは壁……近づき過ぎて、前を通り過ぎた瞬間に自動ドアが開いてしまった。慌ててそちらをちらりと見て、「営業時間　午前十時～午後八時」の文字を確認する。ずいぶん遅くまで営業しているものだ。その他には「宝石」「金地金」……「金地金」とは何だろう。その疑問は、ドアの前を過ぎて、壁に達した時に氷解した。壁にかかった看板に、積み上げられた金塊のイラストが描かれているのだ。金地金は、要するに金塊のことか……何とも分かりやすいというか、直接的過ぎる。もろに「金」を前面に押し出すのは下品な感じもするが、そういう商売なのだから、仕方ないだろう。

ビルを通り過ぎ、立ち止まって振り返る。今しも、一組の老夫婦が出て来たところだった。七十歳を大きく超え、二人とも八十歳ぐらいか……妻の頭は完全に白くなり、夫の腕を取っているのだが、夫の腕を支えているのか、自分が支えられているのか分からなかった。二人とも耳が少し遠いのか、声を張り上げているので、話している内容がはっきりと聞こえてくる。

「感じがよさそうな人でよかったですね」

「ああ、今時珍しい若者だ」

「あれなら安心でしょう」

「ああいう人がいる会社は信用できる」

おいおい……波田は思わず顔をしかめた。そういうのは、詐欺の基本じゃないのか？人当たりがいい人間を前面に立てて、相手を安心させる。そのやり方は、波田にも覚えがあった。化粧品のアンケートで、女性から上手く本音を引き出そうと、ハンサムな男ばかりを集めたのだから。もちろん、自分たちがやった調査は違法でも何でもないが。

追いかけて話を聞こうか、とも思った。何だったら、「あなたたち、騙されているかもしれませんよ」と忠告してもよかった。だが、今の状態でそんなことをするのは、出過ぎた真似だろう。だいたい、ここを訪れた人を一々説得していたら、きりがない。

老夫婦の背中を見送る。初秋の夕日に包みこまれた二人の姿は、幸せそうに見えた。これで老後の心配は完全になくなった、とでも思っているのかもしれない。

その背後で舌を出している人間がいる、と考えるとむかつく。ふざけた商売で金儲けをしようとしている人間は、絶対に許さない——波田はいつの間にか、北川と同じように考えているのだった。

「向かいの部屋」は、元々どこかの会社の事務所に使われていたようで、電気の配線などがそのままむき出しになっているところもある。南向きで、広い外堀通りに面しているので、一日中日差しがもろに射《さ》しこんでくるのがきつい。当然空調などは入っておらず、温室の中にいるようなものだった。冬場ならむしろ快適かもしれないが、今は汗がだらだら流れて不快なだけだった。仕方なく波田は上着を脱ぎ、シャツ一枚になって暑さに耐えている。隣に陣取る岩下もワイシャツ姿で、袖をめくり上げている。ネクタイも緩めていた。彼にしては珍しく、だらしのない格好だった。

しかし、仕事の緻密さは普段と変わりがない。鶴巻は適当な感じがするのだが、岩下は手を抜かなかった。折り畳み椅子に座ってずっと双眼鏡を覗きこみ、人の出入りがあればすぐにノートに記載する。店を訪れた人が出て来る度に、自ら飛び出すか、あるいは波田に指示して話を聞きに行かせた。

来客は、平均して一時間に二組か三組、というところだろうか。それだけ見ると大したことはないように思えるが、一度入ると三十分、どうかすると一時間は出てこない。説明は、微に入《い》り細《さい》を穿《うが》つようなものだろう。二階の事務所では、社員の出入りが激しい。上着を引っかけて外へ出て行く社員は、一様に頑丈そうなアタッシェケースを持っている。いかにも貴重な物……それこそ宝石などが入っていそうな感じだ。

「外商も盛んみたいだな」岩下がぽつりとつぶやく。

「そうですね」

今しがたも、二人組の社員が外から戻って来たところだった。自分とさほど年齢が変わらないような若者で、事務所に入って荷物を置くと、互いに嫌らしい笑みを浮かべて何事か話し合っている。この空き部屋は、山養商事の二階部分よりも少しだけ高い場所にあるので、声こそ聞こえないものの、中の様子は手に取るように見えた。逆に、向こうから見つからないかと心配になったが、「人間は、上の方には案外目が向かない」と、岩下は気にする様子もない。実際、今まで目が合ったりしたことはないのだが、波田としてはそれだけでは安心できなかった。案外心配性な自分の本性に気づく。

「家まで訪ねて来られると、断り辛いものだ」双眼鏡を覗きこみながら、岩下が言った。

「そうですよね……特にお年寄りは」

「そうなんだよ。一人暮らしの年寄りが、特に危ないんだ」

「そうなんですか?」

「一人暮らしは寂しいからね。話し相手になってやるだけで、金を出すってこともあるんじゃないかな」

「そんな簡単なものですか?」

「年寄りっていうのは、そういうものだ」

どうしてこんなに強く言い切れるのか、疑問だった。年寄りのことが、そんなにはっきり分かるのか……。

「おい、出て来たぞ。男一人だ」

波田は疑問を自ら封じこめた。今日、七組目の客。奇数番の時は波田が話を聞きに行く、という算段になっていたので、トランシーバーを摑んで部屋を飛び出す。しかし、トランシーバーの用意まであるのはすごいよな、と思った。確かに、こういう仕事では必需品ではあるのだが……外堀通りは片側三車線の広い道路である。監視に使っているビルは交差点のすぐ側にあるのだが、信号待ちをしている間に、店から出てきた人を見逃してしまう恐れもあった。こういう時、監視場所に残った人間が服装などを無線で伝えて、逃がさないようにする……とはいっても、今日はこれまで、二組の客を見逃してしまっていたが。

波田は階段を二段飛ばしで駆け下りた。目の前の交差点の信号が、点滅し始めている。クソ、間に合わないか……ダッシュした。何だか運動部の練習をしているようだが、事はもっと深刻である。渡っている途中で、歩道の信号が赤に変わる。さらにスピードを上げて渡り切り、立ち止まって周囲を見回した。昼前の新橋……早めの昼飯に出て来るサラリーマンで交差点付近はごった返しており、店から出てきた人の姿は見当たらない。

波田はトランシーバーを掴み、「見失いました」と短く告げる。

「まだ近くにいるよ」岩下の声は落ち着いていた。「国鉄の駅の方へ向かっている。今、交差点を渡り終えたところだ」

「了解です」

波田は、一息ついてから追跡を始めた。服装はどうだったか……薄い灰色のシャツに黒のジャケットを着ていたはずだが、他に目印はなかったか？　そう、帽子だ。帽子を冠《かぶ》っていた。もう一度、トランシーバーを口元に持っていって、「帽子、冠ってましたよね」と確認した。

「冠ってる。薄い茶色のパナマ帽だ」

パナマ帽……とは、そもそもどういうものだったか。だが、周りに帽子を冠っている人など他にいないので、すぐに見つけ出した。ジャケットも、記憶にある通りの黒。

「いました」トランシーバーに向かって報告する。

「了解。上手く話を聞いてくれ」

さて、本番だ……波田は駆け足で交差点を渡り、標的の男の脇に並んだ。波田の足音に気づいたのか、男がちらりとこちらを見る。どこか迷惑そうな表情だった。

「すみません、ちょっとお時間いただけますか？」

「何ですか」口調も迷惑そうだった。

「今、山養商事から出てきましたよね？　どういうお話をされたか、聞かせてもらえませんか」

「何だね、君は」男が立ち止まった。六十歳ぐらいだろうか……顔には皺が刻まれ、帽子からはみ出した髪は半ば白くなっていたが、背中は曲がっておらず、体つきもがっしりしている。少し気圧《けお》されてしまうほどの威圧感があった。

「実は、同業者なんです」苦肉の策だったが、この言い訳は意外に効果的だった。一度金儲けの話にはまった人間は、別の金儲けにも目が向いてしまうらしい。「参考までに……最近、山養商事さんは勢いが凄いので」

「敵のやり方を盗もうってわけかい？」男の表情が少しだけ緩んだ。

「すみません、正直言ってそういうことです」

男がにやりと笑った。立ち止まり、波田の顔を正面から見る。

「ずいぶん若いな」

「新入社員です」

「こき使われているわけだ」

「ええ。でも、仕事ですから」

「結構だね。若いのに仕事熱心なのはいいことだ」

波田は一瞬気が抜けた。こんなに簡単に受け入れられた？　男の態度の急な変化は気になる。

「会社の経費で落ちるなら、お茶でも奢ってもらおうかね。喋り過ぎて喉が渇いた」

こんなに上手くいっていいものか……だが、これはチャンスなのだと自分に言い聞かせた。新橋には、喫茶店はいくらでもある。もう少し遅くなると、昼食帰りにお茶を飲むサラリーマンで一杯になってしまうのだが……まだ時間は少しだけ早い。

一番近くにある喫茶店に落ち着き、二人ともアイスコーヒーを注文する。男は、波田の第一印象よりも年を取っているようだった。現役を引退して、もう何年も経っている感じがする。

波田は、今回の調査の為《ため》に作った名刺を差し出した。「経済リサーチ社」の名前はあるが、住所と電話番号は、北川社会情報研究所のそれである。ただし電話は、この調査専用のものだった。普段は使われず、表に出ていない回線があることを、波田は今回の調査に関連して初めて知った。

「聞いたことのない会社だな」

「まだ新しいんです」

「扱っている商品は？」

「主に金地金です」

「金は、どんな時代でも強いからな」

「仰る通りです。しかしうちはまだ若い会社ですから、山養さんみたいにはいかないんですよ……山養さんは、かなり強引な勧誘もしている、と聞きますが」

「そんなこともないがね。実際私も、自分で足を運んだんだから」

「自宅までセールスに行くこともあるそうですけど」

「それはどうかな。私は、そういうことは聞いていない」

「どこで山養さんのことをお聞きになったんですか」

「友人の紹介でね。現役時代からつき合いのある人なんだ……商売でお世話になってね」

その「商売」とは、家電メーカーだった。長年営業マンとして働いていたということで、知り合いというのも、営業先の家電販売店である。引退した後もつき合いがあり、今回の取り引きを紹介された、ということだった。

話を聞いているうちに、山養商事の巧みな勧誘方法が分かってきた。いわく、金や宝石は景気に影響されない。しかし先物取引は規制が厳しく、素人が簡単に手を出せるものではない。だからプロが責任を持って保管し、証書の形で「預かり証」を発行する……そんなにまでして金を持ちたがる人がいるのが、波田には驚きだった。同時に、そんなに簡単に金を出せるというのも信じられない。話を聞いた男は言葉を濁していたが、山養商事へ払った金は、八桁に上るらしい。馬鹿じゃないか、という言葉を何とか呑みこみ、波田は事情を聞き続けた。ただし、今まで聞いてきた話の「補強」にしかならなかった。本当は自宅へ押しかけられ、強引に契約させられた人から話を聞きたいのだが、そういう人には、店の前で張っていても会えないだろう。もう少し手を考えないと。

混んできたので、内密の話ができず、波田は三十分ほどで事情聴取を切り上げた。ほほとんど内容はなかったが、後で自分用のメモに書いておこう。新橋駅の方へ消える男の背中を見送りながら、人はどうして簡単に騙されるのだろう、と首を捻る。彼らが「買った」と思っている金など、たぶんどこにもないのに。

張り込み——まさに刑事のような張り込みだ——が始まって一週間、波田もさすがに疲れを感じ始めた。毎日ずっと張りついているわけではないが、それでも疲労は体に染みこんでいく。夜中まで続くほどハードなものではないのだが、四六時中神経をぴりぴりさせておかなければならないし、出て来た人を摑まえるためにダッシュを繰り返すのもきつかった。いつまで続けるのだろう、とうんざりし始めていた。だいたい、店で商談をして出て来た人は、自分の出資に満足していて、文句など言わない。やはり、自宅まで押しかけられたような人に話を聞かなければならないのだが、そういう人を割り出すのは相当難しい。山養商事には当然リストがあるだろうが、盗み出せるわけもないし。となると、自分の仕事にどんな意味があるのか……鶴巻も岩下も文句一つ言わずに監視を続けている。これが自分と彼ら正社員の差かもしれない、と思った。高い給料を貰うには、いろいろ我慢しなければならないことも多いのだろう。

その日の夕方、客足も途絶え、波田は暇を持て余していた。夕日が向かいのビルに照り返しているので、双眼鏡を覗いていると目が痛くなってくる。隣に座る鶴巻もさすがに飽き飽きしている様子で、しきりに欠伸《あくび》を嚙み殺していた。腕組みをし、椅子に浅く腰かけて、時々うつらうつらしている。がくっと首が折れて、自分が居眠りしていることに気づき、慌てて姿勢を立て直すのだった。

「無駄ですよね」波田はぽつりと言った。

「無駄だけど、まあ、我慢しようよ」退屈そうに鶴巻が言った。「どうせ明日までなんだから」

「それにしても、あんなに人気だとは思いませんでした」

「土地とか株なんてのは、当てにならないものだからな。結局、金や宝石が一番なんだよ。年寄りになると、そういう物に頼りたくなるんだろう」

「よく分かりません」波田は首を捻った。

「俺も分からないよ」鶴巻が軽く笑う。「分からないけど、これは仕事だから」

「話を聞くべき人は、他にいると思いますけどね」

「君、こんなに文句が多いタイプだったか？」

「いえ」皮肉に指摘され、波田は黙りこんだ。鶴巻はただのスタッフだが、先輩である。文句を言っている、と北川に告げ口されたら、自分の評価はがた落ちになってしまうだろう。このまま働かせてもらうためにも、従順な振りをしている方がいい。少なくとも、こういう単純な作業に従事している時には。

「飯を買ってくるよ」

鶴巻が立ち上がって伸びをした。首の辺りで、ばきばきと小さな音がする。波田も釣られて、座ったまま腕を天井に向かって突き上げた。肩凝りなど、これまでほとんど意識したことはないが、最近は凝っているな、と感じることも多い。コンピュータの前に座り続けていれば眼精疲労になるし、こういう張り込みは体に無理を強いる。

「じゃ、すぐ戻るから」

そう言いながら、かなり長い時間戻ってこないのは分かっている。やはり、鶴巻はいい加減なのだ。前にも「食料を仕入れてくる」と言って出て行って、そのまま近くの喫茶店に入ってしまったことがある。双眼鏡があると、少し離れたところの動きも一目瞭然なのだ。鶴巻さんも甘いよな……どうせサボるにしても、もっと遠くにある喫茶店に入るぐらいの知恵があればいいのに。

双眼鏡を覗き、鶴巻の姿を捜す。いた……また、すぐ側の喫茶店に入って行く。ばれていないとでも思っているのだろうか。溜息をついて双眼鏡を目から離し、床に置く。

両目を拳《こぶし》で擦ると、視界がぼやけた。何だか最近、視力が落ちているような感じがする。床に直に座りこんだ。既に街は暗くなり始め、見下ろすと車のヘッドライトが目立つ。

あと二時間ぐらいか……窓の下には、セントラルヒーティングの吹き出し口がある。波田はそこに両腕を載せて、向かいのビルの二階をぼんやりと眺めた。社員が慌ただしく動いている。電話をかける者、立ったまま打ち合わせする者、パソコンに向かう者。それを見ただけでは、とても危ない商売をしている会社には見えない。北川の話では「暴力団ともつながりがある」ということだったが、働いているのは自分とあまり年の変わらない若い連中が多いようで、見た目でそれと分かるような筋者はいない。こいつら、自分が何をしているか分かっているんだろうか、と波田は首を捻った。金にはなるかもしれないが、後ろめたい思いはないのだろうか。

北川は、この件に執念を――波田が理解できない執念を燃やしている。話を聞けば、山養商事を潰したい、と意欲を燃やすのも理解できるが……彼の説明では、自殺に追いこまれた年寄りが一人いるという。残された老妻のことを考えると辛い、と言う時、北川の目には涙が浮かんでいた。あの北川も泣くのか、と仰天して何も言えなかったが、改めて考えると、とんでもない話である。この夫婦は、二千万円分の金地金を契約したのだが、疑って金を返すように要求したところ、のらりくらりとはぐらかされ続けたのだという。年金から貯めた貴重な金が戻ってこない――この話に積極的に乗った夫が、責任を感じて首を吊《つ》ったというのだ。

確かに許せない話だ。そういう連中を訴えようとしている弁護士がいるなら、助けたいと思う……それにしても、この退屈さは我慢できなかったが。

三十分ほどして、やっと鶴巻が帰って来た。持ち帰り弁当の袋をがさがさ言わせながら。額には汗が滲《にじ》んでいる。街は既に、完全に暗くなっていた。

「悪いな、ずいぶん並んでてさ」

「大丈夫ですよ」コーヒー一杯飲んできたにしては早かったな、と波田は皮肉に思った。

弁当を受け取り、蓋を開ける。いつもの幕の内……しばらく前までは、持ち帰り弁当の幕の内など、簡単には手が届かない存在だったのに、今では見るとうんざりしてしまう。人間は食べ物から贅沢になるんだろうな、と一人納得した。もっとも、贅沢が悪いことだとは思わない。いつでもいい物を食べられるぐらいには頑張らなければならないのだ、と思っている。食べ物のために仕事をするわけではないが、一つの目安にはなる。

「もうちょいだから、頑張ろうぜ」

「はい」素直に返事をして、弁当に手をつける。代わり映えしない、鮭、白身魚のフライ、鶏の照り焼きといったおかず。白いご飯の真ん中に梅干が載り、その周りに黒胡麻《くろごま》が散っているのが、何となく貧乏臭くて嫌だったが、腹は減っている。がつがつと食べてしまい、あっという間に容器を空にした。

鶴巻はまだゆっくりと弁当を食べている。波田が立ち上がると、怪訝そうな視線を向けてきた。

「ちょっと、トイレです」

「ああ」

トイレになど行きたくなかった。鶴巻がふらふらと時間潰しをしてきたのだから、自分にもそうする権利があるはずだ。お茶の一杯ぐらい飲んでもいいだろう、と思う。

部屋を出た途端に、ふいに思いついた……そうだ、陽子に電話してみよう。製薬会社関係のバイトが終わってからずっとご無沙汰だったし、この仕事が一段落したら会いたい。一度食事をしただけだったが、あの時も悪い感じで別れたわけではないから、もう一度ぐらいは会えるかもしれない……というより、会ってみたい。

ビルを出て、すぐに緑色の公衆電話を見つけ出す。テレホンカードを突っこみ、財布にずっと入れておいたメモを見ながら、彼女の自宅の電話番号をプッシュした。家族が出た時の言い訳を何も考えていなかった、と気づいたが、構うものか。電話口に呼んでもらえばいい。二人とももう、子どもじゃないんだから。

「はい」

陽子が自分で電話に出たので、波田は少しだけほっとした。家族が絡んでくると、話は面倒になりがちだ。

「波田です。北川社会情報研究所の……」

「ああ、お久しぶりです」

陽子の声に変わりがないので、ほっとした。覚えていてくれたことにも安心する。どうやら自分は、空気のような存在ではなかったようだ。

「元気でしたか？」

「ええ、何とか」

「またバイト、やらないんですか」

「バイトの口、あるんですか？」

「いや、今はないけど」

一瞬間を置いて、陽子が笑った。控え目な笑い声が好ましい。波田は、腹の底に温かな物が流れ出すのを感じた。

「でも、またバイトの口があったら、うちで働きませんか？」

「私、アンケートの仕事はやっぱり苦手です」

「確かに、人にいきなり会って話を聞くのは大変ですよね……でも、うちの仕事はそれだけじゃありませんから。分析業務の方が、ずっと大変なんですよ。コンピュータも使いますし。コンピュータは使えますか？」

「全然」陽子が驚いたように言った。「機械は苦手なんです。コンピュータなんか、どんな風に使うのか、想像もできません」

「案外簡単ですよ。タイプができれば、ほとんどそのまま使えます」

「でも、タイプも使ったことがないですから……」陽子が遠慮がちに言った。

まあ、普通はこういう感じなんだろうな。タイプなんて、普段から英語に接する機会のある人じゃないと使わないはずだし。自分はたまたま、大学の講義でコンピュータに触れていたから、慣れるのが早かっただけだ。

「面白い仕事なんですけどね、うちの研究所」

「そうですか？」

「そうですよ」

「楽しいですか？」

「楽しいですけど……」何か問題がありそうな言い方だな、と気になった。アルバイトしていた短い期間で、彼女は何かに気づいたのだろうか。

「大丈夫なんですか」

「何がですか？」心配するような言い方が気になる。

「よく分からないんですけど……あの研究所、大丈夫なんですか」

「意味がよく分からないんですけど」波田は首を振った。排気ガスの臭いが、初秋の少し冷たい風に乗って、鼻先で漂う。陽子の台詞が、頭の中で次第に大きくなってきた。

「大丈夫」とはどういうことなんだ？

「はっきり言えないんですけど、何かちょっと危ない感じがしました」

「まさか」波田は思わず声を荒らげてしまった。既に自分は、北川社会情報研究所に完全に馴染んでいると思う。今まで、「大変だった」とは思うが、「危なかった」と感じたことは一度もない。まっとうな仕事なのだ……今は違うかもしれないが。だがこれも、社会正義のためである。

「本当に、何もないんですか？」

「ないですよ」

「だったらいいんですけど……」陽子が言葉を濁した。

「何か知っているんですか？」

「私は知りませんけど、ちょっとそんな風に感じたので」

それだけでは、説得材料としては弱い。「感じた」理由なんて、人には説明できないものだから。もっと論理的に言ってくれれば、少しは真面目に考えるが、これではどうしようもない。何となく失望を感じて、波田は適当に話を濁して電話を切った。素直で素朴な感じはいいのだが、彼女は物を知らな過ぎるのではないだろうか。波田は「女の勘」などというものを信じていない。いや、女に限らず、勘などというものは存在しないと思っている。何かが起きる前に、その「予兆」を摑むことなどできないのだ。

「何だか、な」ぽつりとつぶやく。

少しだけがっかりしていた。彼女に対しては間違いなく好意を抱いていたのだが、何となくイメージが狂ってしまった。自分とは、考え方が合いそうにない。でも、これでよかったのではないか。つき合ってみて、リズムが合わないと分かったら、後で大変だ。いいさ。今の俺にはやることがあるのだから。目の前にある仕事をきちんとこなしていく……女のことなんか、後回しでいい。

ポケットベルが鳴って鶴巻が急に呼び出され、波田は空き部屋で一人きりになった。鶴巻は「あと一時間だから、出入りした人数だけを確認しておけばいい」と言い残して、慌ただしく出て行った。そんな無責任なことでいいのだろうかと思ったが、一人でできることには限りがある。そもそも、こういう調査に意味があるとは思えなくなっていたから、鶴巻の言う通り、適当にやっておこう。監視はあと一日……本当に山養商事を追い詰めるつもりなら、もっと効率的な方法があるはずだ。必死で考えて、北川に提案してみるか。一番いいのは、山養商事の持っている顧客リストを手に入れることだが、そのための上手い方法を思いつかない。まさか、事務所に忍びこんで盗み出すわけにはいかないし。いや、相手は反社会的な存在なのだから、そういう手も許されるのではないか？　まさか。俺たちは警察じゃない。そこまでやる必要はないだろう。

あれこれ考えているうちに、時間はあっという間に過ぎた。意味があることかどうかは分からなかったが、考えていることで、何となく満足してしまう。双眼鏡などの道具をまとめてスーツケースにしまい、部屋を出ることにした。照明もないので、部屋の中はとうに真っ暗になっており、外から入ってくるネオンの灯《あか》りだけが頼りである。それも窓から遠ざかるにつれて乏しくなり、最後は一歩一歩を確かめるような足取りになってしまった。

ドアに手をかける。古いビルなので、開け閉めする度にぎしぎしと音を立てるのが耳障りだった。一人でここを後にしたことがないので、何となく不気味でもある。このフロアには空き部屋が多く、この時間になるとほぼ無人だ。廊下の暗く湿った空気も、どことなく気持ちが悪い。

ドアを開けた瞬間、誰かがいるのに気づいて固まってしまう。誰だ？　仲間ではない、と一瞬で分かった。相手が発する気配……そこにはかすかな殺気さえ感じられる。波田は慌てて、一歩引いてドアを閉めようとした。だがそれよりわずかに早く、頭に衝撃を感じる。何が起きたのか分からず、思わずドアノブから手を離して後ずさってしまう。クソ、何なんだ……しかし状況を把握する間もなく、次の衝撃が襲った。今度は左耳の上。がつんと鈍い音が脳内に響くと同時に痛みが走り、波田は気を失っていた。

いきなり意識が戻った……が、自分がどこにいるのか分からない。恐る恐る目を開けたが、周囲は真っ暗だった。夜……それとも、照明もないような場所なのか。

手足を動かそうとしたが、自由が利かない。手首に鋭い痛みが走り、何かが食いこんでいるのが分かった。足首も……どうやら縛られているらしい。呼吸も苦しかった。猿ぐつわを嚙まされており、鼻呼吸だけが頼りである。いったい何なんだ？　俺はどこにいるんだ？　情報があまりにも少ないせいで、波田はパニックに陥りそうになった。

腕は……動かないわけではない。腕は体の前にあるし、縛られているのは手首だけなのだ。時間は……縛られた手首を右側に捻って、左手首を見た。よかった……時計は取られていない。目がかすむが、何とか時計に焦点が合う。かすかに発光するので、暗闇でも何とか時刻は読み取れた。一時半……だが、午前なのか午後なのか分からない。日付表示は小さく、この部分は発光しないので読み取れない。ぼうっと薄緑色に光る時針と分針の存在は頼もしかったが、すぐに不安が心を覆い尽くした。

襲われた……いきなり殴りかかられたのは覚えている。だが、その後のことはまったく記憶になかった。自分が今どこにいるのかも分からない。頭にはまだ痛みが居座り――中ではなく外傷らしいことだけが救いだった――体を少し動かしただけで鋭い痛みが走る。手が自由になれば、怪我《けが》の具合だけでも確認できるのだが……手首を捻り、縛《いまし》めから逃れようとしたが、紐《ひも》か何かがひどくきつく食いこんでいる。無理だ……この状態では、絶対に縛めは解けない。

だったら足はどうだ？　膝を曲げて体に引き寄せ、上体を折り曲げて足首に触ってみる。靴はまだ履いている……膝を広げ、足首をいじりやすくしてみたが、こちらは紐ではなく、何か金属製の物で拘束されているようだ。手錠？　足首にはめるような手錠があるかどうか分からないが、どこを触ってみても、動かせるような部分がない。これは無理だ……溜息をつき、上体を伸ばす。背中には壁。そこに寄りかかり、呼吸を整えようと意識した。暑い。どうやらかなり狭い密室のようで、むっとした熱気が籠っている。押し入れか何かか？　たぶん、そうだ。

誰がやったかは見当がついていた。山養商事の連中に決まっている。あれ以外に、自分は危ないことには首を突っこんでいないのだから。陽子の忠告が脳裏に蘇ったが、皮肉なものだ、と思うだけだった。彼女が「ちょっと危ない感じがしました」と言った数時間後に、襲われたわけだから……だが彼女の「危ない感じ」は、あくまで北川社会情報研究所について抱いた印象である。俺は自分が今何をしているか説明していなかったのだから、彼女の心配は少し筋が違う。

どうでもいいことだ。

今は、とにかく何とかここを脱出する方法を考えないと。しかし、周囲を観察しようとしても闇に邪魔されるし、考えようにも頭の痛みに邪魔されて集中できなかった。クソ、何で俺がこんな目に遭うんだ……そうだ、研究所の人たちは異変に気づいているはずだ。一日の監視が終われば、研究所に戻るのが決まりで、俺は帰らなかったのだから、異変が起きたと気づかない方がおかしい。ちょっと推理すれば、何が起きたかは分かるはずだ。もしかしたら、監視の舞台だったあの空き部屋に、俺の血痕が残っているかもしれないし。それに気づけば、警察に届けて……だとしても、果たして俺がどこに監禁されているか、割り出せるだろうか。ここはいったいどこなんだ……にわかに不安が高まり、涙が溢れてきた。泣いてもどうにもならないと思っても、抑えられない。こぼれ落ちた涙が頰を伝い、顎から垂れる。泣くな。そう言い聞かせても、涙は止まらなかった。辛うじて嗚咽《おえつ》を漏らさずに済んだのが、波田の意地である。誰が見ているわけではなかったが……。

いつの間にかまた気を失って——眠っていた。ひどい頭痛と喉の渇きで目が覚めると、知らぬ間に横になっていたのが分かる。手足を拘束された状態のまま同じ姿勢でいたので、痺《しび》れがきていた。足首と手首から先を動かすと、びりびりと鋭い痛みが走り、思わず声を漏らしてしまった。こんな風に拘束され続けて、体は大丈夫なのだろうか。手足が壊死《えし》して……と考えると震えがきた。

苦労して体を起こし、何とか壁を背にして座った。一息つくと、唐突に空腹を感じる。いったい何時間ここにいるのか。手首を捻って時刻を確認する。六時十五分。たぶん朝なのだろう、と判断する。ということは、襲われてから十時間も経っているわけだ。救援はどうしたんだ、と考えると不安がいや増す。まさか、誰にも知られないまま、ここで死んでしまうのでは。

まったく唐突に光が射しこんだ。久しぶりに闇以外のものが目に入ったので、痛みさえ感じる。ぎゅっと目を閉じ、その痛みを押し潰してから、恐る恐る細く開けた。どうやらドアが開いたようだ。今のうちに、周囲の光景を目に焼きつけておかないと……と思ったが、首を巡らす暇もなく、胸に激しい衝撃が襲い、背中が壁に叩きつけられた。何が起きたのか一瞬分からず、呼吸もできない。喘《あえ》ぎながら、何とか肺に空気を入れたと思った瞬間、髪を摑まれた。

男が目の前にいる。だが、逆光になっていて顔ははっきり見えない。黒い穴のような顔……それがぐっと近づいてくるのが、息づかいの変化で分かった。ニンニク臭い息……吐き気がこみ上げてきたが、何とかこらえる。男が、波田の髪を摑む手に力を入れる。首ががくりと後ろに倒され、後頭部が壁に当たった。小さな衝撃のはずだが、激しい痛みが襲う。やはり外傷を負っているのだと気づいた。これでまた血が流れ出したらどうする……文句の一つも言ってやろうと思ったが、喉に蓋がされたように言葉が出てこない。

「お前、あそこで何をしてた」

男が突然訊ねた。呼気が顔に触れると、またもニンニクの臭いが漂う。いったい何を食べたらこんな風になるんだ……吐き気で意識が遠のいていく。このまま気を失ってしまえばいいんだと思ったが、男はそれを許さなかった。波田の髪を思い切り引っ張り、今度は前屈《まえかが》みにさせる。くぐもった悲鳴が漏れたが、自分の声とは思えなかった。俺は、こんな情けない悲鳴を上げたりしない。

「誰に頼まれた」

喋るべきか？　喋ったら自由になれるのか？　そうは思えない。こいつらはたぶん、山養商事の人間だ。今は散々金儲けをしているからいいかもしれないが、間もなく蹴落とされるはずだ。自棄《やけ》になったら、人間は何をするか分からない。

それに、北川の顔が脳裏に浮かんでいた。ここで喋ったら、依頼してくれた弁護士や事務所の仲間を裏切ることになるだろう。学生だからといって、そういう甘えは許されない。

「ほら、さっさと言えよ。言えば解放してやる」

男が二度、三度と波田の頭を壁に打ちつけた。意識が遠のくが、意地でも失神しないようにと自分に言い聞かせる。クソ、頭の痛みはひどい。気は失わなくても、もっとひどいことになるのでは、と心配になった。

「強情張るな。お前、どうせバイトなんだろう？　誰かに義理を立てたって、いいことはないぜ」

男が立ち上がる。波田はその動きに釣られるように顔を上げたが、次の瞬間には側頭部を蹴られた。ぐらぐらと首が揺れ、座ったままでいるのも苦しくなった。自分の意思に反して横に倒れると同時に、頭に重い物が載る。踏みつけられているのだ、と気づいた。

「誰に頼まれた？　何のために俺たちを監視してた？　まさかお前、サツじゃないだろうな？」

言わない。何も喋らない。波田は唇を固く結んだ。北川たちに対する気持ちもあったが、個人的な意地もある。監禁され、暴力を振るわれ、多分命も危ない……それでも、最後の一線だけは守りたかった。

少なくとも今は。

「変な意地を張るんじゃないよ」

男がぐりぐりと頭を踏みつける。波田は、頬に温かな物が流れる感覚に気づいた。多分、傷口が開いたな……血が唇に触れ、口中にも入ってくる。思わず咳《せ》きこむと、頭を踏みつける男の足の圧力が消えた。一瞬ほっとしたが、それはフェイントに過ぎなかった。次の瞬間には、側頭部に激しい衝撃と痛みが走る。クソ野郎……怪我を狙って踏みつけたのか……傷を負っていない方の側頭部も床に当たり、がつんと鈍い音を立てた。

「黙ってちゃ分からないんだよ！」怒声が響き渡る。

波田は次の衝撃を予想し、体を丸めた。男はまた側頭部を狙って蹴りを見舞ったつもりのようだったが、波田が一瞬だけ早く動いたせいで、靴底は脳天を直撃する。それでも傷を蹴られるよりはましだった。両手を上げて頭を守ると、次の一撃は脇腹にきた。鈍い痛みが走り、息が詰まる。胎児のように姿勢を丸めたが、男の蹴りは止まらない。そのうち波田は、自分がどこを守っているのか分からなくなってしまった。

意識が薄れる。こういう時は、気絶した方が楽なんだと思いながら、波田は意識を失っていた。

次に気づいた時、波田は手足に痒みを感じた。痒い？　どうして。すぐに、手と足の縛めが解かれているのに気づく。血行が戻ってきて、痒くなったのだ。ということは、壊死はしていないのか……横たわったまま、まずゆっくりと手首を動かしてみる。痺れはひどかったが、何とか動いた。よし、大丈夫……時計を見ると、八時になっている。相変わらず暗く、日付は分からなかったが……続いて足。こちらの方が大変だった。正座していて足全体が痺れるのは何度も経験しているが、足首から先だけというのは、初めてである。立ち上がってみようかとも思ったが、用心して控える。体を起こし、足を投げ出してみた。足首から先が床に触れる度に、びりびりと痺れを感じる。ゆっくりと膝を立てて足を引き寄せ、揉んでみた。手にも痺れと痒みが残っているので上手くいかないが、それでもマッサージを続けてみる。どうやってここから抜け出せばいいかは分からなかったが、少なくともやることができただけでもよかった、と思う。手足が動かせるようになれば、逃げるチャンスは生まれるはずだ。

ずっとマッサージを続けているうちに、手足の感覚が戻ってきた。どうやら何ともないようだ、とほっとする。思い切って立ち上がってみることにした。壁に背中を預け、ゆっくり、ゆっくりと……足に力が入らない。しかも目眩は激しかった。

幾度か試してみた後、取り敢えず立ち上がるのを諦め、痛みがひどい左の側頭部に手をやる。血がついてくるのではないかと恐れたが、濡れている感触はなかった。どうやら出血は止まっているらしいと一安心したが、それでも目眩と痛みがひどいのが気になる。これでは、長い距離などとても歩けないのではないか。

意を決して立ち上がった。背中を壁につけたまま、足の力で体を押し上げる。たかが立ち上がるのに、こんなに苦労するとは……それでも何とか、久しぶりに自分の足で立った。両足はがくがくし、依然として吐き気も激しかったが、とにかく立っているという事実が嬉しい。波田は壁に頭をつけ、ゆっくり深呼吸した。何度か繰り返すうちに、吐き気が次第に治まってくる。頭の怪我はひどいようだが、命にかかわる重傷、というほどではないようだ。ほっとして歩きだそうとして、よろけてしまう。仕方なく壁伝いに歩いて、監禁されている場所の様子を正確に摑もうとする。すぐに横の壁にぶつかった。四歩……ずいぶん狭い。さらに壁伝いに歩こうとして、何かに躓いてしまう。金属音が響き渡り、波田は肝を冷やした。俺を監禁した連中がどこにいるか分からないが、気づかれてしまうかもしれない。

最悪の予感は当たった。いきなりドアが開き、また光が溢れる。中に入って来た男が、自分を痛めつけたのと同一人物かどうかは分からなかったが、恐怖で身がすくんだ。反撃すれば逃げるチャンスが生まれるかもしれないと思ったが、体が動かない。

「気がついたか」男が低い声で言った。「そろそろ移動するか」

「移動……？」

「場所を変えるんだよ。そんな意味も分からないのか、お前は」

それで手足の縛めを外したのか、と思った。自分の足で歩かせるつもりだったのだろう。要するに、重い荷物は運びたくないということか……と皮肉に思う。

「ほら、さっさと行くぞ」

男が近づいて来て、波田の胸ぐらを摑む。シャツのボタンが弾《はじ》け飛び、波田は体が内側にぎゅっと縮まるのを感じた。動けない……動けと言われても、恐怖で体は縮んだままだ。

「行くんだ！」

覚悟を決めた。ここで抵抗しても、また殴られるだろうし、体が弱っている状態では自分の身を守れそうにない。それよりも今は、この部屋を出ることが大事だ。外へ出れば、逃げ出すチャンスもあるだろう。男に引っ張られるまま外へ出ようとした瞬間、外から鋭い声が響いた。

「サツだ！」

サツ……警察か、とぼんやりと考える。警察がどうした？　次の瞬間、助かった、と安堵《あんど》の吐息を漏らす。北川たちが、ようやく異変に気づいて警察に助けを求めたのだろう。

男が舌打ちし、波田のシャツから手を離す。その一瞬の隙を見逃さず、波田は男の脇をすり抜けた。

「おい、待て」

無視して、とにかく走る。監禁されていた小さな部屋の外は、広い事務室だった。ここは……自分が一週間監視し続けた、山養商事の事務所じゃないか？　毎日見ていた窓の看板――「金地金」「宝石」の文字が裏返しに見えている。

事務所の中には、数人の男たちがいた。だが、波田に注意している人間は誰もいない。それはそうだ、とすぐに分かった。事務所に押し入ろうとしている数人の男たち――私服の刑事だろう――と押し合いへし合いを続けているのだ。その混乱は、波田にとっては都合がよかったが、すぐに逃げ場がないことに気づく。事務所の出入り口は一か所だけで、そこで揉み合いが起きているのだから、逃げ出す場所がない。非常口はどこかにないのか……と見回したが、いきなり暗闇から明るいところへ出てきたので、認知能力も落ちているようだった。周囲の状況が、すぐには把握できない。

「令状はあるのか！」

「ふざけるな！」

「中へ入れろ！」

「公務執行妨害だぞ！」

怒声が響き合うが、どこか遠くの出来事のようにしか思えない。クソ、何なんだ……波田は動く元気も失い、その場にへたりこんだ。デスクに体を預けるように座りこみ、荒い呼吸を整える。

どうすればいい？　どこへ逃げればいい？　必死で考えていると、突然声をかけられた。

「君は、誰だ？」

怪我は、波田自身が心配していたよりは軽く、病院に行くまでもなかった。警察署で軽く手当を受けると、すぐに取調室に連れて行かれる。狭い部屋に入るだけでびくびくした。どうして自分が事情を聴かれなければならないのか……被害者なのにと思ったが、警察がこの状況をどう見ているか分からない。とにかく必死で訴えるしかない、と腹をくくった。

取り調べを担当したのは、山養商事の事務所で波田を発見した刑事だった。山脇《やまわき》と名乗り、波田の正面に腰を下ろしたが、困惑の表情を隠そうともしない。

「波田憲司君、だね。大学二年生」

「はい」

住所と電話番号を確かめられたので、素直に認める。いつ喋ったのか……ここへ連れて来られる間だった、と思い出す。あまりにも多くのことが一度に起こり過ぎて、記憶が混乱していた。

山脇が、ボールペンで耳の上を掻《か》く。どこから切り出していいか、迷っている様子だった。

「で、君は誰なんだ」

「今言った通りです」

「山養商事の連中は、君を知らないと言ってるんだけど」

「まさか」慌てて立ち上がろうとして、波田はまた目眩に襲われた。音を立てて椅子に腰を下ろし、目をつぶって何とかやり過ごそうとする。目を閉じたまま、「そんなはずはないです」と反論した。

「その怪我は？」

「奴らにやられたんです」

「どうしてまた」

「それは――」波田は言葉に詰まった。すべて説明するとなると、北川のことも話さなければならない。この調査は極秘で進んでいたはずで、彼の許可がなければ事情は話せない。もしも今ここで話せば、北川の信頼を失うことになるのではないか、と恐れた。

「どうした？」

目を開けると、山脇が怪訝そうな表情を浮かべている。

「何か喋れない事情でもあるのか？」

「いや……」

「連中は知らないと言ってるが、そんなはずはないよな？」山脇が念押しするように言った。「君は、あの事務所にいた。そして明らかに山養商事の人間じゃない。だったら何だ？　泥棒か？」

「まさか」波田はつぶやいた。そんな風に思われているとしたら、どうやって疑いを晴らせばいいのか。やはり北川のことを話すしかないだろう。これはあくまで仕事の一環であり、自分が襲われたのは、山養商事側にやましいことがあったからだ、と。

山脇という刑事をざっと観察した。年の頃、四十歳ぐらい。背は高くないががっしりした体型で、髪は真ん中から綺麗に分けている。四角い顎と分厚い唇は、頑固な性格の表れのようだったが、今のところ、波田に対してマイナスの印象は抱いていないようだ。とにかく何が起きたのか分からず、戸惑っているだけだろう。

「僕は……北川社会情報研究所というところで働いています」

「バイトかい？」

「バイトというか、契約社員として雇ってもらいました」

「学生なのに？」

「条件がよかったんです」

「その、北川社会情報研究所というのはどういう会社なんだ？　そもそも会社なのか？」

「シンクタンク、というか調査会社です」

「よく分からんな」山脇がボールペンの先でテーブルを叩いた。

「あの、北川啓さんです」

「ああ？」

「テレビとかによく出てるでしょう」

「ああ、評論家の？」

北川に対する世間の評価は「評論家」なのだ、と波田は改めて実感した。テレビに出ていろいろ喋っている人間ということで、そういう認識になるのだろう。実際自分も、本人に会うまでは、そのような印象を持っていた。実際には、「評論家」の枠などに収まらない人なのだが。

「そうです。その北川さんです」

「北川さんの会社で働いている？」

「ええ」

「仕事の内容を具体的に教えてくれないかな」山脇がボールペンを構えた。「調査会社と言われても、何を調査しているか分からない」

「アンケート調査とかなんですけど」

「アンケート」おうむ返しに言って、山脇が波田の顔を凝視する。「どういう種類の？」

「いろいろなんですけど……新製品を作る時に、消費者の意識調査を……化粧品や食品なんかですね」

「なるほど」山脇が目の前の手帳に何か書きつける。ひどい悪筆で、逆さに見ているせいもあって波田にはまったく読み取れなかった。「で、あんたはどうしてあそこにいたの？　それも調査の一環？」

「ええ……あの……」言葉が続かない。どこまで話していいか、また分からなくなってきた。逆に、明確な疑問が頭の中に浮かんでくる。「一つ、訊いていいですか?」

「何かな?」

「警察は、どうしてあそこに来たんですか」

山脇が唖然《あぜん》として口を開ける。どうしてそんなことを言われるのか、分かっていない様子だった。ゆっくりと首を振ってから、「そんなことは話せない」とぽつりとつぶやく。

「研究所の方から何か連絡があったんじゃないんですか」波田は急に居心地の悪さを感じた。

「いや、何もない」

「本当ですか」

「嘘をついてどうするんだ」

山脇が目を細める。急に凶暴な本性が垣間見えて、波田は椅子に背中を押しつけた。体のあちこちに残る痛み……頭もまだぼうっとしているし、このままでは何を口走るか分からない。

「あんた、学生さんなんだろう?」

「ええ」

「バイトでも契約社員でも何でもいいけど、どうしてあんな場所にいたわけ? ちょっと理解できないな」

「それは……」

「研究所の仕事と何か関係あることなの？」

「……あります」認めざるを得ない。ここでごまかし続けたら、いつまで経っても警察から出られない。救世主だと思った警察は、ちょっとした誤解で敵になってしまう……いや、敵などとは言えない。こちらに対抗する手はないのだから、一方的に叩き潰されてしまうだろう。

「電話してもいいでしょうか」波田は、別のデスクに載っている黒い電話に目をやった。

「あれは警察の電話だ」山脇が拒絶した。

「だったら、ちょっと外へ出て……」

「悪いけど、話はまだ終わっていない。話が終わるまで、電話は待ってくれないかな」

頼んではいるものの、実質的には強制だった。何なんだ？　こっちは被害者なんだぞ。研究所に電話を入れて助けを求めるぐらい、いいではないか。それに、研究所の仲間に事情を話してもらえば、自分は何も言わずに済む。仕事を裏切ったことにはならないはずだ。

「どうして電話したら駄目なんですか」

「集中して話を聴きたいから」山脇があっさりと言った。

「それは警察の都合じゃないですか。僕には電話する権利もないんですか」

「悪いけど、後にしてくれ」山脇が煙草をくわえる。火を点けると、狭い取調室がすぐに白くなった。

波田はゆっくり両手を上げた。手首のところは、赤黒く痣《あざ》になっている。いったい何時間監禁されていたのか。手の震えを何とか抑えつけながら、時計を確認した……そう、警察に連れてこられる途中、署に入ってから、ずっと時計を見るのを忘れていた。

三日。

「今日、十月三日ですか？」

「そうだよ」どうしてそんな簡単なことを聞くんだ、とでも言いたげに、山脇が目を細める。

「いや……何でもないです」波田は首を振り、心の中で胸を撫で下ろした。つまり、襲われた翌日だ。何日も拉致されていたわけではない、と分かっただけで妙に安心できた。

「変なことを訊くんだな」

「時間の感覚がおかしくなってるんで」

「どうして」

「監禁されてたからですよ」波田は言葉を絞り出した。「真っ暗な部屋で、ずっと手足を縛られていたんです。時間の感覚もなくなりますよ」

「しかし、見つかった時、あんたは別に拘束されていなかったぞ」

「これ、見て下さいよ」波田は両手を乱暴にテーブルに投げ出した。「この痣……ずっと手を縛られていたんです。足もですよ？　見ますか？」

「おかしいな。山養の人間は、あんたのことなんか知らないと言ってるんだ」

「あの連中と僕と、どっちを信じるんですか？」からかわれているのか、と呆気に取られる。

「警察を試すようなことは言わないで欲しいね」

山脇が右肘をテーブルに載せ、ぐっと身を乗り出す。体の大きさからは想像もできない迫力が漂い、波田は頬が引き攣るのを感じた。

「いや……これは事実なんです」

「だったら、どうして監禁されていたのか、理由を聞かせてもらおうか。筋の通る話だといいんだがね」

皮肉たっぷりに言って、山脇が腕を組む。ワイシャツ一枚なので、太い腕の筋肉が盛り上がるのがはっきりと見えた。

「どうなんだ」波田を一睨みして言葉を叩きつける。「そもそも、こんな話は難しくなるわけもない。どうしてそこにいたのか、説明するのがそんなに大変か？」

波田は口をつぐんだ。大したことはないと思っていた。何より自分は被害者であり、あの場で自分を見た人間なら、それ以外に考えられないはずだ。この男はいったい、何を疑っているのだろう……腹の内がさっぱり読めず、波田は首を傾げたくなった。だがそうすると、見咎《みとが》められてまた突っこまれそうな恐怖を感じる。

「どうして説明できないのかね」山脇が溜息をついた。「何か理由があるのか？　警察にも言えない理由が」

「そういうわけじゃないです」言い訳するように言ってしまうのが、何とも情けない。

「だったら話して」山脇がボールペンを耳に挟んだ。

「あの……警察は、あそこで何をやっていたんですか」波田は、「そんなことは話せない」と一度言われたことは承知で、もう一度訊ねた。

「どうしてそんなことを知りたがる？」

「山養商事は、あの……何て言うんですか、悪徳商法の会社ですよね」

山脇の眉がぴくりと動いた。まずい……何か、ツボを突いてしまったようだ。だが、一度口にした言葉は取り消せない。波田は唇を引き結び、山脇の言葉を待った。

「どうしてそんなことを言うのかな？　君は、あの会社について何を知っているんだ？」

「よくは知りません」

「そうかな」

「そうです」

「腹は減ってないか？」山脇が突然言い出した。

「……いえ」もちろん、減っている。昨夜弁当を食べたきりで、朝飯も抜いているのだから。監禁と暴行のせいで緊張が続き、それが終わった今、ひどい空腹を感じていた。だが、何故か認めたくない。

「飯ぐらい、用意できるぞ」

「いりません」

「何で意地を張ってるんだ」

「そういうわけじゃないです」

山脇が溜息をついた。「呆れた」とでも言いたげに波田の顔を見やり、肩をすくめる。

「どうも、埒《らち》が明かないな」

それはこっちも同じだ、と波田は思った。どうしてこんな風に疑われるのか、さっぱり分からない。不安と恐怖で、今にも叫び声が出そうだった。しかし、辛うじて残っていた理性がそれを邪魔する。ここで叫び出したら、それこそ何かあると思われてしまう。駄目だ。あくまで冷静にいこう。この勝負なら、何時間だって睨み合いを続けていける。研究所のことを話すのも、しばらく棚上げしよう。警察側の本音が読めない限り、こちらが言ったことがどんな風に利用されるか分からない。

とにかく波田は、しがみつきたかった。今の仕事を失いたくない。そのためには口を閉ざしているのが一番なのだ。その理由は……。

「守秘義務です」突然頭に浮かんだ言葉を口にする。

「ああ?」山脇が呆れたように言った。

「僕の仕事にも守秘義務があります」

「それがどういう意味か、分かって言ってるのか?」

分かっている。分かっているからこそ、自分の言い分はインチキだと承知している。確かに弁護士から依頼された仕事かもしれないが、それに法的根拠があるかどうかは分からないのだ。たぶん、ないだろう。

「意味があるなら、ちゃんと説明してくれ。俺が納得できれば、それでいい」

できない。波田は口をつぐんでうつむくだけだった。しばし間が空いた後、山脇がまた溜息をつく。

「適当な言い訳はやめてくれないかな。こっちも遊びでやってるわけじゃないんだ。これは仕事なんだから」

「僕は被害者ですよ」最初に戻って言ったが、我ながら情けない口調だと思う。まるで「助けてくれ」と懇願するようなものではないか。実際自分はまったく悪くないし、助けて欲しいのも事実だが。

「いい加減に——」

山脇が声を荒らげた瞬間、取調室のドアが開いた。山脇が迷惑そうな表情を浮かべて振り向く。若い私服の刑事が、山脇を手招きしていた。山脇は立ち上がり、波田を睨みつけてから部屋を出た。ドアは細く開けたまま。いっそ、あそこに突進して逃げ出そうか、と思った。だがそんなことをしたら、事態は面倒になる一方だろう。今はとにかく、じっと耐えるしかない。耐えて、局面が変わるのを待つのだ。

だが、もっと悪い方に変わったら？　だいたい警察は、どうして俺を疑っているのだろう？　いや、疑わないわけがないか……あんなところで怪我してうずくまっている人間がいたら、おかしいと思わないわけがない。だがそこで、どうして「被害者」だと考えない？

そうか……ふいに思い至った。警察は、強制捜査に着手したのではないか？　北川から聞いた話では、警察の捜査はまだ深くは進んでいない、ということだった。山養商事に捜査の手が入るにしても、もう少し先だろう、と。だが、彼の読み——つまり弁護士の読みよりも、警察の動きがずっと先へ進んでいたとしたら。

たまたま強制捜査に入ったタイミングで、俺を見つけたなら、それは怪しむだろう。そうだ、それに違いない。だいたい俺は、絶対に山養商事の関係者には見えないはずだ。

推理の筋は通る。しかし、研究所の仕事についてこれ以上詳しく話していいかどうか、未だに決心がつかなかった。自分が話したことで、事態がどんな風に転がり出すか、想像もつかない。だったらひたすら黙っていて、向こうが諦めるまで待つか……何も後ろめたいことをしているわけではないのだから、容疑者扱いされる謂《いわ》れはない。警察は馬鹿じゃないはずだ。そのうち、俺が何もしていないと気づくだろう。

しかし……山脇は戻って来ない。それがまた波田の不安をかき立てた。どうしてだ？　何か面倒なことが起こっているのか？　一度気になり出すと、座っているのさえ辛くなってきた。別のデスクにある電話に目を向ける。警察専用と言っていたけど、ゼロ発信で普通に電話はかけられるのではないか？　だいたい、こんな風に何の事情も告げずに、誰にも連絡を取らせないようなやり方は、違法ではないのだろうか。そこを強く抗議していけば……いや、無駄か。こっちは所詮素人なのだ。強気に出たところで、叩き潰されるのがオチである。何といっても相手は警察なのだ。

とにかく、相手の出方に応じて対応を決めよう。自分にそこまでの能力があるかどうかは分からなかったが、怒ったりしたら終わりだと思う。爆発すれば、警察はそこに目をつけてくるはずだ。そんな馬鹿げたことで、破滅したくない。それに何より、いったい何が起きているのか知りたかった。こんな状況でも好奇心が失われない自分のタフさに、少しばかり呆れたが……短い期間だが、北川たちと仕事をしたことで、鍛えられたのかもしれない。

少し別のことを考えよう。体は大丈夫か？　今のところ、重大なダメージはない。一番心配なのは頭の傷だったが、切れたのは左のこめかみ部分だった。鏡で見た限りではそれほど大きな傷ではなく、今は絆創膏《ばんそうこう》ですっかり隠れてしまっている。頭というのは怪我をすると血が出やすい場所だから、大変な出血に思えたのだろう。あちこち殴りつけられ、蹴られた時の痛みは一時的なものだった。拘束されていた手足にも後遺症はなさそうだ。痺れも痒みも、今は完全に消えている。

ということは、山養商事の連中も素人ということか？　本当に暴力団がバックにいるか、暴力団そのものだったら、もっと効果的な痛めつけ方をするだろう。それこそ、足腰が立たなくなるぐらいに。だが、自分に残ったダメージは、さほどのものではない。シャワーを浴びる時に気になる程度だ。よし、体は大丈夫……そう考えるとまた、警察の動きの不自然さが気になってくる。

思い切って、全部話してしまおう。やはりそれが、ここから抜け出すための一番の近道だ。北川の性格からして、話してしまったからといって、俺を叱責するとは思えない。彼の鷹揚さに賭けてみよう、という気になった。

ドアが開き、山脇が顔を見せる。一段と難しい表情になっていた。また状況が悪化したのかと心配になったが、山脇は突然、「帰っていいですよ」と告げた。言葉の意味がすぐには分からず、波田はまじまじと彼の顔を見詰めるだけだった。

「どういうことですか」辛うじて質問を絞り出す。

「あんたの勤めている研究所から、連絡があった」

山脇は椅子に座ろうとせず、ドアを大きく開いたまま、廊下に向けて顎をしゃくった。「帰っていい」とは言っているが、本音は全く違う、と波田は読み取った。「さっさと帰れ」だ。


愛宕《あたご》署を出ると、自分がどこにいるのか、一瞬分からなくなった。都心部はどこもビルだらけで、よほど特別な目印がないと、同じような光景にしか見えない。近くに街路図があったので、自分の居場所を確かめる。都営三田線の御成門《おなりもん》駅がすぐ近く……しかし研究所へ戻るにしても自宅へ帰るにしても、三田線はあまり便利な路線ではない。だいたい、どこへ行けばいいのか……やはり研究所へ戻るしかないだろう。あそこの仕事でこんな目に遭ったのだし、報告しておかないと。

研究所のある赤坂へ行くには……銀座線だ。だが、新橋駅や虎ノ門駅まではかなり歩かなければならない。後遺症はないようだとはいえ、体のあちこちに痛みが残っている状態で歩き続けるほどの根性はなかった。仕方なく、タクシーを拾う。財布は無事だったから、研究所へ行くぐらいの金は残っているはずだった。足りなければ、誰かに借りればいい。

タクシーを降りると、ふと思いついて、目の前の喫茶店に飛びこむ。腹も減っているし、喉も渇いている。それに、研究所に顔を出す前に、もう少し頭を冷やしておきたかった。そもそも、どんな表情を浮かべて入っていけばいいのか、分からない。

あまり考えもせず、アイスコーヒーとナポリタンを頼む。少し刺激が欲しくて、ナポリタンに大量のタバスコを振りかけた。一口食べて、口の中が切れていたことを思い出す。辛さが、猛烈な痛みになって襲いかかってきた。アイスコーヒーの氷を含んで何とか痛みを抑えるが、これはとても全部食べられそうにない。何て馬鹿なことをしたのか……後悔しても、混ぜこんでしまったタバスコは取り出せない。仕方なく、つけ合わせのサラダを食べて空腹を誤魔化そうとしたが、ドレッシングの酸味も傷に染みる。冗談じゃない、と憤慨しながら、アイスコーヒーにガムシロップをたっぷり加えた。甘みで傷の痛みを宥《なだ》めながら、自分のリズムは完全に狂ってしまったな、と思った。

食事もそこそこに、研究所へ戻った。午後一時……一番人が多い時間帯である。だが研究所には、鶴巻と北川しかいなかった。先に波田に気づいた鶴巻は、一瞬目を合わせただけですぐに逸らしてしまう。それだけで波田は、異変を感じ取った。何か一言あって然《しか》るべきではないのか。一晩拉致監禁され、ようやく戻ってきたのだ。警察にも連絡を入れてくれたはずで、それは俺のことを心配してくれていた証拠のはずなのに。

「帰りました」

誰も何も言わないので、波田は自分から言葉を発した。次いで北川を見る。自席に座って何か書類に視線を落としていた北川が、ゆっくり顔を上げる。波田に向かってうなずきかけたのでほっとしたが、それもつかの間だった。その顔には表情がない。何で何も言わない？　波田は困惑と同時に、恐怖が胸の中に這い上がってくるのを感じた。叱責される方が、まだ安心できる。どうしようもなかったとはいえ、拉致されたのは自分のミスなのだから。

北川が立ち上がり、打ち合わせ用のテーブルにつくよう、波田に促した。波田は黙って、北川と向かい合う格好で座る。北川は両手を組み合わせ、テーブルに置いた。

「あの……ありがとうございました」

「何が」

冷たい言い方にどぎまぎしてしまい、言葉が続かない。しかし何とか、「警察に連絡してもらって」とつけ加えた。北川はうなずいたが、こちらの話を真面目に聞いている気配はない。気まずいどころではない冷たい雰囲気を感じて、波田は昨夜からの出来事を慌ててまくしたて始めた。だが、北川はすぐに右手を上げ、掌を波田に向かって押し出すようにした。ストップ。

「でも、状況を説明しないと……」

「必要ない。警察から聞いている」

「どういうことですか」

「こっちも遊んでいたわけじゃない」

やはり、俺を助けるために奔走してくれていたのか。ほっとすると同時に、だったら何故、北川はこんなに冷たい態度を取るのだろう、と疑問が芽生えた。まるで裏切り者を見るような視線ではないか。

「いったい何があったんですか？　警察は、山養商事の捜査を始めたんですか？」

「そうらしい。詳しいことは、我々も教えてもらえない。捜査の秘密、とかいうことらしいな」

「弁護士の方は……」

「向こうが聞いても同じことだ」北川が首を振った。「捜査の秘密を盾にされると、突っこめない」

「だったら俺は……やられ損ですか」北川の返事がないので、波田はさらに突っこんだ。次第に怒りがこみ上げてくる。「あそこで張り込みをしているのがばれたんですよ。だから襲われたんだと思います。これからどうするんですか？　俺はこのまま泣き寝入りですか」

「しばらく休め」

北川が立ち上がる。それだけ？　波田はあっけに取られて、自席に戻る彼の背中を見送った。拉致監禁され、怪我を負わされ、警察ではあらぬ疑いをかけられ……これじゃ、本当にやられ損じゃないか。いったい何が起きたんだ？　俺はどんなことに巻きこまれているんだ？

# 第4章　疑　念

何なんだ？「しばらく休め」って、どういうことなんだ。

合点がいかぬまま、波田は事務所を後にした。近くのコンビニエンスストアに飛びこみ、タオルを買う。店を出て、タオルの袋を乱暴に破り、ごしごしと頭を擦った。こめかみの傷口に触れてしまい、タオルに血が滲む。クソ、何でこんなことに……血で赤くなったところを避けながら、何度も顔を擦った。そんなことをしても何にもならないのだが、何かしていないと駄目になってしまいそうだった。

どこへ行くのも、何をするのも面倒臭い。

一刻も早く熱い風呂に入って、着替えたかった。それから何も考えずに眠りたい。十時間以上の監禁、それに警察での取り調べが自分にダメージを与えたことを、波田は認めざるを得なかった。

不快だが、ここにいる限りは安全だ。背後には店があり、前方と横に注意しているだけでいいのだから……あの連中がまた襲ってくるのではないか、と俺は恐れている。あんな経験をしたことはないし、二度とごめんだ。

もしかしたら、肉体よりも精神的なダメージが大きいかもしれない。嫌な予感がした。夜、布団に入る前にふと思い出し、嫌な記憶が頭の中でぐるぐる回って眠れなくなる……それがずっと続いたら、精神的に参ってしまうだろう。

山養商事はどうなったのだろう。警察は、あいつらを逮捕したのだろうか。それならニュースになっているはずだが、ここにいてはテレビやラジオのニュースはチェックできないし、夕刊が出るまでにはまだ時間がある。

もどかしい。

今すぐ走り出して、何が起きたのか確かめたい。だがそういう気持ちと裏腹に、体が言うことを聞かなかった。下半身から力が抜け、何をするのもだるい。

気づくと、その場にへたりこんでいた。そういう姿勢も辛いのだが……店の壁に背中を預け、ずるずると立ち上がる。ひどくだらしなく、傷ついているのを意識した。

何かしなければならないのだが、何もできない。こんなことは初めてだった。しかし、いつまでもここにいるわけにはいかない。動き出そうとして、体の中心に熱が居座っているのを感じた。そう、風邪で発熱したような感じで、頭もくらくらする。

まずい。とにかく早く横にならないと……歩き出したが、今度は急な寒気を感じて身震いした。この辺はタクシーも頻繁に通るはずなのだが、今日に限って一台も見当たらない。外堀通りか青山通りに出れば掴まるだろうが、そこへ行くまでが一苦労だ。とても歩いて辿り着けるとは思えない。どうする？　どうしようもない。歩道から一歩も動けなくなってしまった。

重い頭を上げ、馴染んだ街並みを見やる。その瞬間、向こうから歩いて来る人影に気づいた。

陽子？　陽子だ。あのスカートには見覚えがある。確か、バイトの時に穿《は》いてきていた。ぶらぶらと揺れるハンドバッグも見たことがある。助かった……しかし、呼びかけようとしても声が出ない。頼む、気づいてくれ。彼女の方へ向かって一歩を踏み出したが、陽子は気づく様子もない。思わず「クソ」と声を上げてしまった。

陽子が気づいた。わずかに顔を上げて、こちらを見やる。最初、戸惑っている様子がありありと窺えたが、すぐに波田に気づいた様子だった。立ち止まって怪訝そうに波田の顔を見ていたが、よろよろと近づいて行くのに気づくと、慌てて駆け寄って来る。

「どうかしたんですか？」

「あなたこそ」こんな当たり前の言葉が出てくるのに驚いた。ぼうっとして、半ば意識もないような状態なのに。

「顔色、悪いですよ」陽子が心配そうに言った。「それに……怪我してるんですか？」

「ちょっと、変なことに巻きこまれて」

「何なんですか、変なことって」陽子の顔色は蒼《あお》くなっていた。

「それは……簡単には説明できないなあ」

それだけ言って、波田は膝から崩れ落ちた。膝がアスファルトを打つ、鈍い痛みが脳天に突き抜ける。普通なら悪態をつくか悲鳴を上げているところだが、今は声も出せなかった。

俺はいったい、一日に何度気を失うのだろう、と波田は思った。


気づくと自分の部屋にいた。頭がぐらぐらする……一度目を開けたのだが、無理して閉じる。しかしそうしても、まったく楽にはならなかった。だったら、思い切って目を開けてしまえ。

見慣れた光景が視界に飛びこんできた。空っぽの部屋。引っ越して間もなく、まだ家具もろくに揃っていないのだ。ベッドもなく、ようやく買ったマットレスを敷いただけ……いつもそこで寝ている。薄い毛布を撥《は》ね除《の》け、ゆっくりと床に移動する。フローリングのひんやりした感触を感じながら、少しずつ意識が鮮明になってきた。今、何時なんだ……マットレスの傍らの時計を見ると、午後四時。今日の？　たぶん。とすると、それほど長い時間気を失っていたわけではない。

だけどどうして、ここにいるんだろう。耳を澄ますと、キッチンの方でお湯が沸く音が聞こえてきた。誰かいる？　波田はにわかに緊張感を高めた。誰かが勝手に部屋に入りこんで、お湯を沸かしているとしたら……クソ、どうしてバットや木刀を置いておかなかったのだろう。

「起きました？」

陽子がキッチンから顔を出し、波田の緊張は瞬時に溶け落ちた。同時に、記憶が一気に蘇ってくる。コンビニの前で陽子と偶然出会い、一言二言言葉を交わした後で、気を失ってしまったのだった。彼女が家まで送ってくれたのか？　タクシーを摑まえれば無理ではないだろうが、どうやって俺をタクシーに乗せたのだろう。体格にはだいぶ差があるので、彼女一人ではどうしようもなかったはずだ。

陽子が、湯気の立つカップを持って部屋に入ってきた。一つを波田の前に置くと、自分はカップを両手で持ったまま、正座する。膝小僧が覗き、波田はすっと目を逸らした。何とか胡座をかき、カップを手にする。コーヒーだった。インスタントしかなかったよな……と少し恥ずかしくなる。引っ越した時に、ちゃんとコーヒーぐらいは用意できるように道具を揃えようかと思ったのだが、忙しさにかまけて何もしていなかった。人が――特に陽子が来ているのにインスタントコーヒーとは情けない。

だが、一口啜ってみると、ほっと安堵の息が漏れ出た。美味い。インスタントとは思えなかった。上手な人間が淹れると、インスタントでもこんな味になるのだろうか。

口中の傷に染みて、思わず顔をしかめると、カップを両手に持ったまま陽子が訊ねる。

「いったい何があったんですか」

「いろいろあって」どこから話したらいいのか、どこまで話していいのかまったく分からない。研究所を馘になったというなら、全部ぶちまけて相談してもいいところだが、実際には「休め」なのだ。いずれ仕事に戻るとしたら、守秘義務は生きていると考えた方がいいだろう。

「それより、どうやってここまで戻って来たんですか」

「覚えてないんですか」陽子が眉をひそめる。「波田さん、あそこで倒れちゃったんですよ」

「本当に？」

そこでふと、下着代わりに着ているTシャツ一枚なのだと気づいた。下半身もパンツだけ。彼女が脱がしたのだろうかと思うと、顔が赤くなった。

「ごめん」

陽子も気づいたようだった。耳が赤く染まっている。何も言わずに、ゆっくりと首を横に振った。

「とにかく驚いて、救急車を呼ぼうと思ったんです」

「でも、呼ばなかった」

「波田さんが、呼ばなくていいって言ったから」

「そんなこと、言ったかな」波田は首を傾げた。陽子の目の前で倒れてから後の記憶がまったくない。今は、それほど調子が悪いわけではなかったが……まだ頭はぐらぐらするが、先ほど内側から体を焼き尽くしそうだった熱は感じられない。これなら何とかなりそうだ。

「そうですよ」陽子が勢いこんでうなずいた。「私は、病院へ行こうと思ったんです。でも、波田さんがどうしても行きたくないって……仕方ないから、タクシーを拾って、ここまで来たんです。どこへ行っていいか分からなかったけど、波田さんが、この家の住所を言って」

「全然覚えていない」無事に家にはいるが、むしろ怖かった。ここまで何も覚えていないということは、全ては無意識の中での出来事だったわけか……意識がないまま、タクシーに道順を指示していたかと思うとぞっとした。

「本当ですか?」蒼い顔で陽子が訊ねる。

波田は、無言で首を振ることしかできなかった。頭の芯に重たい痛みが残っている感じはしたが、それほどひどい状況ではなさそうだ。

もう一口、コーヒーを飲む。

「申し訳ない、こんな物しかなくて」

「いえ」短く言って、陽子もコーヒーを啜った。

「あなたこそ、あんなところで何をしてたんですか？　うちの事務所に用事でも？」

「近くで友だちと会っていただけです」心外だ、とでも言いたそうな口調だった。

「ああ……そうか」別におかしくもない。世の中、自分の事務所を中心にして動いているわけではないのだ。陽子が別の用事で赤坂にいてもおかしくはない。

「波田さんこそ、どうしたんですか」

問いつめられ、波田は乾いた唇を舐めた。彼女には何も言わない方がいいと思う。自分は間違いなく、ひどくまずいことに巻きこまれてしまったのだ。陽子にそれを知られるのは恥ずかしい感じもするし、知れば彼女も巻きこまれるかもしれない。何としても、それは避けなければならなかった。

「仕事で何かあったんですか」

「いや……」口中の痛みが気になる。口の中で舌を動かし、傷の具合を確認した。ああ、これは痛いわけだ。切ったところが盛り上がって太い傷になっている。舌が触れた瞬間に、痛みで身がすくむ思いだった。まあ、医者へ行くほどではないだろうが。

その時ふと、陽子から忠告を受けていたことを思い出す。彼女は何と言ったか。そう、「あの研究所、大丈夫なんですか」だ。まるで、研究所の暗部を知っているような口調。改めて確かめると、陽子は顔をしかめて首を横に振った。

「本当に？　研究所のこと、何か知っているんじゃないですか」

「私が知るわけないじゃないですか。バイトしただけですから」陽子が首を傾げる。

「でも、『危ない感じがする』って言ってましたよね。何かなければ、そんな風に感じるはずがない」

「それは……」陽子が唇を噛んだ。「感じです、本当に感じだけ。個人的な印象です」

どうも怪しい。陽子が直接研究所へ来たのは、数回だけだ。ちょっと中の様子を見ただけでは、「危ない」とは感じないだろう。波田も多くの会社を知っているわけではないが、どう見ても普通の「事務所」の感じだと思う。

もしかしたら、俺自身が問題なのか？　そうかもしれない……俺みたいな若造があんな高いステーキを奢ったら、胡散臭《うさんくさ》いと感じるのが普通かもしれない。それはそうだよな、と悔いると同時に、自分のせいなのか、と情けなくなる。

「あの、鶴巻さん、いたじゃないですか」

「ええ」鶴巻？　何を言っているのだと、波田は首を傾げた。

「あの人、ちょっと胡散臭いというか、変な感じがして……」

「ああ、軽い感じ？」

「バイトが終わった後、私に声をかけてきたんですよ」陽子の声にはかすかな怒りがあった。

「本当ですか？」波田は思わず目を見開いた。何なんだ、あの人は？　俺が陽子と食事に行ったことは知っているはずなのに、彼女をナンパしようとした？　図々しいというか、何というか……笑える話ではない。「鶴巻さんは、何て言ってきたんです？」

「食事に誘われたんですけど、断りました。何か、軽過ぎる感じがして」

「ああ、確かに……あの人はちょっと軽いから」波田は無理に微笑《ほほえ》もうとした。体のあちこちが痛んで、とても笑える状態ではなかったが。陽子の表情も硬い。

「だから、何となく……そういう感じ、分かりません？」

「でも、あの人がうちの研究所の代表じゃないから」鶴巻を見て、あれが全てだと思われたらたまらない。だが、陽子は力なく首を振るだけだった。「本当に、それだけだったんですか？」

「まあ、あの、いろいろ……」

「他にも、あなたに変なことを言った人がいたんですか？　もしかしたら、俺が食事に誘ったのが気に食わなかったんですか？」

「波田さんは……そういうわけじゃないですけど」陽子がもごもごと言った。

何なんだ？　波田は、彼女が何を考えているのか、まったく読めなくなっていた。妙に世間知らずな感じがしていたのに、今は腹に一物あるように思える。

「俺、あなたを不愉快にさせるようなこと、しましたかね」少しだけ怒りを感じながら波田は訊ねた。多少図々しかったかもしれないが、一線を越えたわけではない。

「そんなことないですけど」

そう、そんなことはないと信じたい。忠告を受けた時……電話で話していて、ごく普通の様子だったではないか。気に食わない男だと思ったら、すぐに電話を切ってしまえばよかったのに、彼女はそうしなかった。あの忠告だって、俺を思って言ってくれたのではないか。

しかし、どうして「危ない感じがする」と言ったのか、はっきりしないままである。確かに鶴巻は軽くていい加減な所のある男だが、彼を見ただけで、研究所のイメージを決められても困る。それに「危ない」と言うからには、もっと具体的に何か見たか聞いたか……あるいは自身が経験したとしか思えない。

「本当は、何があったんですか」

「波田さんこそ、何があったんですか」

逆襲され、波田は口をつぐんだ。どこまで話していいのか……助けてくれた彼女に対して、何も言わないのは失礼だろう。結局、ごく曖昧に状況を話すことにした。

「襲われたんですよ」

「え」陽子が目を細くした。眉間に深い皺が寄っている。「襲われたって……」

「仕事の時に、ちょっとね……どういうことなのか、まだ分からないんですけど」

「病院、行かなくていいんですか?」

波田は首を振った。陽子がすっと寄ってきて、波田の手に触れる。冷たい手で、その感触は波田を興奮させるのではなく、むしろ落ち着かせた。

「駄目じゃないですか。頭も怪我してるし」

「でも、何とか生きてるから」

「そういう問題じゃないでしょう」

「医者には行ってないけど、一応、傷は見てもらった」警察官に見てもらって、何が分かるわけでもないだろうが。

「本当に、大丈夫なんですか?」

陽子がすっと身を引いた。かすかに顔が赤らんでいるのは、俺の手に触れたからだろうか、と考える。こういう状況なのに、彼女は俺のことを特に嫌がっていない——むしろ心の底から心配しているのだと思うと、にやけてしまう。まったく俺もだらしない男だな、と思った。

「大丈夫。いろいろあって、ちょっと肉体的にも精神的にも疲れただけで……一晩寝れば、何とか元気になりますよ」

「それならいいですけど」陽子が不満そうに頬を膨らませる。

可愛いな、と素直に思った。何となく、気が合わないタイプではないかと思っていたが、そんなこともないかもしれない。この控え目で清楚な感じは自分の好みだし、わざわざ家までついてきてくれたのは、俺に好意を持っている証拠じゃないか。こういう機会は逃しちゃいけない……でも、今日はどうしようもない。いくら何でも、この状態で女を抱くのは無理だ。

焦らないで、少しだけ進めてみるか。合うか合わないかは、ちゃんとつき合ってみないと分からないものだし。

「今日は、本当にありがとう」波田は胡座をかいたまま頭を下げた。頭痛が襲ってくるかと思ったが、幸いそんなことはなかった。

「いえ……でも、今日は研究所にいたんじゃないですか？　あのコンビニ、研究所のすぐ近くでしたよね」

「ああ、ちょっと寄って、出て来たところで」

「研究所の方では、何もしてくれないんですか」陽子が、声に苛立ちを滲ませた。「こんな怪我して……仕事のせいなんでしょう？」

「まあ、そうだけど」

「私、何か言いましょうか？」

「それは駄目だよ」波田は慌てて止めた。「あなたは、バイトしただけなんだから」

「かかわり合いにならない方がいいんですか」

「それは──」そうだと思う。ふいに不安になってきた。研究所が今回取り組んだ仕事は、大丈夫なのだろうか。

いや、もちろん大丈夫なはずだ。反社会的な会社を告発するための調査は、まさしく正義である。実際、山養商事は警察の家宅捜索を受けたのだ。悪いことをしているから、あんな目に遭う。だから、自分たちがやっていたことに間違いはないはずだ。手段が合法的かどうかは分からないが、あくまで悪を糾《ただ》すためだったのだ。

だったらどうして、北川はあんなに冷たい態度を取ったのだろう。俺がヘマをしたから？　確かに、ヘマとしか言いようがない。張り込んでいるのを山養商事の連中に気づかれ、拉致されてしまったのだから。その後は、警察に連れて行かれて……あそこから出てくるために、北川がどれだけ手を尽くしてくれたかは分からないが、電話一本かけて、というわけにはいかなかっただろう。ヘマしやがって、自分の顔に泥を塗りやがって……そう舌打ちしていてもおかしくはない。本当は俺を叩き出して、「馘だ」と乱暴に言い渡したかったのではないだろうか。「しばらく休め」というのは、精一杯怒りを抑えた表現だったのかもしれない。

やっぱり馘だろうな、と思った。あれが失敗だったのは間違いないのだから……考えこんでいると、陽子が戸惑いながら声をかけてきた。

「あの、私、そろそろ帰りますけど……」

「え？」慌てて時計を見る。四時半。まだ早い時刻だが、陽子が落ち着かないのは分かる。つき合っているわけでもない男の部屋で二人きり。どうやら箱入り娘らしい彼女にすれば、居心地が悪いだろう。「ごめん。本当に助かりました」

ここは紳士的に送らないと……立ち上がったが、ふらつき、倒れそうになってしまう。硬いフローリングの床に倒れるのを覚悟した時、陽子がさっと腕を摑んで支えてくれた。ずいぶん素早い動きであり、波田が知っているおっとりした感じとは違う。

距離が近い。陽子は波田の腕を摑んだまま、自分でも驚いたように固まっていた。これなら、手を伸ばして彼女を抱き寄せることもできる……自重した。ここは、礼儀正しい一面を見せておかないと。というか、余計なことをしたらまた目眩で自爆しそうだ。

「どうもありがとう」意識して紳士的に言う。

「いいえ」陽子はどこか照れたように言って、すっと手を下ろした。ごく自然な動きであり、何も意識していない様子だった。

昨日から今日にかけての出来事をまとめれば——要するに、訳が分からない。

あまり眠れないまま、波田は翌朝早く目覚めた。体は何ともなかったが、どうにも気分が悪い。北川からは「休め」と言われたものの、家にいる気にはなれなかったので、結局大学へ行くことにする。今日も講義はあるわけだし……講義など馬鹿馬鹿しいと思いながら、他に行く場所がないのだから仕方がない。大学へ行けば友だちもいるし、時間は潰せる。一人で家にこもっているよりはましだ。

まず、自宅近くの喫茶店に足を運んだ。モーニングセットを頼んですぐに、新聞を全紙持ってきて広げる。山養商事の事件は、各紙とも大きく取り上げていた。どうやらマスコミは水面下で取材を進めていたようで、どこも内容は詳しい。だいたい北川から聞いていた通りに、詐欺的商法に手を染めていたようなのだが、その額を見て波田は仰天した。

「百億円集める」

「被害者、全国に二千人」

一人あたり五百万円の被害？　被害総額よりも、それだけの金をぽんと出せる人がこんなにたくさんいることに驚く。この中に、自分が話を聞いた人たちはいるのだろうか、と心配になった。もしかしたら、話を聞くだけではなく、忠告しておくべきだったのかもしれない。あなたは騙されているんですよ、今からでも解約して、金を返してもらった方がいい、と。結局自分は、被害を防ぐこともできなかったのだ、と悔いる。弁護士の依頼で動くことは、正義に適《かな》っていると思っていたが、目の前の被害者を救えなかったのは大きなミスだったのではないか。

トーストもゆで卵もコーヒーも味気ない。急に世界が灰色になってしまったような気分だった。大変な事件なのは間違いない。昨日の北川は、やはり俺がヘマをしたことを怒っていたのだろう。タイミングが悪ければ、警察の捜査も台無しになってしまったかもしれないし、もっと悪いことが起きていた可能性もある。殺されていたかもしれない、と身震いしたが、同時に怒りもこみ上げてきた。

北川も、何もあんなに冷たくすることはなかったはずだ。それに、俺が行方不明になった後、捜していなかったのではないだろうか。警察が家宅捜索に入った時に俺が見つかったのは、たぶん単なる偶然に違いない。もっと早く届け出ていれば、あんなタイミングで救出されるはずがないではないか。

見捨てられた？　いや、そんな単純なことではないような気がする。北川の思惑がまったく読めなくなってしまった。一つだけはっきりしているのは、自分は悪くないということ。言われた通りに仕事をしていただけなのだから。襲われて拉致されたのはミスかもしれないが、自分の身を自分で守れと言われても困る。自分は結局、二十歳の大学生に過ぎないのだ。そんな人間を、あそこで一人にした方が問題なのではないか。

気づくと、新聞をきつく握り締めていた。皺になった新聞を慌てて丁寧に畳み、ラックに戻す。残ったコーヒーを飲みながら、これからどうすればいいか考えた。

――何か変だ。俺の周りで、何が起きているのだろう。

大学へ辿り着いた時にはすっかり疲れ切っていた。雨を予想して持ってきた傘が邪魔だ。帰ろうかな、とも思ったが、それもまた面倒臭い。正門から中へ入るだけでも、気合いを入れ直さなければならないほどだった。一つ溜息をつき、顔を上げて門をくぐろうとした瞬間、声をかけられる。

「波田憲司君」

低い、嫌な声。振り返ると、昨日波田を救出してくれた刑事の山脇が立っていた。雨も降っていないのにレインコートを着ている。この人、馬鹿なんじゃないかと波田は首を捻った。車道の方に視線を向けると、一台の黒い車が停《と》まっているのが見えた。運転席には、目つきの悪い小柄な男。見ると、山脇の背後にも、男が一人立っていた。こちらも、険悪な雰囲気を漂わせている。山脇は、まあ普通……しかし、昨日に比べれば、さらに態度が硬い。

波田は無言で体の向きを変え、山脇に向き直った。大きな手で胃を締めつけられたように感じる。

「何ですか」辛うじて声を絞り出したが、自分でも情けなく感じるほどか細い。

「体調はどうかな」山脇が目を細めたまま、訊ねた。親切そうに見えるが、本当は心配などしていないのは明らかだった。

「いや、別に……」悪いと言えばよかったかもしれない、と悔いる。山脇が何を企《たくら》んでいるかは分からないが、ろくな話ではないだろう。彼と話さないようにするには、「体調が悪い」と逃げるしかない……だが、もう手遅れだ。

山脇がうなずき、一歩前に出る。彼の後ろにいた男は、山脇を追い越して波田の横に立った。何をするつもりか……ちらりとそちらを見た瞬間、山脇に腕を摑まれる。

「何なんですか」

「ちょっと署まで来てもらおう」

「だから、何なんですか！」思わず叫んでしまう。近くにいた学生たちが、一斉にこちらを見た。波田は思わず顔が赤くなるのを意識したが、黙って連れて行かれるわけにはいかない。こんなことをされる謂れはないのだ。「俺は何もしていませんよ」

「とにかく、話を聴かせて欲しいんだ」訴えるように山脇が言った。

「話すことなんかありませんよ」波田は強引に、山脇の手を振り払った。その瞬間、もう一人の刑事にもきつく腕を摑まれる。摑まれただけではなく、肘を捻じ曲げられ、動きを封じられてしまった。痛みに耐えかね、思わず体を前に曲げてしまう。屈辱的な姿勢を強いられ、身動きが取れなくなってしまった。

「何なんだよ！」

「大人しくしろ！」山脇の言葉が、耳に突き刺さる。「友だちの前でこんなことをされて、恥ずかしくないのか？」

俺は逮捕されたのか？　波田は体を折り曲げたまま、さらに顔を伏せた。こんなところを誰か知り合いに見られたら、大変なことになる。こんな格好をさせられているのも屈辱。だが、誰かに見られるのはもっと屈辱だった。

上体を折り曲げた不自然な姿勢のまま、波田は覆面パトカーまで連行された。どうしてこんなことになってしまったのか……恥ずかしさと怒りで頭が混乱するばかりで、考えがまとまらない。山脇が後部座席の奥に座り、波田は真ん中に押しこめられる。最後に乗りこんで来たもう一人の刑事が、馬鹿丁寧に波田の傘を持ちこんでくる。変なところで丁寧なんだ、と波田は呆れた。

昨日と同じ取調室。波田は心底嫌な気分になった。下ろしたてのシャツを着てきたのに……ジーンズも冷や汗で濡れ、肌に張りついて気持ちが悪い。テーブルには何もない——少なくとも波田の持ち物は。バッグも傘も取り上げられ、ほぼ着の身着のままだった。

「まず、君は詐欺容疑で取り調べを受ける」正面に座る山脇が、淡々とした口調で言った。感情の動きを感じさせないのが、かえって怖い。

「詐欺って……」波田は呆然としていた。詐欺って何だ？　誰かを騙した？　あり得ない。そんなことをした記憶はまったくなかった。「どういう意味ですか」

山脇が、傍らのノートを取り寄せて開く。しばらく無言でページをめくっていたが、わずかな沈黙にも波田は耐えられなくなった。

「どういうことか説明して下さい。だいたい、今はまだ逮捕されてないんですよね？　こんなの違法捜査じゃないんですか」

「ちょっと待ってね」拍子抜けするほどあっさりした口調。

「待ってって……何で俺が取り調べを受けなくちゃいけないんですか。詐欺なんて、記憶にないです。誰も騙してません」

「ちょっと待って」

山脇の口調には、わずかに苛立ちが混じっていた。その後は何の説明もせずに、ノートに視線を落としたまま。その態度が、波田の気持ちをさらに波立たせる。こちらを無視して、あくまで自分のペースを守ろうとしている……警察というのは、こういうものなのだろうか。逮捕されそうになった人間の都合や気持ちは無視して、勝手に話を進める？　波田は、できるだけリラックスしようと努めた。どう考えても、これは何かの間違いである。詐欺などに手を染めた記憶はないのだから、疑いはすぐに晴れるはずだ。拉致された恐怖感は、今や遠ざかっていた。あの連中は反社会的な存在であり、自分はまったく悪くないと確信できていた。だが今、相手は公権力である。俺をどうにかするのも簡単だろう。思わず唾を呑む。喉がひりひりと痛み、唾を呑みこむだけでも一苦労だった。

「君、保険関係のアンケートをやったことがあるよね？」

「はい？」

「保険。六十歳以上のお年寄りを対象に、今入っている保険は何かとか、乗り換えする時には何を重視するかとか、そういうことを聞いたよね」

確かに聞いた。あれは、研究所に入ってすぐ……三度目か四度目の調査の時だ。保険会社からの依頼ということで、街頭で高齢者を摑まえ、話を聞いて……「そうです」と認めそうになって、口をつぐむ。向こうの意図が読めない限り、余計なことは言うべきではないだろう。

「どう？　覚えてるだろう？」

山脇の口調は、妙に親しげだった。こんなのは大したことはない、軽く喋ってくれればいいんだ、とでも言いたげである。しかし波田は、口をつぐみ続けた。確かに、そういうアンケートはやった。だが、どうしてそのことについて聞かれているのかが分からない。分からない以上、何も言わないのが賢いやり方だろう。

「言えないのかな？　やったかやってないかぐらいは、教えてもらってもいいと思うが」

「弁護士を呼んでもらえますか？」

「弁護士……弁護士ね」山脇がボールペンで耳を掻いた。「どこでそんなことを覚えてきたのか分からないけど、この段階では無理だね」

「どうしてですか。俺は逮捕されるんじゃないんですか？　だったら弁護士と話す権利はあると思います」

「弁護士に知り合いはいるのか？　国選弁護人なら誰かがついてくれるけど、適当にしかやってくれないぞ」

　知り合いはいない。だが、当てはある。研究所に電話すればいいのだ。北川は顔が広いし、そもそも山養商事の調査の件も弁護士から頼まれたのだから、弁護士を知ってい る。そういう人を紹介してもらえば……それにそもそも、研究所に連絡を入れる必要があった。ただ「逮捕されそうだ」と報告したら、どんな反応が出てくるかは予想もできない。

　しかし、取調室に閉じこめられたままでいるわけにはいかない。

「電話させてもらえないですか」

「どこへ」

「研究所です」

「バイト先の？」

「バイトじゃなくて社員なんですけど」正確には「契約社員」だ。昨日、山脇には告げたはずだが、もしかしたら俺を苛立たせるために、わざと言っているのかもしれない。

挑発に乗ってはいけない、と自分に言い聞かせた。

「ああ、失礼。昨日もそう言ってたね」

忘れていたわけではないのか……ということは、これはやはり俺を苛つかせるための作戦だ。絶対に乗ってはいけない。波田は体の力を抜き、両手をだらりと垂らした。それで完全にリラックスできるわけではないが、深呼吸して何とか気持ちを落ち着けた。

「電話してもいいよ」

山脇が唐突に言ったので、波田はまたも動揺した。電話もさせず、外界との接触を完全に断たせて、精神的に追いこむつもりではないかと——そんなことが許されるかどうかはともかく——思っていたのだ。だが山脇は涼しい顔で、別のデスクに控えたもう一人の刑事に合図した。その刑事が立ち上がり、波田に向かってうなずきかけると、デスクに載った黒い電話を指差す。

波田はのろのろと立ち上がり、慎重にそちらのデスクに向かった。何かされるのではないかとびくびくしたが、取り敢えず妨害はされず、声をかけられることもなかった。受話器を取り上げた瞬間、山脇が「ゼロ発信だから」と告げる。

そんなことだろうと思った。最初に「ゼロ」を回し、普通の発信音が聞こえたところで、研究所の電話番号を回す。すぐに呼び出し音が聞こえてきて、波田は鼓動が高鳴るのを感じた。この状況をどう説明するか……かなり面倒だ。昨日も、自分は完全な被害者だったのに、北川には冷たくあしらわれた。警察に連れて来られたとなったら、どんな扱いを受けるのか。「自分のヘマは自分で後始末しろ」と冷たく突き放されるのでは……いや、これはそういう問題ではない。山脇が疑っているのは、研究所でやった調査についてである。ということは、研究所そのものが疑われていることにならないか？　だとしたら、一刻も早く知らせないと。

誰も出ない。

それがそもそもおかしい。研究所には二十四時間人がいるのだから、電話が鳴って誰も出ない、ということはない。もしかしたら、他の電話に出ているのか。十回呼び出し音が鳴っても反応がないので、受話器を置く。振り返ってちらりと山脇の顔を見ると、怪訝そうな表情を浮かべていた。それを無視してもう一度受話器を取り上げ、研究所を呼び出す。今度は十五回……やはり出ない。呼び出し音が一回鳴るごとに、顔から血の気が引いていくようだった。馬鹿な。どうして誰もいないんだ？

次々とおかしなことが起きている。波田は架台に戻した受話器に両手を置き、しばしうつむいた。山脇に怒鳴られるのではないかと思ったが、何も言われない——それがかえって不気味な感じだった。

「どうかしたかな？」やっと山脇が口を開く。

「いえ……」

「出ないとか？」

「まあ、そういうことです」

山脇がこれ見よがしに左手を突き出し、腕時計を見た。

「君の事務所は、こういう時間にも誰もいないのかな？　普通の会社だったら、忙しい時間帯じゃないか」

昼前。本当なら、ほとんどの社員が事務所に顔を見せている時間帯だ。

「まあ、電話なら後でまたかければいい。今はとにかく、話を聴かせてもらおうか」

だが、二人の間の会話はまったく前に進まなかった。それが主に、自分のせいだということは、波田には分かっている。アンケートをやったのかやっていないのか、それに答えないのだから、山脇からすれば、いつまでも入り口をうろうろしている感じだろう。だが山脇は粘り強かった。投げ出しもせず、苛立ちもせず、他の話題を持ち出してはまたそこに戻ってくる。

結局、痺れを切らしたのは波田の方だった。何度目かの同じ質問が出た時、つい「そのアンケートはやりました」と認めてしまったのだ。この件でいつまでも口をつぐんでいても、どうしようもない。何か疑っているなら、その疑惑を解消する情報を投げてやらなくては。逮捕されたら、これから留置場で何日も過ごさなければならない。自分が、そんな環境に耐えられるかどうかは分からない……いや、多分無理だ。だったら、とにかく早く誤解を解いて、ここから出て行かないと。

「そう、お年寄り向けのアンケートはやったんだね。何人ぐらいから話を聞いた？」

「僕は百人でした」

「百人ねえ。それだけの人に話を聞くのは大変だろう」

「仕事ですから」

「そういうのが得意なんだ」

「よく分かりませんけど」こちらを持ち上げ、調子に乗らせて喋らせようとしている――これにペースを合わせてはいけない、と波田は気持ちを引き締めた。警察は、欲しい情報を手に入れるためには、ありとあらゆる手を使ってくるだろう。しかし、向こうの狙いが何なのか分からない以上、余計なことは言わない方がいい……話しているうちに、山脇の腹の内が読めてくればいいのだが、そんなことができるかどうか、自信はなかった。

「アンケート結果は、どんな風にまとめたのかな」

「研究所のコンピュータに打ちこんで……その後のことは分かりません」

「アンケートを依頼してきた会社があるだろう？」

「あるはずですけど、そこまで詳しい事情は聞いていません。僕はアンケートをやっただけなので」

「君は、相当深く、研究所の仕事を担当していたそうだけど？　他の社員と同じように、企画や依頼してきた会社との交渉もやっていたとか……バイトのとりまとめもしていたんだろう？　だったら本当に、立派な社員だよな」

それは事実だ。

だが、おかしい……俺は、山脇とは昨日会っただけである。自分の仕事について、こんな詳しい話もしなかった。だったら山脇は、どこでこんな情報を知ったのだろう。研究所の人間と話した、としか思えない。

「誰か、うちの研究所の人と会ったんですか？」

「いや、その辺は、まあ……」山脇が言葉を濁す。広げたノートに視線を落とし、ボールペンで何かをさっと書きつけた。すぐに顔を上げ、「その結果をどうしたか、教えてもらえるかな」と続ける。

「結果、ですか」

「そう、コンピュータに入力した後、どうしたのか？」

「それは知りません」入力はした。いつも通りの作業だったのを覚えている。ちょうどコンピュータの入力作業に慣れようと、必死にキーボードを叩いていた頃で……ただそうしただけだった。結果は当然、依頼してきたどこかの会社にいったのだろうが、自分は関与していない。

そう繰り返したが、山脇は納得していない様子だった。何故分かってくれない？　波田は次第に焦り始めた。警察は既に、ある種の「シナリオ」を書いているのかもしれない。それに合う証言を求めて、俺を揺さぶっているのか。

「アンケート調査はしますけど、それだけのこともあります」

「依頼してきた会社とは接触しない、とか？」

「この件がそうでした。アンケートをして、入力作業をして……それで終わりでした」

「なるほどねえ」

山脇がまた、ボールペンで耳を掻いた。単なる癖なのだろうが、ひどく下品な仕草に見える。波田は腿に置いた両手をきつく握りしめた。取調室が急に狭くなり、前後左右から圧迫される感じになる。駄目だ、こんなことでプレッシャーを受けてちゃ……波田は頭を振った。そうすると、一昨日受けた傷が再びかすかな痛みを自己主張し、嫌な予感を覚える。この怪我だって、このまま放っておいて大丈夫なのか。いっそ、倒れてしまった方が楽ではないかと思う。そうすれば、少なくともこの取調室からは出してもらえるだろう。

「で、そのアンケートは、ちゃんと依頼してきた会社に渡ったのかな？」

「分かりません。そこまでは作業していませんから。他の社員——先輩が、直接依頼してきた会社と交渉していたはずです」

「そうなんだ……で、コンピュータのデータを持ち出すことはできるのかな？」

「はい？」

「ほら、俺もよく知らないけど、コンピュータって結構大きいものだろう？」山脇が、両手で大きな円を描いた。「コンピュータそのものは持ち出せないかもしれないけど、あの、何ていうの？　フロッピーディスクとかで持ち出すことはできるよね」

「できますけど、僕は触れませんから」

「そうなのか？」

「厳重に保管してあるんです。鍵がかかるキャビネットに……その鍵は、僕は持っていません。使う必要がある時だけ、開けてもらうんです」

「なるほど」山脇がまた、ノートに何か書きつけた。すぐに顔を上げ、「印刷することはできるね？」と確かめた。

「ええ」これは一般的な話だろうと思い、波田は認めた。どうもこの刑事は、コンピュータについては詳しくないらしい。

「君でもできるよな？」

「できますけど……何なんですか？」

「印刷すれば、簡単に持ち出すこともできるわけだ。だいたい、ただのリストなんだから、そんなに膨大な印刷物になるわけじゃないだろう？　百人分といっても、折り畳めば背広の内ポケットにも入るぐらいかな」

「そんなこと、してません」だいたい、データについては、厳重に「持ち出し禁止」を言い渡されていたのだ。フロッピーディスクの管理も煩かったし、プリントアウトした紙も絶対に持ち出し禁止、用事が終わったらシュレッダーで裁断する決まりになっていた。当然波田も、その決まりを真面目に守っていた。

「ほう……本当に？」

「こんなことで嘘ついても何にもなりません」

「なるほど」山脇がノートを脇にどかして、ぐっと身を乗り出した。「君から、このアンケートの情報を貰った、という人がいるんだがね」

「は？」事情が呑みこめず、波田は間抜けな声を出してしまった。「意味が分かりません」

「印刷したもので、それは君の研究所のコンピュータから打ち出されたものだと分かっている」

「そんなこと、分かるわけがないでしょう」

「あのね、文章の頭に、ちゃんと『北川社会情報研究所』の名前が入っているんだ。そちらで印刷する物には、最初に全部それが入るようになっているんじゃないのか」

その通りだ。あらゆる文書のヘッダー部分に、社名と住所、電話番号を入れるように指示されている。波田は唇をきつく引き結んだ。

「とにかくそのデータは、表に出ない物なんだよね」

「当然です」

「誰かが持っているとしたら、研究所の人から直接貰うしかないと思わないか？　まさか、誰かが夜中に研究所に忍びこんで、勝手に印刷することはないだろう？」

「二十四時間人がいますから、そんなことは無理です」

逆に、研究所の中に誰か裏切り者がいたとしたら……波田はある可能性に思い至った。例えば鶴巻。あの男が外部の人間と通じていて、一人で夜勤をしている時に、誰かを研究所に引き入れていたら。鶴巻はファイルキャビネットの鍵も持っていたし、データは自由に扱える。必要な情報を呼び出して印刷し、誰かに渡すことは可能だ。

だが、どうしてそんなことをする必要がある？　金のため？　波田も「情報が金になる」ことは分かっていた。実際、情報に金を払う会社もあるのだから……誰かが何かの目的で、他の会社のために集めたデータを欲しがるというのは理解できる。だが、研究所員が決まりを破って、データの横流しをするとは思えなかった。全員が十分過ぎるほどの給料を貰っているし、皆北川を慕っている——というより、所員にとって北川は、カリスマ的存在なのだ。仰ぎ見る指導者。そんな人を裏切る人間がいるとは思えない。もちろん、年俸よりも高い金——それこそ一千万、二千万の金を積まれたら迷う人間がいるかもしれないが、情報にそこまで金を使う人間がいるとは思えない。いや、そんなこともないか……実際には、企業は自分たちの調査に数百万円単位の金を払ってくれる。

「どうした？」山脇が静かに訊ねる。

「いえ……」

「あのねえ、君から情報を買った、という人がいるんだよ」

「違います」繰り返された話に、波田は思わず顔を上げた。「そんなことはしてません」

「山養商事……そこの社員が、君と接触して、データを買ったと言ってるんだ」

「まさか」波田は、一瞬で顔が紅潮するのを意識した。「そんなこと、するわけがありません」

「そうかねえ」山脇が頬を掻いた。「実際、そういう証言をしている人がいるんだが、どういうことだろう」

「そいつが嘘をついてるんですよ。俺は、データを持ち出したりしてません。フロッピーでも、プリントアウトでも……とにかくどんな形でも」

「その証言が嘘とは思えないんだよな。そのデータ、何に使われたか、分かるか？　山養商事の顧客名簿になったんだよ。あの会社はお年寄りを騙して、金や宝石の預かり証を売りつけていた。自分で店に来る人もいたけど、主流は飛びこみの営業だ。訪ねて行って、そこで商談をするわけだが……実際に、お年寄りの一人暮らしや、夫婦だけの家ばかりを狙っている。そういう人たちは騙しやすいからな。だけど、行き当たりばったりで家を訪ねていたら、効率が悪い。高齢者のリストがあれば、仕事もやりやすいわけだ」

波田は唇を嚙んだ。確かに……アンケートの際、相手に名前と住所を確かめるのは、いつものやり方だった。だがあれはあくまで、「きちんとアンケートをやった」という証拠のようなものである。波田にすれば、アンケートの内容そのものが大事であり、名前や住所は「つけ足し」のようなものでしかなかった。だが、山養商事のような会社にすれば、名前と住所こそが重要なデータだ、ということは分かる。

しかし、山養商事の人間に知り合いなどいない。むしろ、あの会社の悪事を暴こうとしていたぐらいなのに……冗談じゃない。

必死になって「山養商事とは関係ない」と説明しても、山脇は依然として疑いを取り下げようとしなかった。波田がずっと山養商事を監視していたことを指摘し、その時に向こうと接触があったのではないか、と言った。波田は思わず反論した。問題のデータを元に、山養商事が売りこみにいったのはいつなのか。自分が山養商事とかかわるように——それも一方的に、だ——なったのはわずか一週間前であり、それからデータを渡して、勧誘に使われたとは考えられないではないか。

山脇が黙りこむ。少しやりこめた、と波田はほっとした。たぶんこの男は、少ない証拠で無理矢理俺を調べようとしたに違いない。山養商事の人間がどうして俺の名前を出したのかは分からないが、この疑いは必ず晴らせる、と波田は自信を持った。

自信はあっという間に萎んでいった。警察署というのは、何より人の自信を崩壊させる役にたつのだ、と実感する——いや、今までそんな風に考えたことはなかったが。自分は警察などに縁のない一生を送っていくものだと思っていた。

それが今、取調室にたった一人、取り残されている。まだ逮捕されたわけではないので、留置場には入れられなかったが、同じようなものだ。圧迫感……硬い椅子に座り、視線をテーブルに向けている限りは、何ということもない。むしろ快適だ。この取調室は妙に涼しく、過ごしやすい。そもそも今日は気温もそれほど高くないのだが、夏でもこんなものではないだろうか。多分壁が厚く、外気を閉め出してしまうのだ。

だが視線を上げると、嫌でもがらんとした室内の様子が視界に入って、気持ちが滅入《めい》る。ドアと窓があり、外の世界とつながっているはずなのに、完全に隔絶された感じがする。せめて誰かいれば、話をして気が紛れるのかもしれないが……いや、刑事を相手にしていたら、精神的に参ってしまうだろう。

細く開いたドアの隙間を見ていると、体の芯から震えがくる。まさか一生、ここへ閉じこめられたままじゃないだろうな。これから何が起きるかさっぱり分からないし、山脇も説明してくれない。逮捕するつもりなら、きちんと説明する義務ぐらいはあると思うのだが、そう言っても鼻で笑うだけだった。

立ち上がってみる。何となく裸でいるような気分だった。窓辺に歩み寄り、手を触れようとして、急に怖くなって退く。

うろつくな、落ち着けと自分に言い聞かせる。パニックになったらこっちの負けだ。これから何が起きるか分からないのだから、とにかく体力を温存しておかなければ。

そう、何が起きるか分からない。こんなことなら、真面目に講義を受けておけばよかった、と真剣に思った。逮捕されたらどうなるか、少なくとも理論の上では知っておけたはずだ。また椅子に座りこみ、両手で顔を擦る。嫌な臭いが体から立ち上っていた。

間違いなく、はめられたのだと判断する。山養商事の連中が嘘をついているのだ。目的は分からない。自分たちが摘発されたので、監視していた俺を巻きこもうとしているのか——そうだとしたら、とんだとばっちりである。その疑いを晴らすためには、研究所で請け負っていた仕事について、山脇にすっかり話す必要があるだろう。あくまで正義のために山養商事を監視していたのだ、と。研究所には迷惑をかけるかもしれないが、今は自分の身を守ることの方が大事だ。

いや……問題はむしろ、研究所の方かもしれない。先ほど電話をかけて誰も出なかった時、波田は絆《きずな》がぷっつりと切れてしまったように感じた。あそこで過ごした日々が、まるで夢だったようにも感じる。そんなはずはないのだが、全部が嘘だったような……もしかしたら最初から騙されていた？　だが何のために？　理由が分からない。

気になるのは、山養商事に渡っていたというデータのことだ。確かに、高齢者向けに保険のアンケートは取った。自分がデータを入力したのも間違いない。しかしそこから先のことは、与《あずか》り知らぬ話である。

研究所の中に、誰か裏切り者がいる？

またも鶴巻の顔が脳裏に浮かんだ。もしかしたらあの男は――あのいい加減な男は、研究所を裏切って山養商事にデータを売り飛ばし、その責任を俺に押しつけようとしたのかもしれない。座り直す。その推理は、理に適っている感じがした。あの男なら、こういういい加減なこともやりそうな気がする。クソ、あいつを調べるように、山脇に言うか……だが、主導権はあくまで警察にある。こちらからこんな説を持ち出しても、真面目に検討してもらえる保証はないのだ。「助かろうとして適当な話をでっち上げている」と判断される恐れもある。そうなったら、俺の立場はますます不利になるだろう。

まったく唐突に、陽子のことを思い出す。彼女は今回も、ここに現れて、俺を助け出してくれるのではないか……まさか。彼女にそんな力があるはずがない。だが、陽子が言っていた「危ない感じがする」が、今になって重要な意味を持って、頭の中で何度も繰り返される。彼女はまるで、こうなることを予見していたようではないか？　俺は今、まさに「危ない」状況に陥っているのだから。

陽子は何か、具体的なことを知っていたのだろうか。だったら、もっとはっきり言ってくれてもいいのに。あるいは言えない事情があった？　あれが精一杯の警告だった？　だとしたら、あまり真面目に受け取らなかった俺にも責任がある。あの時に戻れれば、と痛切に願った。もう少し彼女と突っこんだ話をしていれば、こんなことにはならなかったかもしれない。もちろん陽子は、根拠があって言っていたわけではないだろうが。

全ては手遅れだ。

情報が途絶しているのが痛い。自分は「情報」で生きていこうと決めた人間だ。それが今、何が起きているかも分からず、暗闇の中で一人取り残されている。情報だけに頼る人間は、それがなくなると何もできなくなるのか……もっと図太い人間でいたかったが、後悔しても何も始まらない。

そう、全ては手遅れだ。

「出なさい」

看守——というのだろうか？　いや、看守は刑務所にいる人か？　警察の制服を着たこの男は何者だろう。無表情で、何を考えているのかまったく分からない。不気味だった。

波田は反射的に立ち上がり、部屋の壁にかかった時計を見た。既に午後十時。

「こんな時間から取り調べをするのは変じゃないですか」精一杯の抗議のつもりだった。本当のところがどうなのかは分からない。徹夜で容疑者を締め上げるようなこともあるかもしれない。

「出なさい」制服警官は、声の調子を変えずに繰り返した。

「何なんですか」

「それは知らない」

「知らないって……警察の人でしょう。何で中のことが分からないんですか」

「仕事の内容が違う」

そんなはずはない。警察の仕事なんて、もっとずっと機能的に連動して動いているはずではないか。だが制服警官はそれ以上説明しようとはせず、ドアを大きく開けた。廊下へ一歩を踏み出す。照明は薄暗く、少しじめじめした空気が漂っている嫌な空間だったが、それでも閉ざされた場所を抜け出した安堵感は大きい。ほっと息をつき、少しだけ気持ちの余裕ができた。制服警官の方に両腕を突き出し、「手錠はいいんですか」と訊ねる。皮肉のつもりだった。

「必要ない、と聞いている」

波田は、両手をだらりと脇に垂らした。からかわれているのか？　警察は、俺が逃亡すると考えていないのだろうか。そんなことになったら責任は取れない――だが、逃げ出すのは無理だろう。警察署の中の様子が分からないので、自分が今どこにいるかもはっきりしない。逃げ出したつもりが、すぐに行き止まりになって、追っ手に捕まってしまうのは明白だった。

大人しくしておこう。だいたい、これはやはりおかしな状況だ。こんな時間から改めて取り調べなど、あり得ない。

波田は制服警官の後ろについて歩き出した。彼の背中が、特に緊張もしていないのに気づく。容疑者を留置場に入れたり出したりする時は、もう少し緊張するものではないだろうか。しかし彼の足取りはどこか軽く、重大な仕事を任されている感じではなかった。

「どこへ行くんですか」

答えはない。それを教えるのも、自分の仕事ではないということか。警察というのは徹底した縦割り社会、役所の中の役所なのだと思い知る。自分だったら、こんな組織の中にいたら息が詰まってしまうだろう。今考えれば、研究所の雰囲気は緩く、それが好ましかった。北川というカリスマを中心に集まった、野心溢れる男たち。上下関係を意識することはなかったし、それが働きやすい雰囲気を作り出していたのだと思う。失敗しても怒られない。「思いついたらとにかくやってみろ」という空気は、普通の組織では味わえないものだろう。

研究所で過ごした二か月強の日々。自分はあの雰囲気に甘えていたのだろうか……分からない。余計なことを考えるな、と自分を戒めた。

取調室から遠ざかると、ふっと緊張が抜ける。目の前には暗く長い廊下が続いているだけなのだが、それでも狭い取調室にいるよりはずっとましだった。もっとも、壁に背中を預けて立っている山脇の姿を見つけた瞬間、また緊張感が高まる。やはり、こんな時間から取り調べなのか……ふと、激しい疲労を意識する。ここ二日ほど、あまりにもいろいろな出来事が起こり過ぎた。全てを消化できるほど、自分は大人でも世慣れてもいない。まだほんの子どもなのだと意識するばかりだった。

「こちらへ」山脇が淡々と言った。口調が妙に丁寧になっている。

「こちらって、どちらですか」せめてもの抵抗で言ってみた。

「とにかく、ついて来て下さい」

敬語になっているのに気づいた。もともと、声を荒らげたり机を叩いたりするようなタイプではないようだったが、それでもこれまでは、上から押し潰すような威圧感を隠そうともしなかった。

案内されたのは、先ほどとは別の取調室だった。結局こういうことか……うんざりしたが、舌打ちする元気もない。だらしなく椅子に腰かけ、向こうが用件を切り出してくるのを待った。

「もう一度確認します」山脇の口調は、変わらず丁寧だった。それがかえって不気味である。「あなたは、このアンケートを担当していた」

山脇が、一枚の紙を波田の方に押しやった。先ほどは出てこなかったもの——プリントアウトした用紙だ。間違いない。ざっと見ていくと、見覚えのある名前や回答内容がある。そう、この人たちに話を聞き、情報を打ちこんだのは俺だ。認めるか、どうするか……しかし、前にもアンケート調査をして、データを入力したことは認めているのだから、今更否定したら筋が通らない。

「間違いないです」

「これを持ち出したりしたことはない?」

「ないです」

「間違いないですね」

「間違いないです」

「なるほど」山脇が用紙を取り戻し、自分の顔の下に置いた。しばらくじっと見詰めていたが、やがてゆっくりと視線を上げる。「この件とは別に、あんたたちは山養商事を調べていた。それも間違いないね」

波田は口をつぐんだ。この件を自分の口から言っていいかどうかは、まだ判断できない。

「ああ、別にあんたから教えてもらおうというわけじゃない。ただの確認です。昨日、あんたの事務所の人と話して、弁護士の依頼で山養商事を調べていたことは分かっているから」

波田は、ほっとして全身から力が抜けるのを感じた。何ということもない……この男は昨日から状況が分かっていて、ただ俺の口から喋らせようとしていただけなのだろう。回りくどいことを、と憤りも感じたが、目の前の大きな壁が崩れたような解放感の方が強かった。

「で、とにかくこのデータを持ち出したことはないんだね」山脇がしつこく念押しする。

「そういうのは禁止されてますから。そんなことをしたら馘です」

「なるほど」山脇が顎を撫でた。「ま、当面はこれで終わりにしようか」

「はい？」訳が分からず、波田は間の抜けた声で聞き返してしまった。

「釈放」

「逮捕されるんじゃないんですか」

「あんたが犯人になると決まったわけじゃないんですよ」

「それはつまり……警察は間違ったっていうことですか」

山脇が嫌そうに顔を歪める。「答えにくいことを聞くな」とは言ったものの、まだ話す気はあるようだった。だが、口を開きかけた瞬間、取調室のドアがノックされたので、黙ってしまう。「失礼します」という威勢のいい声に続いて、ドアが開いた。入ってきた私服の警官は、プラスティック製のトレイを持っている。そこには、警察に連れて来られた時に取り上げられたバッグなどが載っていた。本当に釈放なのか？　波田は、にわかには信じられなかった。

「要はね、山養商事の連中は、腹いせに君の名前を挙げたんだよ」

「だけど連中には、俺の名前は知られていないはずです」

「君は、一昨日から昨日の朝まで拉致されていたんだぞ。財布だって持ってただろう？　そういうのを見れば、何者かは簡単に分かる。運転免許は？」

「持ってません」

「学生証や定期があるだろう」

「……あります」

「それなら当然、身元は分かる。自分たちが摘発された腹いせに、君も巻きこもうとしたんじゃないかな」

「そんな——」

怒りのあまり、言葉が途中で止まってしまう。冗談じゃない。想像していたことではあったが、あんまりではないか。怒りはむしろ、山養商事ではなく警察の方に向く。これぐらいのことは、調べれば簡単に分かるはずなのに。せめて、しっかり調べて証拠を固めてから連行すべきではないのか。連行してから調べるなど、順番が逆だ。

「冤罪《えんざい》ですか」

「いや、そもそも逮捕はしていないから」山脇が首を横に振った。

「謝ってもらえるんですよね」

「どうかな。それは、俺一人では決められないことだ」

波田はまたもや唖然とした。間違いを認め、頭を下げるだけの話ではないか。何故そんなことすらできない？　警察というのは、世間の感覚からそんなにずれているのか？

「とにかく釈放だ。帰っていいよ」

「そんなこと言って、本当は逮捕するつもりじゃないんですか」

「君が、身に覚えがないというなら、そういうことはないだろう」

「山養商事の連中の言うことを、簡単に信じたんですよね？」怒りを抑え切れず、波田はまくしたてた。「あんないい加減な、反社会的な行為をしていた連中の言葉を、どうして信じたんですか？　ちょっと考えれば、おかしいって分かるでしょう。俺があいつらにデータを渡していたとしたら、どうして拉致されたんです？　そんなことをされる謂れはない」

「もっともだな」落ち着いた声で山脇が言ったが、反省している様子はない。

「謝って下さい」波田は立ち上がった。山脇を見下ろし、拳を握り締める。だが、山脇は反応しなかった。しばらく波田に脳天を眺めさせていたが、やがてゆっくりと顔を上げ、「帰っていいよ」と告げる。

「他に言うべきことはないんですか」

「文句があるなら、弁護士に相談した方がいいだろうね。いかにこちらに落ち度があろうが、警察と一人で戦って勝てるわけがないんだから」

「弁護士が必要な状況だって認めるんですよね？」

「君の身を案じてのことだ……それと、仕事は選んだ方がいい」

「どういうことです？」

「あの研究所のことだよ。あそこはまともなところなのか？　簡単に金を稼げるなら、何をしてもいいと思ってるのか？」

「何をしてもいいって……」波田は体から力が抜けるのを感じた。「悪いことなんか何もしてませんよ。普通の調査です。世の中の役に立つ調査です。何が悪いんですか？」

「それも分かっていないわけか」山脇が、ぽつりとつぶやくように言った。

「どういうことです？」

「それは自分で調べて考えなさいよ。我々も、まだよく分かってないんだから」

「分かってもいないのに、うちの研究所のことを悪く言うんですか？」

「その辺も、自分で調べてみればいい。人に教えてもらうよりも、その方が納得できるだろう」

この人は何を言ってるんだ？　訳が分からない。疑問は一切解決されず、むしろ増えていく一方である。頭がくらくらするようだった。まだ言い足りない。文句も言いたいし、疑問を解き明かすために質問もぶつけたい。しかし今はそれよりも、一刻も早く警察署を抜け出したかった。

波田は、バッグと傘を引っつかんだ。そのままテーブルの脇をすり抜けて、取調室のドアに向かう。

誰も何も言わなかった。

波田は、自分が極めてちっぽけな存在になってしまったように感じていた。

愛宕署を出る時、波田は一瞬身構えた。大きな事件があると、マスコミが警察署を取り囲むのはよくある光景である。そんな中に突っこんでいって、マイクでも突きつけられたら、どうしていいか分からない。だが幸い、署の前にマスコミの姿はなかった。一安心して、手に持っていた財布を開く。中身は……当面何とか生きていけるぐらいの額は入っていた。とにかく、早くここから離れなければ。

雨の中、日比谷通りまで出て、タクシーを摑まえる。シートに腰を下ろしてほっとした瞬間、どこへ行っていいか分からなくなった。家に帰るべきなのだろうが、あそこは危ない感じがする。何しろ山養商事の連中は、俺をはめようとしたのだ。全員が逮捕されたわけではないだろうし、「残党」が襲ってくるかもしれない。家にいたら、奴らの思う壺《つぼ》になるのではないか。

ひとまず、研究所へ顔を出してみよう。昼間、連絡がつかなかったのが気になる。とにかく誰がいるのか、今どうなっているのか確かめて、それから今夜の宿探しだ。誰か友だちのところへ泊めてもらうか、あるいはホテルに部屋を取ろう。くたくたで、今にも目は閉じてしまいそうだし、十分な休養が必要だったが、ベッドに倒れこむまでにはもう少し時間がかかりそうだ。気合いを入れ直して、赤坂の研究所の住所を告げる。

腹が減ったな……いつものステーキを思う存分食べたいと思ったが、すぐにその考えを却下する。これからどうなるのか分からないのだから、あんな高い料理は、敬遠しておかなくては。だいたい、口の中の傷がまだ治り切っていないので、味の濃い物を食べるのは無理だろう。お粥《かゆ》みたいなものがいいのだが、そのためには、中華料理屋へでも行かないといけない。だが、波田が知っている中華料理屋で、メニューにお粥が入っている店はなかったはずだ。

我慢しよう。一食や二食抜いても死ぬことはない。

波田はズボンのポケットに両手を突っこみ、シートの上でだらしなく姿勢を崩した。ちらりと横を見ると、真っ暗だった。東京は二十四時間眠らない街なのに、急に田舎に来てしまったような感じだった。

鍵がかかっている。半ば予想していたことだったが、波田は焦った。二十四時間動いているはずの研究所に、やはり人がいない。ドアノブを激しく回してみたが、しっかり鍵がかかっていて、開く気配がなかった。ドアの磨りガラスの向こうも真っ暗。思わずドアを蹴飛ばしてしまった。虚《うつ》ろな金属音が響き、つま先に痛みが走る。

こうなると、合鍵を貰っていないのが痛い。どうしたものか……誰かに話を聞かなければならないのだが、ここにいてもどうしようもない。廊下の壁に背中を預けると、急に疲労感が全身を包みこんだ。黒いバラクータのブルゾンのポケットに手を突っこむと、手に触れる物があった。学生手帳……大学なんかどうでもいいと思っていたのに、何故かいつも持ち歩いている。そうだ、ここにいくつか電話番号が書きつけてあったはずだ。姿勢を立て直し、廊下の照明が明るいところへ移動して、住所録のページをめくる。北川、鶴巻、岩下。この三人の電話番号がある。北川は二つ。一つは自宅で、もう一つは「隠れ家」らしい。その番号を告げた時、北川はにやりと笑って、「誰にも言うなよ」と言ったものだった。愛人でも囲っているのかもしれない、と波田は疑った。精力的な北川のことだ、それぐらいはするかもしれない……ただ、自宅の電話番号は、市外局番が０４２５――たぶん、立川かどこかだ。遅くなる日も多いはずで、そういう時のために都内にもう一つ部屋を借りているだけかもしれない。

ビルを出る。雨はまだ降り続いており、鬱陶しいことこの上ない。湿った空気が肌にまとわりつき、体が汚れるようだった。だが、敢えて傘を差さずに駆け出す。近くのコンビニエンスストア——この前倒れた場所だ——の前に、公衆電話がある。

そこまで辿り着いた時に、一際雨が強くなり、傘を差さざるを得なくなった。右肩で傘を支え、右手で受話器を取って肩と耳で挟んだ。まず、北川の自宅……出ない。十回呼び出し音が鳴ったところで一度切り、かけ直す。やはり出なかった。自宅に誰もいないのだろうか。

そちらを諦め、もう一つ——都内の方の電話番号を回す。この番号は使われていない、というアナウンスが流れる。クソ、何なんだ？　北川が、すぐには摑まりそうにないと分かっただけだ。

仕方なく、鶴巻、岩下と順番に電話をかけてみたが、どちらも反応がなかった。最後は諦め、受話器を叩きつけるように戻す。その拍子に傘がずれ、強い雨が脳天を叩いた。手帳が濡れ、自分で書きつけた文字が滲む。慌てて閉じて、ポケットに落としこんだ。

「何なんだよ、いったい」

困った。訳が分からない。途方に暮れるとはこのことか、と波田は呆然とした。

一度家へ戻ることにしたが、そこで寝るつもりはなかった。必要な物だけ持って、しばらくどこかに隠れることにする。この家は誰かに見張られているかもしれないし、今はひどく居心地が悪いのだ。そう……まるで仮初《かりそめ》の住まいのような気がしている。研究所で稼いだ金で借りた家は、今や嫌な記憶の象徴のようなものだ。

大きなバッグを持ち出して、そそくさと着替えを詰めこむ。いつまでホテルを転々とすることになるかは分からないが、念のためにセーターを一枚加えた。そこまで準備して、もう真夜中……既に日付が変わっていた。これから泊まれるホテルなどあるのだろうか。むしろ、友だちを頼った方が確実ではないか。思い出し、広井の家に電話をかけた。

「もしもし」もう寝ていたようで、声は寝ぼけている。

「ああ、俺」

「波田?」急に声がはっきりした。「お前……何してるんだ」

「何って……」広井の言い方が気になった。まるで、自分がここにいてはいけないような感じではないか。

「お前、警察に連れて行かれたんじゃないのか」

言葉に詰まる。どうしてこいつが、そんなことを知っている? いや、おかしくはないか。俺は、大学の正門前で捕まえられ、覆面パトカーに押しこめられたのだから。噂が広まるのは早い。

「別に逮捕されたわけじゃない。あれは誤解だったんだ」

「……そうか」慎重に、探りを入れるような口調だった。

頼みにくい。だが、変な誤解を解いておくためにも、ここではっきり説明しておく必要があった。受話器を握り直し、床に座りこんで胡坐をかく。

「警察が間違ってただけなんだ。だから、こんなに早く出てこられたんだよ」

「でも、パトカーに乗せられてたじゃないか」嫌らしく念押しするような口調。

「お前、見てたのか？」

「いろいろ話を聞いたよ」

「警察がやり過ぎたんだ。実際には逮捕されなかったんだから、もういいじゃないか。起訴されたわけじゃないし、前科にもならないはずだぜ」曖昧な知識で、ぺらぺらと喋った。

「分かるけど、警察に連れて行かれたのは間違いないからな」急に非難するような口調になった。

「だから、もう出て来たじゃないか！」波田は思わず声を張り上げていた。「何もないんだから、変なこと、言わないでくれ」

「俺に怒るなよ」広井が急に冷静になった。「だけどお前、出て来たからって、これからどうするつもりなんだよ」

「どうするって、何が」

「大学の方だよ」どこか苛立たしげに、広井が言った。

「大学が何だって？」

「このまま戻れると思ってるのか？」

「関係ないだろう。俺は、ここにいるんだから」

「そう簡単にいくかね」広井は、どこか白けた調子だった。

「何が」思わせぶりな彼の言い方が神経に障る。「何か問題でもあるのかよ」

「いろいろ、噂もある」

波田は黙りこんだ。何となく想像はできる。逮捕されそうになったのだから、当然退学……大学は厳しいところなのかもしれない。そういえば一年ほど前に、交通事故で歩行者を怪我させてしまった男が、退学処分になったことがある。あの時は、「厳しいな」と思いながら、人を傷つけたのだから仕方ないだろうとも考えた。だけど、俺は何もしていない。誤解で連行されただけだし、今は釈放されて家にいるのだから……しかし、居場所がない侘しさと恐怖感は拭えない。

「大学側が何か言ってるのか」

「俺は聞いてないけどね」

「噂でも何でも……何か知ってるなら、教えてくれよ」

「俺は聞いてない」広井が繰り返した。「それより、こんな夜中に何なんだよ」

「……泊めてくれないか？」電話した目的を忘れていた。散々言い合った後なので、ひどく切り出しにくかったが、何とか頼みこむ。

「俺が？　どうして」

「いや、ちょっと家にいられない——いたくないんだ」

「何か問題でもあるのかよ」挑みかかるような口調だった。

「別にないけど」

「じゃあ、勘弁してくれないかな。もう遅いから」広井は、反論ができないような形で断ってきた。

「だけど——」

「明日、早いんだ。俺は真面目に大学に行かなくちゃいけないから」

皮肉を残して、広井は電話を切ってしまった。波田はしばらく、受話器を耳に当てていたが、床に叩きつけてやろうと腕を振り上げた——しかし次の瞬間には、思い直してことさらゆっくりと架台に戻す。一つ大きく溜息をつき、床に寝転んだ。冷たいフローリングの感触が体を凍りつかせるようで、波田は思わず飛び起きた。

やはり、この家は俺の居場所じゃない。調子に乗って、高い金を出して引っ越して、結局何が残った？　もしかしたら俺は、大事な物をなくしてしまったんじゃないか？

しかし、その「大事な物」が何なのか、いくら考えても分からないのだった。

夜中でもホテルは問題なく泊めてくれるのだと分かり、ほっとした。東京に住んでいると、こういう便利なことがあるわけか。午前一時半、新宿のホテルの部屋に入ってほっと一息つく。ベッドに腰を下ろし、頭を抱えて、しばらく目を瞑っていた。疲れ切っていて、眠くてたまらなかったのだが、それでもどうしたことか目が冴えてしまう。思い切って顔を上げ、体の疲れを押して立ち上がった。とはいっても、やることがあるわけではない。部屋は、うろつくには狭過ぎる。カーテンを開け、外を見下ろす。新宿も、さすがにこの時間になると静かだった。眼下の道路を見下ろしても、走る車も見当たらない。

体が汚れた感じがして、早くシャワーを浴びたかった。しかしそれすら、面倒臭い。どうしていいか分からず、言いようのない不安が胸の奥から湧きあがってくる。逮捕はされなかったものの、このまま終わるのだろうか。警察はまた新たな証拠を握って、俺を追いかけてくるかもしれない。あるいは山養商事の連中は……あいつらは一度、俺をはめようとした。また何か、攻撃をしかけてこないという保証はない。

一番不気味なのは、研究所の連中の動向だ。何故、突然連絡が取れなくなってしまったのだろう。まるでいきなり夜逃げしたようなものではないか。俺を一人残して……大きな枠で考えれば、これは山養商事をめぐる事件である。ただしその中で、自分が、そして研究所がどういう位置にあるのかが分からなかった。見当もつかない。

またベッドに腰かける。急に睡魔が襲ってきて、自然に横になってしまった。寝るものか、と思う。こんなにたくさんの謎を抱えたまま、眠れるわけがない。だが、二日分溜まった疲労には勝てなかった。いつの間にか、意識が消えていた。

部屋へ入ったのが一時半だったのに、七時には目覚めてしまった。まったく記憶がないのだが、いつの間にか服を脱ぎ、ベッドに潜りこんでいた。これはちょうど、陽子に助けてもらった時と同じだな……と思うと、強烈に彼女に会いたくなった。もっとも、そんなチャンスはないだろうが。

部屋の中が暑かったのか、嫌な汗をかいている。とにかくシャワーを浴びようと、よろよろとベッドを抜け出した。分厚いカーテンを開けたまま寝てしまったことに気づく。それで強烈な朝日が射しこみ、目が覚めたのだ。カーテンを閉めておかなかった自分の迂闊《うかつ》さを呪う。今日ぐらい、昼までゆっくり寝ているべきだったのに……自分の習慣として、どんな時間でも一度目を覚ましてしまうと、後は眠れなくなる。

長い時間をかけて熱いシャワーを浴び、体の奥底に居座る嫌な気分を、何とか汗と一緒に流し出した。最後に我慢して冷たいシャワーを浴び、体を引き締める。肌を拭いながら部屋に戻った時にも、まだ体の芯には熱さが残っていた。

すっかり目が覚めた。頭も冴えている。最悪の日が二日続いた後の一日としては、悪くないスタートだ、と自分に言い聞かせる。これから何をするか……何をしていいか分からない。まずは、研究所の所員たちと連絡を取らなくてはならない。これから先何をするにしても、自分の立場をはっきりさせておかねばならないからだ。それより何より、「どういうことなのか」と誰かを問い詰めたかった。その相手は鶴巻でも構わないし、北川だったらもっといい。

手帳を取り出し、もう一度それぞれの電話番号に電話をかけた。昨夜と同じだった。北川、鶴巻、岩下の自宅の電話は鳴るだけで、誰も出ない。北川の「別宅」の方は、やはりつながらなかった。このましつこく、誰かが出るまで電話をかけ続けるか……だがそれは、あまりにも非効率的な気がした。この電話番号から住所を割り出す方法は……ある。番号案内だ。アンケートの仕事は電話ですることもあり、そういう時に番号案内では実に多くのことが分かる、と学んだのだった。

まず、鶴巻の電話番号。市内局番からして、渋谷か世田谷辺りではないかと見当をつける。番号案内に電話して、あてずっぽうに、「渋谷区の鶴巻さん」の番号を聞いた。

「お届けが二件あります」オペレーターが告げる。

「ええと、住所は渋谷区東だと思うんですが……」また適当に言った。

「はい、渋谷区東でご登録の番号があります」オペレーターが番号を告げる。こちらの手帳に控えてあるのと同じ番号だった。

よし、一発でヒットした。今朝はついている。渋谷区東……記憶にある地名をいい加減に言った割には効率的だった。しかし本当の問題はここから先で、たぶん「渋谷区東」は相当広い。その情報だけで、何とか鶴巻の家を割り出さなくてはならないのだ。

次は岩下。だが、受話器を置いて同じ手順を繰り返そうとした瞬間、電話が鳴った。普段聞きなれている自宅や研究所の電話に比べて、ずっと電子的で大きな音。びくりとして、慌てて受話器から手を離してしまう。もちろん、電話がかかってきてもおかしくはないのだが……意を決して、受話器を取り上げる。耳に飛びこんできたのは、今一番聞きたい相手の声だった。

陽子。

波田はゆっくりと歩いた。ゆっくり歩いて、と陽子に言われたから。しかし意識しなくても、疑念に捕われて足取りは重くなる。どうして自分の居場所が分かったのか……それを聞くと、「そんなこと、どうでもいいでしょう」と不機嫌な答えが返ってきた。こちらの反論を許さない、頑《かたく》なな口調だったので、すっかり調子が狂ってしまう。本当は、追及しなければならない場面なのだが。

しかし今、彼女以外に信じられる人間はいないかもしれない。今や周りは敵だらけ。彼女なら……いや、信じるのは危険だ。そもそもどうして、このホテルに泊まっていることが分かったのだろう。もはや誰も信じられない、信じない方がいいという気持ちの方が強い。だったら、ここで踵《きびす》を返して逃げ出せばいいのに、何故かそれはできなかった。

指定されたのは、ホテルから歩いて五分ほどの場所にある喫茶店だった。西新宿の高層ビル街は、駅から少し歩いた場所にあり、そこだけが完全に新しい街のように見える。一方駅に近づくと、昔ながらのごちゃごちゃした繁華街が姿を現す。波田はこの辺にはあまり寄りつかないのだが、何となく嫌な感じになってきた。呑み屋が建ち並んでおり、夜は賑《にぎ》わうのが想像できるのだが、今はただの汚い街である。店の前にはあちこちにゴミが溢れ返り、時に歩道を占拠していて、歩きにくいことこの上ない。時々異臭が鼻先に流れ、軽い吐き気がこみ上げてくる。駅から流れ出て来る出勤途中のサラリーマンたちは、朝から疲れた様子だった。波田はちょうど、そういう人たちの流れに無理に逆らって歩く格好になる。

ブルゾンのポケットに両手を突っこみ、前屈みになってゆっくりと歩く。何だか自分が世界中から取り残されたような気分になった。すれ違うサラリーマンたちは、これから忙しい一日を過ごすのだろう。自分には何もない。大学へも戻りにくいし――もしかしたら、広井がほのめかしていたように処分があるかもしれない――研究所へも行けないだろう。ひどく立場が不安定で、今日一日がどう過ぎていくのか、明日がどうなるのかさえ予想できない。

指定された喫茶店はビルの二階にあり、見過ごしてしまうところだった。階段のところに置かれた看板はごくささやかなもので、しかも電源コードが抜かれている。ということは、営業していないのではないか？　普通、営業中は電源につないで灯りを点けるものだろう。昼間だろうが関係ないはずだ。何か怪しい……。

かなり古いビルで、階段のそれぞれの段は中央付近が歪んでいた。薄暗く、踊り場の手前付近は闇の中に消えてしまっている。店が開いているなら、灯りが漏れてきそうなものだが……やはり陽子に騙されたのではないか、と心配になってきた。自分の居場所を知っていたのも怪しいし、積極的に信じられる理由は何一つないのだ。確かに自分は陽子に好意を抱いているし、倒れたのを助けてもらった恩も感じている。だが、そういう行為の裏に、何か思惑があるとしたら。

陰謀論を信じるわけではないが、自分が置かれたこの状況の裏には、何か大きな意思があるようにしか思えない。

意を決して階段を上る。じめじめした空気が満ちていて、わずか十段ほどの階段を上る間に、体が痒くなってきた。シャツのボタンを一つ開け、胸元に右手を突っこんで、左腕のつけ根を掻く。階段を上り終えたところで手を引き抜き、踊り場の右側にあるドアを確かめた。「純喫茶　絵理香」。何だかよくある名前の店で……波田は苦笑した。木製のドアには、縦に細く二枚の磨りガラスが入っているが、中の様子は窺えない。当然、店内に満ちる光が、踊り場に溢れ出すこともないわけだ。

ドアの引き手に手をかけ、一瞬躊躇う。中に入って大丈夫なのか？　ここ数日、訳の分からない環境にいたわけで、何が起きてもおかしくない、と疑心暗鬼になっている。自分では対処できないことばかりで、これ以上トラブルに巻きこまれたら……だが、このまま踵を返して帰ってしまっても、明るい展望は見えてこないのだ、と自分に言い聞かせる。

思い切ってドアを開けた瞬間にほっとする。柔らかい光が溢れた店内には、かすかにコーヒーと煙草の臭いが漂っていた。ドアの右側には籐《とう》製のラックがあり、週刊誌や新聞が大量に挿さっている。右側の電話台の上には赤電話。奥に向かって細長い店内はさほど広くはないが、ビルそのものの多少古臭く不潔な感じと比べると、少なくとも清潔には保たれている。テーブルとテーブルの間には観葉植物が置かれ――作り物だろうが、何となく空気が清浄な感じもしていた。

陽子が見当たらない。客はそれほど多くないのだが、あちこちにある観葉植物が邪魔になって、入り口付近からでは、店内全体が見渡せないのだ。仕方なく、慎重に歩みを進める。左右を見ながら……五歩進んだところで「波田さん」と声をかけられる。

間違いなく、陽子の声だった。いなかったはずだが――不思議に思って振り向くと、入り口の一番近くのテーブルについていた女性の姿が目に入る。陽子？　陽子だ。一瞬唖然として、波田は口を開けた。これが陽子なのか？　いや、陽子だ。顔は間違いなく、声も馴染みのあるものだが、服装がいつもと違う。スーツなのだ。かっちりしたデザインの黒いジャケットと、同色のスカート。薄いグレーのブラウスのボタンは、きっちりと首のところまで留めていた。こういう格好の女性は、大学でもしょっちゅう見かける。就職活動をしている四年生の女子は、だいたいこういう服装をしているのだが、彼女たちと陽子には決定的な違いがあった。就職活動中の女子は――男子もそうだが――スーツに「着られている」感じが強い。しかし陽子の場合、服が完全に体に馴染んでいた。長年、この格好で仕事を続けてきたような……そう考えてみると、顔もいつもより大人っぽい。会った時には、短大を卒業して二年という年齢なりの顔つきに見えたものだが、今はそれより少し年上、二十代の半ばぐらいに見えた。化粧こそしていないが、いかにもきちんとした社会人、という感じである。

何なんだ？　波田は頭が混乱するのを感じた。いろいろなことが同時多発的に起きて、多少のことでは驚かないはずだと思っていたが、またも驚いてしまう。

俺が今まで会った陽子は、いったい何だったんだ？

このまま店を出てしまおうか、と思った。この状況は、どう考えても怪しい。素早く店内を見回して、他の客の様子を確認する。目が届く範囲にいるのは、一人で来ているらしいサラリーマンが二人だけ。一人は新聞に目を通し、もう一人は指に煙草を挟んだまま、目を閉じている。真っすぐ立ち上る煙が、鎮静効果でも持っているようだった。

その二人が、陽子と関係しているとは思えない。波田は仕方なく、彼女の向かいに腰を下ろした。ただし、いつでも逃げ出せるように、浅く腰かけて。ふと気づくと、テーブルはインベーダーゲームだった。ああ、ちょっと前まではこういうのがたくさんあっあんだよな、と思い出す。暗いゲーム喫茶の中で、ピコピコという電子音があちこちで鳴り響くのは、何だか不健康な感じがしたものだ。ゲームをやらない波田にとって、あいうのは煩いBGMに過ぎなかった。

陽子の前にはコーヒーカップ。ブラックのままのようで、まだほとんど減っていなかった。

「朝ご飯は？」

いきなり訊ねられ、波田は唇を引き結んだ。そんなことを聞かれるとは思っていなかったし、陽子の口調が、よく知ったものとは違っていたから。何というか……年上の人が、後輩に喋りかけているような感じ。

波田は無言で首を振った。陽子がうなずき、手を上げてウエイターを呼ぶと、もう一つコーヒーを頼む。コーヒーが運ばれてくるまで、陽子は口を開かなかった。波田もそれに倣って無言を貫く。何となく、自分から口を開いたら負けだ、という感じがしていた。コーヒーをブラックのまま一口飲むと、強烈な空腹を意識する。昨日からまともな物を食べていないのだ。警察では昼に弁当が出たが、とても手をつけられる気分ではなく、ほとんど口にしなかった。

「食べなくて大丈夫？」波田の空腹を見透かしたように、陽子が訊ねる。

「食欲、ないから」

「食べておいた方がいいんじゃない？　昨日も食べてないでしょう」

波田はゆっくりとカップを下ろし、陽子の顔をまじまじと見た。何でそんなことを知っている？　陽子が、紅も引いていない唇を引き結び、波田の顔を見詰め返した。波田がよく知っていた、世間知らずの箱入り娘の顔はない。いったい、どういう――訊ねようとした瞬間、陽子が口を開く。

「私、警察官なの」

呆気にとられた波田は、質問するのも忘れ、陽子の説明を聞くしかなかった。すぐに納得したのは、彼女が自分の泊まっているホテルを知っていたことぐらいだ。警察なら、俺の行方ぐらい簡単に摑めるだろう。

陽子は普段、愛宕署の交通課に勤めているという。駐車違反の取り締まりなどが仕事なのだが、三か月ほど前、ある捜査の手伝いのために、刑事課に引き上げられた。それが、北川社会情報研究所に関する捜査なのだという。同時に、自分が本当は二十五歳なのだと打ち明けた。今はともかく、バイトに来た時には二十五歳にはとても見えなかったよな、と思う。要するに童顔なのだろうが、その気になれば雰囲気さえ変えられるのかもしれない。

しかし捜査って……波田は、何が何だか分からなくなった。捜査といえば、山養商事の方ではないのか？　いったい、北川社会情報研究所が、どんな悪いことをしているというのか。

「いろいろあるのよ、いろいろ」陽子が言葉を濁す。捜査の秘密があるようで、はっきりとは話せないようだった。

「俺は、犯罪組織で働いていたことになるんですか？」一番気になるのはそれだった。

「そうかもしれないけど、あなたの罪を問えるかどうかは分からない。本当は、詳しいことは何も分かっていなかったんじゃないの？」

言われて唇を嚙む。確かに……自分は、急速にあの研究所に馴染んだと思っていたが、肝心のことは何も知らされていなかったのだ。事務所の鍵を貰っていないのが、その一番の証拠ではないだろうか。信用されているわけではなく、あくまでバイトに毛の生えたような扱いだったのだ。依頼してきた会社に行く北川に同行したり、バイトの取りまとめをしたりして、一人前の社員になったと勘違いしていたに過ぎない。

「あなたは、どうしてあそこでバイトなんかしたんですか」五歳も年上だということで、つい丁寧な口調になってしまう。

「潜入捜査」こともなげに陽子が言った。

「潜入って……そんなこと、本当にあるんですか」映画とか小説の世界だけの出来事だと思っていた。

「私も初めてだったけど、若く見えるから選ばれたんでしょう」それが納得いかないという様子で、陽子が肩をすくめる。「別に、捜査方法としては違法でも何でもないから。中に入って様子を見るだけだし」

「山養商事の事件との関係は……」

陽子が急に険しい表情になり、左右をさっと見た。誰かに聞かれている心配はないと見たようで、声を低くして続ける。

「あれは、私がやっていた仕事とはまったく別。だから、あなたが変な風に絡んできて、びっくりしたのよ」

「もしかして、俺を監視してたんですか」

陽子が口をつぐむ。たぶんそうなのだろう、と波田は確信した。気づかなかった自分が悪い、とも思う。もちろん陽子はプロで、簡単に気づかれては仕事にならないのだろうが。

「俺、これからどうなるんですかね」

「どうにもならないとは思うけど、また事情を聴くことになるかもしれない」

「研究所はどうなったんですか？　閉まっているし、所員に連絡が取れないんです」

「それは、私の方が知りたいわ」陽子が目を細めた。

「夜逃げ？」

「そういうことかもしれないけど、まだ状況が分からない」

「俺は、北川さんたちに騙されたんだろうか」あいつらの目的はまったく分からないが。

「それも、本人たちに聴いてみないと分からないわね」

陽子がうつむき、爪を弄る。捜査が手詰まりになっているのではないか、と波田は何となく想像した。

「北川さんたちがどこにいるか、分からないんですか？」

「今のところは」

「警察は本気で捜しているんですか？」

「捜査の細かい状況は、私には分からないわ」

クソ、このままだと俺一人が馬鹿になる。それに真相を知らない限り、いつまでも身の安全は確保できないではないか。そして何より――北川が許せない。

「だったら、捕まえましょう」

「え？」陽子が顔を上げる。

「俺も納得できないんですよ。自分がいいように利用されて、それで終わりじゃ、馬鹿みたいじゃないですか」

「あなたには何もできないわよ」

「学生だから？　そうかもしれない。でも、あなたが手を貸してくれれば、何とかなるんじゃないかと思うんです」

「私は警察官よ」陽子が厳しい表情を浮かべた。「だから、民間人のあなたに手を貸すわけにはいかない。それにあなたも、余計なことはしない方がいいわ。怪我するかもしれないから」

「そんな変な奴らを放っておくべきじゃないと思いますよ。それに……」波田はコーヒーを一口飲んだ。「恥をかかされて、ひどい目に遭わされて、そのまま放っておいたんじゃ、気が済まない。どういうことなのか分からないと、これから安心して生きて行けないから」

「それは分かるけど、私は協力できないわ」

「あなたも、俺を騙した」

指摘され、陽子がはっと顔を上げる。波田は彼女を、厳しい目で見つめた。

「だからあなたには、俺を助ける義務があるんじゃないですか」

# 第５章　孤独な追跡

喫茶店での陽子との話し合いは、一時間に及んだ。彼女は依然として、捜査の詳しい内容を明かそうとしなかったが、それでも言葉の端々から、次第に事情が分かってきた。

「つまり、研究所と山養商事の捜査は、まったく別の筋がやっていたわけですね」

「そもそも担当が違うから。研究所は刑事課、山養商事の方が防犯課。それぞれ、本庁の担当も違う」

「本庁というのは……」

「警視庁」陽子が苛立たしげに言った。そんなことも分からないのか、と言いたげである。

自分には常識がないのだろうか、と波田は不安になったが、すぐにそんなことは知らなくて当たり前だと思い直す。普通の大学生は、警察の組織や仕事のやり方など、知らなくて当然ではないか。

「山脇さんは、どっちなんですか」

「防犯。つまり、山養商事を調べていた方」

筋は合う。山養商事の捜査をしている途中で俺の名前が出てきて……ということだったのだろう。

「それで、俺はもう大丈夫なんですね？」念押しをする。

「今のところ、逮捕されるようなことはないはずよ」すっかり冷めたコーヒーを、陽子が飲み干した。「そこは安心して大丈夫だと思う」

「だったら、動いても大丈夫ですね」

「動くって、何をするつもりなの？」

言葉に詰まる。やりたいことは一つ——何があったのか調べたい。だが、自分にはそんな能力はないし、どうやって調査を進めていいのかも分からない。研究所で学んだノウハウで、とも思ったが、アンケート調査がこんなことに役立つとは思えなかった。

「今、研究所はどうなっているんですか？」

「鍵がかかっていて、誰もいない」

「でも、警察は調べたんですよね」

陽子が鼻に皺を寄せた。その辺の事情は知らないようだと判断し、説明する。

「北川さんたちが何をやろうとしていたか、中のコンピュータを使って調べてみたいんですけど」

「無理」

「事務所の鍵、手に入らないでしょうか」

「絶対に無理」陽子が首を横に振る。

「だったら、大家……あの部屋を貸している人が誰なのか、教えて下さい。中へ入れば、いろいろ調べられます」

「それは捜査妨害になるわよ。部屋の捜索はまたやる予定なんだから、あなたが下手に手をつけてばれたら、面倒なことになる」

「面倒なことになるのは、あなたじゃないんですか」

陽子が波田の目を凝視した。痛い所を衝いたのでは、と波田は読んだ。彼女がどういうつもりで自分に事情を話しているかは分からないが、それは本来の仕事に反したものだろう。ばれたら立場がなくなるのは、容易に想像できる。

「本当は、こうやって会っているのもまずいんでしょう」

「正しいことではないわね……警察的には」

「だったらどうして声をかけてくれたんですか」

「それは……」

陽子が唇を噛む。もしかしたら個人的な好意からではないかと想像したが、すぐにその考えを押し潰す。そんなに都合のいい話があるわけがない。今まで一緒に食事をしたのも、自分が倒れた時に助けてくれたのも、彼女にしてみれば単なる仕事の一環だったのだ。もしかしたら俺は、研究所の不利になるようなことを、無意識のうちに喋っていたかもしれない——今となっては、どうでもいいことだったが。

しかし、犯罪の片棒を担いでいたかもしれないという事実は、波田の心に重くのしかかった。いったい、自分が扱っていた情報は、どんなことに使われていたのだろう。

陽子が手帳を開き——警察手帳というのを波田は初めて見た——丁寧な字で何か書きつける。やや丸みを帯びたその字に、波田は見覚えがあった。彼女がバイト——潜入捜査していた時に、何度か見た文字。あの時は、家事手伝いのお嬢様だと思っていたのに。簡単に騙された自分の間抜けさに腹が立つ。もしもあの時、彼女の正体が警察官だと見抜いていたら、どうなっていただろう。

ぼんやり考えているうちに、陽子は手帳のページを破ってテーブルの上を滑らせた。落ちる寸前に受け止め、内容を確かめる。電話番号と住所が書いてあった。

「これは？」

「あそこのビルを管理している不動産会社」

うなずき、波田はメモを丁寧に畳んだ。これを渡したということは、彼女は「ゴーサイン」を出したことになる。勝手にやっていい——当たり前だ。このまま黙って、難局が終わるのを待つ気はない。そもそも、どういう状況になったら「終わり」なのかも分からないではないか。自分で納得できるまでやってみるしかない。

「研究所の容疑は何なんですか」

「正直に言って、まだ決まっていません」

「容疑がないのに調べていたんですか？」

「何かの名目で集めた情報を、それを悪用しようとした会社に売る——どんな容疑があると思う？　一種の詐欺かもしれないけど、立件はかなり難しいわ。世の中には、どう見ても悪いことなのに、それを罰する法律がないということもあるのよ」

「理不尽ですね」

「理不尽じゃなくて、世の中の動きに法律が追いつかないだけ」

「——俺はやっぱり詐欺の手伝いをしていたことになるんですか」

「そういう意識はなかったんでしょう？」陽子が念押しする。「何をやっていたか分からなければ、罰しようがないわ」

駒。そう考えると、ますます頭にくる。北川たちのやり口に対して。何も気づかず動いていた呑気《のんき》な自分に対して。

「とにかく、少し見逃していて下さい」

「何をするつもりなの？」陽子の顔に不安の色が過《よぎ》る。

波田は伝票を摑んで立ち上がった。陽子は拒否せず、波田をじっと見上げる。

「俺は一度はめられたんですよ？　またそんなことになったらたまらない」

「だから？」

「やられたらやり返します」

「そういうのは、警察に任せておきなさい」陽子がぴしゃりと言ったが、声は揺らいでいる。拳に握った左手を、右手でせわしなく撫でた。

「警察も信用できない。俺を逮捕しようとしたんですから」

「私も信用できない？」

波田は言葉を失い、口をつぐんだ。彼女は、あからさまな形ではないが警告してくれた。早く研究所から離れろ、と言いたかったのだろう。だがあの時の自分は、そんな風に言われても反発するだけだった。今となれば、何も見えていなかっただけだと分かるが……もしも彼女が、もう少しはっきり言ってくれたら、真面目に考えたかもしれない。

「忠告はありがたく思っています。でも、今は状況が変わりました……このメモ、ありがとうございます」波田は、不動産会社の住所と電話番号が書かれた紙片をひらひらさせた。

「……やっぱり、研究所には近づかないで」

「そんなことを言うなら、どうしてこれをくれたんですか」波田はメモを顔の高さにかざした。

「それが正しいと思ったから……でも、無茶はしないで。これからも、あなたには情報を入れるから。家で大人しくしていて。それと、どうしても連絡を取りたい時だけ私に連絡して」

陽子が手帳を開き、何か書きつけて波田に渡した。

「何ですか？」

「ポケベルの番号。ここにかければ、私のポケベルが鳴るから」

うなずき、この番号を呼ぶことがあるだろうか、と訝《いぶか》った。家に一人でいるのがどれだけ怖いか、彼女も理解してくれているのかもしれない。だいたい、自分が本当に安全なのかどうかも分からない。警察はともかく、研究所や山養商事の連中が手を出してこないという保証はないのだ。

波田は財布を取り出し、千円札を一枚抜いた。伝票に重ねてテーブルに置き、水の入ったコップをその上に置く。陽子は何も言わず、相変わらず波田の顔を凝視していた。波田はすっと目を逸らし、テーブルとテーブルの間をすり抜けるようにして出入り口に向かう。一度も振り返らなかったが、彼女の視線がずっと背中に張りついているように感じた。

波田はその視線を、彼女自身の「迷い」と見て取った。陽子はあくまで手伝いで駆り出されただけで、非情にはなり切れないのだろう。波田が連行されたことにも、負い目を感じているかもしれない。だからこそ、ビルを管理する不動産会社の連絡先を寄越《よこ》したのだろうし。

だから俺は、やる。いったい何が起きていたのか、見届けてやる。

正義感ではない。自分が生き延びるためには、絶対に真相を知らなければならないのだ。

しかし、世の中、それほど甘くはなかった。

波田は青山にある不動産会社に赴き、研究所の合鍵を貸して欲しいと頼みこんだのだが、あっさり断られた。

「荷物が中に入ったままなんです。持ち出さないと、生活にも困るんです」と訴えたが、担当者は首を縦に振らなかった。

「警察の捜査が入ってますしねえ」中年の担当者が、いかにも鬱陶しそうに波田の顔をねめつける。犯罪者集団の一員、と見ているのかもしれない。

「警察が何をしようが、僕は関係ないですよ。被害者みたいなものなんです」

「被害者って言われても、こっちには本当かどうか分からないから」担当者は、煙草の煙を波田の顔に向かって吐きかけた。「どうしても中の物を持ち出したいなら、警察に頼んだらどうです？　我々が開けるわけにはいかないんで」

「でも、管理しているのはそちらでしょう？」

「今は捜査対象だから。変なことをやって、こっちまで疑われたらたまらない」

波田は大きく溜息をついた。せめて同情を引こうと思ったのだが、その手はまったく通用していなかった。やはりこれは……アンケートを取るようなわけにはいかない。自分がいかに子どもか、思い知るだけだった。

担当者はそわそわして、やたらと煙草を吹かしている。面倒臭い客を早く追い返したいと思っているのは明らかだったが、露骨に「さっさと帰れ」と言うほど冷酷な人間ではないようだった。そこにつけ入る隙がある、と波田は思った。鍵のことは諦めかけていたが、他に何か、事情を聞き出せるかもしれない。

「あの事務所を契約した研究所……北川さんのことは知ってますか？」

「知ってますよ。テレビでよく見るし」

誰に聞いてもこの答えが返ってくる。「テレビで見る人」。改めて波田は、テレビの影響力の強さを思い知った。一度でも画面に顔を出した人は、視聴者にそれなりの印象を残す。ましてや北川は、毎週のようにどこかのチャンネルに顔を出して、あれこれ喋っている人間なのだ。押し出しのよい風貌も相まって、多くの人の脳裏に強烈な記憶を植えつけているに違いない。

「会いました？」

「ええ、契約の時にね」

「どんな印象でした？」

「どんなって……テレビとはちょっと違う感じだったけど」担当者が煙草を灰皿に押しこんだ。灰皿は既に吸い殻で一杯で、バランスが崩れれば零れ落ちてしまいそうだった。

「どんな風に違いました？」

「小さい人だったね」

ああ、それは確かに……波田も初めて見た時、北川が意外に小柄なのに驚いた。テレビという「箱」は、人を大きく見せる効果を持っているのかもしれない。

「部屋を貸す時には、何か問題はなかったんですか？」

「問題なんかないですよ。ちゃんと保証金も貰ったし、何しろ北川さんは有名人だから」

「今はどうなっているんですか？　研究所には誰もいないようですけど」

「それは分からない」担当者が首を振った。

「契約を解除するとか、そういう話は？」

「しばらくはないね。家賃は前払いで貰っているし」

「あの、警察があの事務所を捜査しているのは知ってるんですよね？」波田は念押しした。

「もちろん。こっちが鍵を貸したんだから」

「このまま、北川さんたちと連絡が取れなくなったらどうするんですか？　いずれ解約して、事務所は空けなくちゃいけないでしょう」

「まあ、それは……」

「中には、荷物もたくさん残ってると思いますよ。運び出したり、リースの契約を解除するだけでも大変だと思います。それは誰が負担するんですか？」

「まあ……うちかな」担当者が新しい煙草に火を点ける。不満だが仕方ない、という様子だった。

「大変ですよ？　コンピュータなんか、運び出すだけでも一苦労だし」

「そういう時のために、保証金を貰ってるんだから」

「赤字にならないといいですけどねえ」

担当者の顔がすっと蒼褪《あおざ》めた。かかった、と波田は内心にんまりとした。突然夜逃げされたら、不動産会社の損害はどれぐらいになるのか。商売が傾くほどではないだろうが、彼個人は、厄介な後始末を背負い込むことになるはずだ。

「一度、中を見ておいたらどうですか？　どんな感じになっているか分かれば、後々面倒も少ないでしょう？　中を調べるなら僕も手伝えるし、荷物も持ち出せるんで」

「荷物を持ち出すのはまずいでしょう」

「あの、中にお金があるんですよ」ここぞとばかりに、波田は必死で訴えた。「貰った給料、そのまま自分のデスクの引き出しに入れてあるんです。それがないと、明日から生活できないんです。アパートの家賃も払いこまなくちゃいけないし」

「そうは言ってもねえ」

「お願いします」波田は深々と頭を下げた。「本当に、金が必要なんですよ。それだけ取ってこられれば、僕はオーケーなんで」

「しかし、まだ警察が調べてるんじゃないかな」担当者が渋った。

「夕方を過ぎれば大丈夫じゃないですか。警察だって、夜までは仕事しないでしょう……調べてみましょうよ。後で大変な金額がかかるって分かったら、問題じゃないんですか?」

「まあ、それは……」

「お願いします」波田はもう一度頭を下げた。「中を見て回るだけなら、問題ないでしょう。手をつけたらヤバいかもしれないけど、見るだけなら大丈夫ですよ。僕は、金だけ持ってこられればいいし」

結局、担当者は折れた。嘘八百……少しだけ良心が痛んだが、それよりも妙な達成感を覚えていた。こうやって相手を説得する能力は、何百人もにアンケートをすることで鍛えられたものだが、確かに自分には「人たらし」の才能があると思う。

「すぐ済むかな」

「すぐです。調べるのも手伝いますよ」

「しかし、君……大学生だろう？」

「でも、あそこで働いていましたから、様子は分かります。あのですね、何かトラブルが起きそうな感じがしたら、早めに手を打っておいた方がいいんじゃないですか？」

不動産会社の担当者、二見《ふたみ》は、「手を打っておく」ことを決めた。夕方、事務所のあるビルの前で落ち合うことにして、波田は一度ホテルに戻った。

昨夜もあまり寝ていないので、体はふらふらだった。しかし、頭は妙に冴えている。少し寝た方がいいのだが、と思いながら、シャワーを浴びた。数日間の疲れが、少しだけ抜けていった。まだ昼前……二見と落ち合うまでには六時間ほどある。この六時間を無為に過ごすのは嫌だったので、電話攻勢を続けることにした。北川や鶴巻の家に電話をかけ続けたが、まったく出ない。これはやはり、家も捨てて行方をくらましたとしか考えられない。そこまでやるのは何故か……裏で大金が動いていたのではないかと想像できたが、実感はない。

腹が減った……サイドテーブルの時計を見ると、午後一時。朝食も抜いてしまったから、何か腹に入れておかないと。部屋を出て、のろのろと歩き出す。チェックアウトとチェックインの間の時間なので、廊下はやけに静かだった。部屋のクリーニングをする人が行き来しているだけで、客の姿は見当たらない。欠伸を噛み殺しながら、エレベーターのところまで歩いて行く。昼飯を食べたら、少しだけでも眠ろう。正直、体も心も参っている。神経が昂《たかぶ》っているから眠れないかもしれないが、ちょっとベッドに横になって目を閉じているだけでも違うはずだ。

せめて、贅沢な物でも食べておくか。しかし、腹が減っているのに食欲がない。胃をやられているかもしれない、と心配になった。ホテルのレストランでは食べる気になれず、新宿の街に彷徨い出る。誰かに尾行されているかもしれないと心配になり、何度も後ろを見てみたが、つけられている様子はなかった。もっとも、俺に気づかれるような尾行だったら意味はないのだろうが。

駅の近くまで出て来て、朝方陽子と会った喫茶店の近くにある立ち食い蕎麦屋に入った。こんな店にね……少し前まで、立ち食い蕎麦や牛丼は、波田の食生活の中心にあった。学食に比べれば決して安くはないのだが、ちょっとしたレストランや中華料理の店に行くのに比べれば、ずっと安く上がる。バイト代が入った時に、天ぷら蕎麦に生卵をつけたり、いなり寿司《ずし》を一緒に取ったりするのが贅沢……今はまだ懐が温かいから、それぐらいはいくらでも食べられるのだが、胃が心配だった。油っこい天ぷらを食べるのが怖く、結局きつね蕎麦にする。甘い揚げが優しい味わいで、これにして正解だった、とほっとした。箸で持ち上げるとぶちぶち切れる軟らかい蕎麦も、むしろ胃には負担をかけないと思う。気づくと、汁まで全部呑み干してしまっていた。エネルギー補給完了――久しぶりに腹が膨れた感じだ。こうやって少しずつ慣らしていけば、また普通に食べられるようになるだろう。

水をぐっと飲み、一つ吐息をついて店を出る。すぐには歩き出さず、左右を見回した。やはり尾行などはされていないようだ。そんなことをする人間はいないだろうと考えると同時に、こちらが気づかないほど尾行が上手いプロがいるかもしれない、と気を引き締める。今泊まっているホテルだけは、誰にも知られたくない。狭い穴蔵のようなものだが、今はあそここそが安住の地なのだ。

部屋へ帰ろうかと思ったが、すぐにその考えを捨てる。自分を見張ったり尾行したりして得をする人間がいるとも思えなかったが、用心するに越したことはない。

ふと実家が心配になった。家族は、このことを知っているのだろうか……もしかしたら警察から何か連絡が行ったかもしれない。両親が心配しているかもしれないと思うと胸がちくちく痛んだが、電話して話をする気にもなれなかった。普段から電話することなどほとんどないから、かえって余計な心配をかけるかもしれない。田舎に残っている高校時代の友人に電話して、様子を確かめるか……いや、それもまずいだろう。実家のことは、しばらく放っておくしかない。今は自分の身の安全だけを考えなくては。

波田はすぐには歩き出さず、ビルの壁に背中を預けて手帳を開いた。この手帳に、何か手がかり——今後の方針を決めるヒントのようなものはないか。

下手な字で、いろいろな情報が書き殴られている。情報、情報……文字の羅列に過ぎないが、時に重要なヒントを与えてくれることがある。しかし手帳に書いてあるのは、アンケートをやっている時のまとめ、事務所のコンピュータの使い方、企画書を作った時のアイディアの走り書きなどだけで、役立ちそうな物はない。

手帳の一番後ろのページには、名刺を何枚か挟みこんでいる。北川社会情報研究所の名前が入った自分の名刺も。名刺交換をする機会も増えたので、名刺入れを買わなくてはいけないな、と考えていたのを思い出す。もう、そんな物は必要ではないだろうが……一枚の細い、角の丸い名刺が出てきた。「藤井由貴子」。ああ……「アンバサダー」のママか。

これは使えるかもしれない。

「アンバサダー」には、研究所の人間がよく通っていた。全員の「行きつけ」だったと言っていい。由貴子は特に、北川や鶴巻と親しくしていたはずで、何か事情を知っているかもしれない。

ただし、店は夕方にならないと開かない。よし、行ってみよう。研究所を調べて、その足で……もしかしたら警察と鉢合わせするかもしれないが、その時はその時だ。「呑みに来た」と言えば、警察も何も言えないだろう。もちろん、「アンバサダー」は学生が一人で入れるような店ではないのだが。

よし。急に気が楽になった。人間、やることさえあれば、気持ちに余裕ができるのだな、と思い知る。何をやっていいか分からず、見通しが利かない状態こそが、人を不安にさせるのだ。

気持ちが楽になって、午後は少しだけ眠れた。それでかなりすっきりして、ビルの前で二見と落ち合う。二見は妙にそわそわして不安そうだったが、波田は彼を落ち着かせようと、笑みを浮かべて挨拶した。よくよく見れば、二見はそれほど年上でもない。まだ三十前だろう。これでは、仕事でも自信たっぷりというわけにはいくまい。

「警察はいないみたいですよ」

窓を見上げながら波田は言った。それだけで、二見は安心してしまったようだ。二見を先導して、事務所のあるフロアへ上がる。毎日のように通って、すっかり馴染みになったつもりだったのに、今は自分にはまったく関係ない場所のように思えた。

二見が鍵を開ける。波田は深呼吸して、彼より先に事務所へ入った。もしかしたら、中は大変なことになっているのでは――警察が調べて滅茶苦茶になっているのではないかと思ったが、波田が最後に見た時とほぼ同じ様子だった。ほっとして、まず自分のデスクにつく。引き出しを開けて中をごそごそやってから、「ありました」と二見に告げる。予《あらかじ》め用意して持ってきた封筒を彼に見せると、二見は関心なさそうにうなずいた。アルバイト学生の給料のことより、事務所の中を調べるので精一杯のようである。

「これは……大変だ」顎に手を当てたまま二見がつぶやく。「中の機材は？」

「ほとんどリースだと思います」

「リースの什器《じゆうき》を始末するのは大変なんだよ……契約切れだったらいいけど、これはそうじゃないみたいだし」

「切れていないとしたら、どうするんでしょうね」

「契約した人が……だけど、どうするのかな」

「契約書や判子、探しましょうか？」

「そんなことして大丈夫なのか」

「警察にばれなければいいでしょう？　別に持ち出すわけじゃないし、判子があるのが分かれば、取り敢えず安心できるんじゃないですか？　僕はそっちを探しますから、二見さんは什器のことを調べたらどうです？」

「そうだな」

二見はわざわざ用意してきたクリップボードを手に、什器をチェックし始めた。リース品にはシールが貼《は》ってあるので、すぐに分かる。というより、ここに運びこまれている什器は、九割がリース品のはずだ。コンピュータ、コピー、ファクス、デスクやファイルキャビネットまで借り物である。そう考えると、北川がこの事務所を何のために開いたのか、怪しい感じがしてくる。「自分の城」と考えていたなら、リースではなく買ったのではないだろうか。

波田は、北川のデスクに移った。鍵がかかっているのではないかと思ったが、引き出しは全て開いた。しかし、中はほぼ空である。北川は、自分のデスクには物をしまわない人だったのか……そんなこともない。書類の入ったフォルダがいくつも置いてあったのに、それがなくなっている。警察が押収していったのかもしれない。当然、引き出しの中も、警察が調べたと考えるべきだろう。

半分諦めながら、波田は引き出しの中を手探りした。拉致された時の後遺症はまだ残っており、体のあちこちが痛い。歩いたり座ったりしている分には影響がないが、体を屈めると鈍い痛みが走った。仕方なく、一番下の引き出しは覗きこまず、それこそ手探りするだけにとどめる。ふと、指先に冷たく硬い感触があった。何だ？　何かが貼りつけてある。指先だけで探るのには限界があり、波田は床にひざまずいて中を覗きこんだ。引き出しの天井部分で、何かが光る。外から見えないように、部屋の灯りは点けていないので、暗い中で正体を探るのは無理だった。用意してきた懐中電灯を点け、引き出しをはずした後にぽっかりと空いた暗い穴を照らし出す。

あった。小さなキーホルダーについた鍵。ガムテープで貼りつけてある。何とか引き剝がすと、鍵は二つだった。いったい何だろう……今考えても仕方ないと思い、さっさとズボンのポケットに落としこんだ。

ごそごそやっているのを見ていたのか、立ち上がると、二見が「何かあったか？」と訊ねた。

「いや、見間違いでした」引き出しを元に戻し、他のデスクに移る。引き出しがロックされているデスクもそうでないデスクもあったが、めぼしい物は見つからなかった。当然、判子など出てくるはずもない。どうやら警察は、書類の類いはかなり徹底して持ち去ったようである。ファイルキャビネットを覗いてみると、ぎっしり埋まっていたのがほとんど空になっていた。あるいはこれは、警察ではなく北川たちが持ち出したのか。

波田のデスクも例外ではなかった。大した物など入っていなかったのに、引き出しはすっかり空になっている。埃が隅に転がっているだけの引き出しを見ると、急に不安になってきた。見られてまずい物が入っていたわけではないが、警察がどう判断するかはまったく読めない。ほとんど証拠もないのに人を取り調べようとする連中なのだ。ここの家宅捜索がいつ行われたかは分からないが、警察がまた自分に迫ってくる可能性もある。

しかし今は、そんなことを心配しても何にもならない。

波田はポケットに手を突っこみ、鍵の感触を確かめた。二見が一緒だと何もできない。自分の仕事はもっと夜遅くだ。出直し——そこから本当の戦いが始まる。

二見と別れた後——彼は部屋に入る前より不機嫌になっていた——波田は二つの鍵を試してみた。一つは事務所の鍵だが、もう一つは分からない。その後、一人で「アンバサダー」に向かった。空気がじっとりと湿っていて鬱陶しい。気温もぐっと下がっており、セーターでも着てくればよかったと悔いる。

研究所から「アンバサダー」までは、歩いて五分ほど。その間、「もしかしたらあの店も閉店しているのでは」と不安になった。知っている人間が全てグルになり、自分を騙していたら……いつの間にか、ほとんど走っていた。途中で、電話をかければいいと気づいたのだが、こういう時に限って公衆電話が見つからない。

「アンバサダー」は普通に営業していた。上から下まで全てスナックやバーが入っているビルの五階。重い木の扉を押し開けると、中から静かなBGMが流れ出してくる。ピアノのジャズ。気配で、今夜はあまり人がいないと分かった。

この店へは何度来ただろう……三回、あるいは四回だ。由貴子は自分を気に入っている様子だったが、それは北川たちに連れられていたからかもしれない。少々財布が寂しい今、まともに相手にしてもらえるだろうか、と心配になる。こういう場所は、所詮金が全てではないだろうか。少しだけ気が引けたが、ここで躊躇しているようでは何もできない。波田は大股で店内に足を踏み入れた。何度か会って顔見知りになっている女性が「あら」と短い声を上げる。波田は口をつぐんだまま、彼女の表情を窺った。不自然ではない。次に「久しぶりね」とさらりと言ってもおかしくない感じだった。

「ママはいますか？」

「ちょっとお客さんについてるけど……」

「話がしたいんです。今日は客じゃありません」

「どういうこと？」

「ママに直接話します」

波田は彼女の脇をすり抜け、カウンターに陣取った。カウンターはあくまで形だけのもので、ここで酒を呑む客はいない。店内のボックス席に、店の女の子たちと座るのが普通だった。

「アンバサダー」はちゃんとしたバーで、美味い酒を出す。ウイスキーやビールが基本だが、カクテルもあった。そのために、カウンターの奥にはちゃんとバーテンダーも控えている。既に顔見知りで、波田の姿を認めると軽く頭を下げた。少し不思議そうな顔をしていたが、何かを疑っている様子ではない。俺が一人で来たのが意外なのだろう、と波田は思った。この店は、座っただけで一万円は取られるらしく、学生が一人で来ることなどあり得ない。北川にも注意されていたものだ――「調子に乗って『アンバサダー』に通ってると、あっという間に金がなくなるぞ」。もちろん今日は、酒を呑むつもりはない。

バーテンダーは、ゆったりとした動きでグラスを磨いていた。見たところ、どこにも曇りなど見当たらなかったが。そのうち、ふっと思い出したようにカクテルを作り始めた。波田はその動きをぼんやりと目で追った。ライムを二つに切り、シェイカーに搾り入れる。透明な酒を加え、さらに小さな瓶から何かを入れて、シェイクした。かたかたという軽い音は心地好い。誰かが気取ったカクテルでも頼んだのだろうかと思ったが、バーテンダーはグラスに中身を注ぐと、すっと波田の方に押し出した。

「すみません、今日は呑まないんです」

「奢りです」

「奢りって？」

バーテンダーの顔が一瞬歪んだ。

「あなたの顔を見たら思い出したんだけど、奢るように頼まれていたんです」

「誰からですか」嫌な予感が膨れ上がる。

「北川さんから」

「いつです？」頭に血が上った。「いつ、ここへ顔を出したんですか？」

「三日ぐらい前かな」

「三日前ですか、それよりもっと前ですか?」これは大事なことだ。三日前と言えば、波田が拉致された夜である。

「確か、三日前」波田がむきになっている理由が分からなかったようで、バーテンダーが少し引きながら答える。

「一人で来たんですか?」波田が知る限り、北川はここへ来る時には必ず所員を引き連れていたのだが。

「一人でしたよ」

「それで?」勢いこんで訊ねる。

「今度あなたが一人で来たら、これを奢ってやって欲しいって。お代もいただいてます」

「これは……何ですか」

「ギムレットです。さっぱりして美味いですよ」

薄く緑がかったカクテルは、確かに爽やかそうだった。思わず喉が鳴る。しかし、ここで呑むわけにはいかない。口内の傷がまだ治っておらず、刺激物は厳しそうだったし、何より北川の奢りというのが気に食わない。その瞬間、波田は彼がすべてを知っていたのだ、と悟った。俺が拉致されていたことも、警察に連れて行かれることも。自分はとっとと姿を消すつもりだったのだろう。そして、俺が調べ始めて、この店に来ることも予想していたのではないか。だからこんな、ふざけた真似をした。からかわれているだけなのだ。ここまでは辿り着くにしても、ここから先は捜せない。だから最後に酒を奢ってやる——右手を思い切り振るって、グラスをカウンターから叩き落としてやりたかった。

もちろん、そういう気持ちは抑えつける。そんなことをしても何にもならないし、この店で使っているグラスがどれぐらい高いか考えると、後のことが怖かった。

グラスには手を伸ばさず、振り返る。それぞれのボックス席は、この位置からはよく見えない。由貴子がどこにいるかも分からなかった。仕方なく、カウンターに両手を置いてじっと待つ。こんな時、煙草が吸えたら、と思う。ただ待つだけの時間は無駄以外の何物でもなく、気が急《せ》くばかりだった。

ふっと空気が動き、由貴子が隣に腰かけた。今夜は着物姿で、座り直すとかすかに衣《きぬ》擦《ず》れの音がする。ほっとして彼女の顔を見ると、ひどく心配そうな表情を浮かべている。

「あなた、怪我したの？」

「まだ目立ちますか」当たり前だ。こめかみに絆創膏を貼りつけている人間など、滅多にいない。

「大丈夫なの？」

「何とか……北川さんに会いましたか？」

「三日前」

やはりそうか。頭の中で血管が脈打つ。完全に馬鹿にされているではないか。

「どんな様子でした？」

「一人で来たのよ」

「珍しいですよね」だいたいいつも、皆で繰り出す感じだったのだ。

「多分、お別れを言いに来たんじゃないかしら」

「でしょうね」少し白けた気分になり、波田は腕を広げた。「研究所、もぬけの殻です」

「らしいわね」

「知ってるんですか？」

「噂で、いろいろ聞いてるわ」

由貴子が煙草に火を点けた。マホガニー色のカウンターの上を、煙が流れていく。その時初めて波田は、エアコンの風の流れを知った。

「どんな噂ですか」

「警察が捜査に入ったって聞いてるけど、本当なの？」

「本当です」

由貴子の心配そうな表情は本物だと判断し、波田はここ数日間の事情を説明した。由貴子は眉間に皺を寄せながら聞いていたが、やがて「やっぱりね」とつぶやいた。

「やっぱりって、どういう意味ですか」

「あなた、利用されたのよ」

「そうかもしれませんけど、どうして――」

「北川さんが、何かまずいことに手を染めているのは知ってたわ」由貴子があっさり言った。

「そうなんですか？　何か言ってたんですか？」

「そんなこと、バーのママに一々言う人いないわよ。でも、言葉の端々から何となく分かるし、誰かを連れて来たりすると、話が聞こえちゃったりしてね」

「誰かって、研究所の人間じゃなくてですか？」

「お客さん。接待っていうことね」

「例えば、どんな人ですか」波田は由貴子のほうに身を乗り出した。もしかしたら、山養商事の連中なのか？

「私が知ってる人はいなかったし、あの人も、連れが誰かなんて、わざわざ説明しなかったしね」

「山養商事の人間はいなかったんですか？」

由貴子が煙草を忙しなく吸い、灰皿に置いた。長くなった灰が、ぽとりと落ちる。

「あなたを拉致したっていう会社？」

「ええ」

「警察の捜索を受けたのよね？　何か詐欺みたいなことをしてたんでしょう？」

「そうです。研究所は、そこを調べている振りをして、実は情報を流していたんですよ。俺がそれをやったと疑われて、取り調べを受けたんです」

「何か変じゃない？」

「何がですか」

由貴子が煙草を取り上げ、一口吸ってからすぐに揉み消した。新しく一本取り出して口元に持って行こうとしたが、躊躇って結局パッケージに戻す。

「時間がおかしい感じがするけど。あなたが拉致されたのって、三日前の夜でしょう？」

「八時過ぎでした」

「北川さん、ここへ来たのは十時ぐらいよ。それで、次の日にはあなたに会ってるんでしょう？」

「そうです」

「じゃあ、事務所はいつ閉めたの？　ものすごく急な話じゃない」

「夜逃げみたいですから……急は急ですよね」

「二日前？　昨日？」

「それは……はっきりしたことは分かりません」警察なら知っているかもしれないが。

「何だか、あなたが警察に呼ばれていた騒ぎに乗じていなくなったみたいじゃない？」

そうか……そうかもしれない。山養商事に捜査の手が入ったのは、北川も予想しないことだったのかもしれない。あそことの関係がばれるとまずいことになるから、急遽《きゆうきよ》事務所を閉めて行方をくらますことにした。しかし少しは時間稼ぎをしなければならないから、俺を「捨て石」にした？　波田を調べているうちは、警察も動けないだろうと踏んで、その間に夜逃げの準備をしたとか。

それには、山養商事の人間も嚙んでいたに違いない。俺が情報を売り渡したという話は、山養商事の方から出たということだし……もしかしたら俺は、こういう時の犠牲になるために雇われたのではないか？　ただ一人の学生で、秘密も知らない。適当におだて上げ、金を握らせておけば、いざという時には犠牲にできる――そう考えると、目の前が真っ暗になったようだった。どうしてそんな危険に気づかなかったのだろう。経験がない、二十歳の学生だからという言い訳は通用しない。子どもじゃないんだから、危険なことに対してはもっと勘が働いてしかるべきなのだ。自分の甘さを自覚すると、吐き気がするほどむかつく。痛みが走るほど強く、唇を嚙み締めた。

「もしかしたら、アンケートというのも、全部隠《かく》れ蓑《みの》だったのかもしれません」彼女に話すのは危険かもしれないと思いながら、言葉が出てしまった。

「どういうこと？」由貴子が改めて煙草をくわえ、火を点ける。

「アンケートには、回答者の名前や住所、電話番号なんかの個人情報があります。そういうのを欲しがる会社はいくらでもあるんですよ。電話や訪問販売をする時には、名簿が何より大事でしょう？　アンケートで名前や住所を書かせるのは問題ないかもしれないけど、目的外のことに使ったら、まずいでしょう。でも、そういう名簿は高く売れたはずです」ある意味「二重取り」。本来、調査を依頼してきた会社からは、当然所定の料金を受け取る。一方で、名簿を欲しがる業者に流してやることでも金を受け取っていたとしたら。

自分が、そんな商売の片棒を担いでしまったのだと考えると、胃がきりきり痛んだ。知らなかったのだから、罪に問われることはないだろうが――実際警察は俺を逮捕しなかった――やってしまったのは事実である。自分が聞き出した名前を、今日もどこかの業者が勧誘に使っているのかと思うと、吐きそうなほど気分が悪い。

「北川さん、金回りがよかったわよね」

「ええ」

「テレビに出てるから、そこで儲けてるのかと思ったけど、他にも金になることがあったわけね」

今考えてみると、計算が合う気がする。研究所には、とにかく金があった。正規に依頼された仕事だけで、ここまで儲かるものかと不思議に感じたことを思い出す。北川が自分のテレビ出演料などで補塡《ほてん》しているのではないかと思ったが、表に出せない金を稼いでいたからこそ、あれだけ贅沢できていたのかもしれない。

悪いことを考えて金儲けをする奴がいるのは理解できる。許せるわけではないが、目端が利く人間が金を稼げるのは事実だ。そういう人間が地下に潜って好き勝手にやっていても、自分に被害が及ばないうちは、別に何とも思わない。許せないのは、正義の仮面を被って、その裏でふざけた真似をしていることだ。悪なら悪、正義なら正義で、分かりやすくいるべきではないのか。

「北川さんを摑まえますよ」波田は宣言した。

「摑まえてどうするの」

「何がどうなっていたのか、聞き出します」

「あなた……何だか変わったわね」

「何がですか」波田は顔を擦った。

「初めて会った時は、右往左往している学生さんだったのに、今は違う。面構えが変わったわ……いい方向に、じゃないかもしれないけど」

「ああ」波田は気の抜けた声を出してしまった。

彼女の見方は、多分正しい。俺も悪の色に染まったのだろう。そんな風に意識していなくても、悪い連中と一緒に働いていれば、考えも行動も黒くなってくるはずだ。事実今の俺は、世の中に悪が存在するのを理解している。大学生になるまでの二十年、周りには悪い連中もいた。暴走族に入り、その後暴力団に取りこまれた中学校の同級生。女を泣かせてばかりいる大学の友人。だがそんなのは、可愛いものだ。それは単なる「人間のクズ」。もっと大きな悪は、こちらが気づかない場所で密かに息をしている。

そういう悪を許しているわけではないが、消し去ることもできないだろうと思っていた。むしろ、正義の味方しかいない世の中など、成り立たないはずだ。悪人がいるから正義の味方がいる。善人の存在価値がある。そして、善人ばかりの世の中になったら、その中から新たな悪人が出てくるはずだ。世の中には、一定の数の悪があるのだと思う。

「どうでもいいです。とにかく、許せないから」自分が何の力もない学生だということは分かっている。それでも今は、気合いを入れざるを得なかった。きっちり落とし前をつけない限り、いつまで経っても追われているような気分が続くだろう。そんな状態で生きていても、中途半端な人間になってしまう。

「覚悟はあるのね」

「もちろんです」

「でも、北川さんを摑まえても、本当のことは分からないかもしれないわよ」

「どういうことですか？」

「北川さん自身、誰かに操られていただけかもしれないから……彼がここへ連れて来たお客さんの中で、いつも北川さんが平身低頭していた相手がいるのよ。北川さんがそんな風にする相手は他にいないし、いかにも『上司』か『親分』という感じだった」

「それが誰か、分かりませんか」

「それがね……」

由貴子の口から出た名前に、波田はぴんとこなかった。名前は知っていたのだが、何故北川と関係があるのか、想像もできない。情報だ。ここで情報を掘り出さないと、いつまで経っても真相は分からないだろう。

波田は礼を言って、カウンターを離れようとした。由貴子は、まだ何か言いたそうにしている。波田はズボンのポケットに手を突っこんだまま――指先が鍵に触れる――彼女の言葉を待った。しかし最後は痺れを切らし、波田の方から質問を口にした。

「北川さんとは、どういう関係だったんですか？　ずいぶん詳しいですよね」

「男と女の関係」由貴子があっさり認めた。「今はもう、そういう関係じゃないけど。でも……」

「この鍵は？」波田は、事務所で見つけた二つの鍵を由貴子に見せた。

「ああ、これね」由貴子が寂しげに笑い、一本を取り上げる。「このキーホルダー、私があげたものよ」

「じゃあ……」

「二人で会うための部屋の鍵」由貴子はその場所を教えてくれた。「どこで見つけたの？」

「事務所にありました」密会用の部屋？　本当にそれだけなのか？

「そう……あの人、そろそろまずいことになっているような気がする。具体的な話じゃなくて、勘だけどね。あなた、止めてくれない？」

波田は言葉を呑みこんだ。自分は北川を憎んでいる。その思いは、由貴子に十分伝わったはずだ。俺は北川の悪事、暴走を止めるかもしれないが、それであの男がもっとひどいことになるとは思わないのだろうか。彼女は今でも、北川の身を本当に案じているのか。

「……何だか納得していないみたいね」

「そうですね」

「でも、取り敢えず何か分かったら、連絡してくれる？」由貴子は自宅の電話番号も教えてくれた。

「何か分かればいいんですけどね」

「それが、嫌な話であってもいいから」由貴子の眼差《まなざ》しは真剣だった。

日付が変わるまで待ち、波田は事務所に忍びこんだ。真っ暗な部屋だが、あちこちにちらちらと光が見えた。コピーやファクスの電源が入っているのだ。コンピュータの電源は落ちている。電源を入れてから使えるまでには時間がかかるので、これは無視しておこう。

懐中電灯で照らし出しながら、改めてファイルキャビネットを確認する。見ると、鍵は壊されていた。立ち会う人間がいなかったから仕方ないのだろうが、こんなことをしていいのだろうか。

中身は本当に、警察が全部持ち出したのだろうか……そんなはずはない。本当に見られてまずい資料があれば、自分たちで持ち出したはずだ。

その後、連中はどこへ消えた？　全員が揃って逃げているとは考えられない。何人もの男が一緒にいたら目立つだろう。おそらく、ばらばらで逃亡しているはずである。連絡は取り合っているにしても、この後どうするつもりなのだろう。金は永遠には続かないはずで、逃亡もいつかは終わりになる。さっさと海外にでも逃げたのではないか、と想像した。ただし、それも簡単ではないだろう。出国するのに必要なのはパスポート……空港で足がつくだろうし、偽造パスポートを用意するのも大変なはずだ。

気づくと、偽造パスポートのことで頭が一杯になっていた。顔の広い北川のことだから、パスポートを偽造するような人間ともつながりがありそうだが、こんな場所に証拠を残しておくわけがない。体の節々が痛いのを堪《こら》えて床に這いつくばり、北川のデスクの隅から隅まで探したが、偽造パスポートの存在を示すような証拠は何も出てこなかった。だいたい、そんなものがあれば警察が見逃すわけがないではないか……いや、警察は鍵を見つけられなかった。あの連中も、意外に間が抜けているのだと思う。

念のため、他の所員のデスクももう一度調べてみる。どれも、引き出しの中には埃一つ落ちていない。どれだけ慌てていたにしても、犯罪の証拠を残すようなことはしないわけか……押収されたフロッピーにも、波田たちが作ったアンケートの集計データは残っているはずだが、それが「どこへ流れたか」は、データを見ただけでは分からないはずだ。そういう「商売」のことは、もちろんコンピュータで管理していたはずだが、それを残していくとは考えにくい。山養商事以外の取引先に関するデータも入っていたとしたら、まず真っ先に持ち出すはずだ。

他の取引先……山養商事と同じように、詐欺的商法をしていた会社があるのだろうか。ここからデータが流れていたことが分かると、そういう連中も一網打尽にされるかもしれない。そして、当然北川たちを恨むことになるだろう。

ぞっとした。山養商事の件は、あの連中と北川が画策して俺を陥れたのかもしれないが、もしも他の「顧客」に対しても、俺をスケープゴートにしようとしていたら……いつまで経っても追われることになるではないか。

そうならないためには、北川を摑まえて警察に引き渡すしかない。「全て北川が仕組んだことだ」と世間に公表しなければ、俺は追われる身で一生を終える可能性もある。

絶対、北川を見つけなければ。

正義のためではない。

俺が生き残るためだ。

些細《ささい》な幸運、それに由貴子の協力があって、波田はひたすら前へ進み続けようとした。事務所を出た時には既に午前二時になっていたが、そのまま北川の「別宅」に向かう。今も北川が、そこを隠れ家代わりに使っていれば、という期待もあった。寝込みをいきなり襲えば、こちらが優位に立てる。

もっとも、彼が都内にいるとは思えなかった。海外に逃げた疑いも捨て切れなかったし、国内でも身を隠すのに適した大都会はいくらでもある。大阪、福岡、札幌……波田はどの街にも行ったことがなかったが、東京と同じように、人ごみに紛れるのが簡単なのは容易に予想がつく。

問題の隠れ家は、青山にあるマンションだった。外見が茶色いレンガ張りで、いかにも高級そうな雰囲気である。青山通りから一本裏に入っているし、夜も遅いので、人っ子一人通らない。青山と言えば賑やかで、かつ赤坂よりも少し上品な街だという印象があるのだが、この時間に歩いている限り、単なる静かな住宅街である。警察も、ここまでは手を伸ばしていないだろう。

エントランスホールもしんとしていた。冷たい蛍光灯の灯りの中、誰かに出会わないかとびくびくして、うつむいたままエレベーターに乗りこむ。高級そうなマンションで、エレベーターの動きもスムーズだった。波田のマンションでは、停まる瞬間にかすかにショックが走るのだが。

廊下に面した窓を覗く。灯りは灯っていないが、北川がいないという保証はない。警察もここまでは割り出していないだろうし、安全な隠れ家だと思って、安眠を貪っているかもしれない。

ドアを開け、中に足を踏み入れる。玄関からすぐワンルームの部屋になっている波田の部屋と違い、短い廊下が続いていた。ドアは……二枚。左側が水回り、奥がリビングルームという感じだろうか。靴を脱ぎ、灯りを点けないまましばらく玄関に佇《たたず》む。ほどなく目が慣れてきたので、懐中電灯を取り出し、右手できつく握り締めたまま廊下を進んだ。何かあった時に、武器が懐中電灯だけというのも頼りないが、ナイフなどを持ち歩くわけにはいかない。警察は依然として自分に目をつけているかもしれないわけで、ナイフを持っているのを見つかったら面倒なことになるだろう。誰もいないはずだ、と自分に言い聞かせ、まず左手の扉を開ける。予想通り、洗面所とトイレ、バスルームだった。さらに、奥のドアを開けると、リビングルームが現れる。奥にドアが二枚あり、さらに部屋が二つあるのが分かった。

リビングルームの広さは、波田の部屋全体とそれほど変わらない。十畳ほどだろうか……しかし、大きなソファが二脚、ダイニングテーブルに椅子も置いてあるので、波田の部屋よりも狭い感じがした。巨大なテレビとオーディオセットが、存在感を主張している。何もない、まさに隠れ家のような部屋だと思っていたが、実際には生活の臭いが濃厚だった。

右手がキッチンになっているので、冷蔵庫などを調べてみる。電源は入っていたが、中はほとんど空っぽだった。缶ビールが三本……持っていこうか、と一瞬考える。緊張しきった気持ちを、アルコールで少しだけ弛緩《しかん》させてやりたかった。しかし、今はそんな時ではない、と自分に言い聞かせる。バラクータのブルゾンはポケットがそれほど大きくなく、缶ビールなど入れたら不自然に膨らんでしまう。

リビングルームには、目立ったものはない。テレビにビデオデッキがつないであり、何本かテープがあるぐらいだった。これを全部見ていたら、いくら時間があっても足りないだろう。テープを持ち帰っても、波田はデッキを持っていないので確かめられない。誰かに借りるのも面倒臭いし……テレビの番組を録画したものか何かだろうと判断し、確認を諦めた。

残る二部屋も調べる。どちらかの部屋で北川が寝ているのではないかと思い、まずドアに耳を押しつけて中の音を聴いてみる。しんとしていた。先に左側の部屋のドアをそろそろと開ける。いきなり弱い光が目に飛びこんできて慌てたが、すぐにカーテンが全開になっていて、街灯の灯りが入りこんでいるだけだと分かった。高鳴る鼓動を何とか抑えようと深呼吸しながら、部屋を見渡す。寝室だった。ダブルのベッドが大部分を占めている。ここで北川と、由貴子が……と考えると、何となく落ち着かなくなる。ベッドには、引き出しがついていた。こういうところには、つい何かを隠したくなるんだよな、と思いながら引き出してみる。懐中電灯を使って中を確認したが、ほぼ空だった。入っていたのは、封を切っていない下着、それに未使用のコンドーム一箱。何だか嫌な気分だった。

立ち上がり、壁伝いに窓際まで歩いて行く。向かいには民家が何軒か並んでおり、ここからは見下ろす格好になる。灯りを点けても外からは見えないだろうが、念のためにカーテンを引いてから、照明を点ける。波田は、布団に手を差し入れてみた。温かい……訳もない。ベッドメイクはきちんとされていたが、北川が自分でやっていたのだろうか。

クローゼットを開けてみる。背広が三着、それにコートが一着かかっていた。チェストの引き出しも全部開けてみたが、普通の着替え用のシャツや下着が入っているだけで、めぼしい物は何も見つからなかった。確かに生活の気配はあるのだが、しばらくこの部屋には寄りついていないようである。

最後の部屋に足を踏み入れた。ここにいなければ……いなかった。六畳ほどのこの部屋は仕事場というか書斎のようで、デスクが一つ、他は本棚で埋まっていた。灯りを点けると、圧倒される本の数である。この部屋だけで何冊あるのか。波田は部屋の真ん中に立ち、思わず固まってしまった。研究所を立ち上げ、調査の仕事をしているとはいっても、北川の本職はやはり経済評論家である。本棚に収まっている本も、ほとんどが経済関係の専門書だった。それも「見せる」ための本棚ではなく、ここにある本には全て目を通しているのではないかと思った。何しろ、並びが乱雑過ぎる。

デスクにつき、引き出しをチェックしてみた。雑多な書類で埋まっていたが、ここで一々チェックしていたら朝になってしまいそうだった。多いのは書きかけの原稿。研究所ではコンピュータを使っているが、ここで書く時は手書きのようだった。デスクの上のペン立てには、高級な万年筆が何本も挿さっている。波田はモンブランの万年筆を手に取り、しげしげと眺めた。これ、欲しかったんだよな……北川の物を盗むことに躊躇いはなかったが、異変に気づかれてはいけない。諦めてペン立てに戻した。

一番下の引き出しを開けた時、波田は「当たり」を引き当てたのでは、と思った。フロッピーディスクが大量に入っている。原稿かもしれないが、研究所関係の資料をバックアップしている可能性もある。どうするか……自分はコンピュータを持っていないし、研究所にまた忍びこんで使うのも少し怖い。ふと富樫の顔が頭に浮かぶ。そうか、彼に頼んでコンピュータを使わせてもらえばいい。以前バイトの後で話した時に、「買おうかと思ってる」と言っていたではないか。あの言葉通りにコンピュータを買っていたら、それを借りよう。

方針が決まると、波田は急いで動き始めた。フロッピーディスクは大量で、裸のまま持ち出すわけにはいかない。何か袋が必要だが、引き出しには使えそうな物は入っていなかった。袋と言えば……キッチンか。部屋を出て、狭いキッチンを調べる。あった。引き出しに、スーパーのビニール袋が何枚か、乱雑に突っこんである。こんな物を持って歩いていたらみっともないが、仕方ない。

フロッピーディスクをまとめて袋に突っこみ、慌てて部屋を出る。帰り際、郵便受けを覗いてみると、ダイレクトメールの類いが大量に溜まっていた。どうやら北川は、しばらくこの部屋に戻っていないらしい。そもそも電話が止まっているのだから、帰るつもりもないのではないか。覚悟の上、あるいは全てを計画して、足跡を消したような感じがする。

だけど、逃がさない。絶対に叩き潰してやる。

翌日は金曜日だった。バイト先で何度か一緒になった先輩の富樫は今、普通の会社でアルバイトをしていると言っていたが、摑まるだろうか。波田は短いが深い眠りを貪った後、七時に目覚め、手帳を繰って富樫の電話番号を見つけた。さすがに七時に電話するのは申し訳ないと思い、ひとまずシャワーを浴びた。こめかみの傷はかさぶたになっていたので、慎重に頭を洗ったが、結局濡らしてしまい、バスルームの床にピンク色の水滴が滴った。悪態をつきながらシャワーを浴び終え、昨日手に入れておいた絆創膏を貼りつける。髪の毛が邪魔になって上手くいかないのだが……仕方ない。ひとまず、これで我慢しなければ。

髪も乾かさないまま着替え、受話器を手に取る。富樫が普段どんな生活をしているか分からないが、講義はそれほど詰まっていないはずで、バイトがなければ、午前七時台に起きているとは考えにくかった。案の定、呼び出し音が何回鳴っても出ない。一度受話器を置き、もう一度かけ直す。幸い、富樫は今度は電話に出た。ほとんど寝言を言っているようなぼやけた口調だったが。

「富樫さん？　波田です」

「波田？　何だよ」

「すみません、今日、バイトは休みですか」

「休みだけど……俺、昨夜は午前様だったんだぜ」

「すみません」目の前に富樫がいるかのように、波田は頭を下げた。髪から滴った水滴が、デスクに小さな円を作る。「お願いがあるんです。富樫さん、前にコンピュータを買うって言ってましたよね。NECの何とか……」

「ああ、買ったよ」急に目覚めたように、富樫の口調がクリアになった。「三十六回ローンでさ。これから大変だ」

「今、家にあるんですか？」

「あるよ……」波田は富樫の言葉を断ち切った。

「使わせてもらえませんか？」

「お前、コンピュータ使えたっけ？」

「大丈夫です。ちょっと知りたいことがあるんですけど、使えるコンピュータが手元にないんですよ」喋りながら、富樫は俺が警察に連行された一件を話題にしないな、と思った。北川社会情報研究所のことも、山養商事のことも。北川社会情報研究所で働いている、とはっきり言っていないのだから、仮に一連の騒動のことを知っていても、俺と結びつけて考えるはずもない、ということか。

「いいけど、いつ？」

「できたら、すぐ。そっちへ行きますから」

「これから？　いくら何でも早過ぎないか？」彼が目覚まし時計を手に、眠い目を擦っている様子が目に浮かんだ。

「じゃあ、いつならいいですか？　富樫さんが決めた時間に行きますよ」

「十時？　うん、十時ならいいけど……あのさ、当然何かあるんだろうな」

金を要求しているのか？　少しなら払ってもいいと思ったが、そんなことを口にするのはひどく嫌らしい気がした。だいたい、たかがコンピュータを使うのに金を払うのも馬鹿らしい話だ。どうせ電気代しかかからないのだし。

「昼飯奢ります」波田はわざと明るく軽い口調で言った。

「ああ、そうね」富樫は納得していない口調だったが、露骨に「金を寄越せ」とは言えない様子で、「美味い物奢れよ」とつけ加えるだけだった。

「任せて下さい……富樫さん、家はどこでしたっけ？」

「豪徳寺《ごうとくじ》」

「分かりました。十時に行きます。住所を教えて下さい」

富樫がもごもごと住所を告げた。ホテル備えつけのメモ用紙に書きつけ、礼を言って電話を切る。よし、これで一つ前進だ。気合いを入れて、平手に拳を叩きつける。これを手がかりに、絶対北川を見つけ出してやる。

尾行されているのかいないのか……強迫観念に襲われているのを波田は意識した。馬鹿馬鹿しいとも思う。研究所のメンバーにせよ、山養商事の社員にしろ、自分をつけ狙うような余裕はないだろう。陽子の話によると、山養商事の社員は、まだ一人も逮捕されていないという。任意の取り調べが続けられ、容疑が固まり次第逮捕という手順らしい。一応自由の身であるとはいえ、監視はつけられているので、勝手な動きはできないはずだ。あるいは警察……そちらの方がむしろ、俺の動きを気にしているかもしれない。しかし今のところ、違法行為は何一つしていないはずだ、と自分に言い聞かせる。事務所に入ったのは、警察の捜査を妨害したことになるかもしれないが、ばれていないと確信している。気づけば、警察はとうに俺を捕まえているはずだ。

だから、誰も俺を追っていない——そう思ったが、波田は念のために複雑な経路を使って豪徳寺に向かうことにした。本来なら、新宿から小田急線で一本なのだが。

朝食も摂《と》らずに、まず新宿駅まで出て、丸ノ内線に乗り、赤坂見附《あかさかみつけ》で銀座線に乗り換え。新橋で山手線に乗り、恵比寿で降りる。ここで一度駅を出て、山手線沿いの細い道路を渋谷まで歩いた。二キロもないはずだが、できるだけゆっくり、四十分ほどをかける。途中、コンビニエンスストアに寄ったり、自動販売機で缶コーヒーを買ったりしながら、周囲を観察した。やはり誰も追って来ていないと思ったが、念のためにさらに複雑なルートを取る。

渋谷からは新玉川線で三軒茶屋まで。そこで少し歩いて世田谷線に乗り換える。初めて乗ったが、二両編成でほぼ路面電車のようなものだった。住宅街の軒先をかすめるように走るので、何となく気持ちが落ち着かない。

世田谷線は「山下駅」で小田急線の「豪徳寺駅」に接続するのだが、一つ手前の「宮の坂駅」で降りて、世田谷線の線路沿いに歩く。富樫のアパートは、小田急線の線路の北側にあり、宮の坂駅からは少し遠いのだが、できるだけ歩く距離を延ばしたかった。線路沿いに歩いて行くと、今乗って来たのと反対の上り電車が傍らを通り過ぎて行く。

この街はコンパクトでごちゃごちゃしていて、下町の雰囲気が色濃かった。踏切のすぐ近くに真新しい銭湯があって、波田はふいに、広い湯船にゆっくりつかりたいな、という欲求に襲われた。今のマンションには待望の風呂——前のアパートにはなかった——があるのだが、忙し過ぎて、いつもそそくさとシャワーを浴びるだけである。ホテルのバスタブは浅くて体が温まらない。アパート時代は、銭湯が閉まる時間と料金を気にしながら通っていたのだが、あれは悪くなかった。だいたい自分の好みよりも少しだけ熱い湯に我慢してつかっているうちに、疲れが溶け落ちるように感じたものだ。

十時五分過ぎ、富樫のアパートに着いた。ホテルを出てから二時間弱も、あちこちをうろついていたことになる。電車代だけでも馬鹿にならない。しかも朝飯抜き、途中で缶コーヒーを一本飲んだだけなので腹が減っていた。まあ、少しぐらい空腹な方が、頭の回転はよくなるはずだが。

昼食を奢る約束をしていたが、いつになるか分からないので、波田は近くのコンビニエンスストアに寄り、サンドウィッチをいくつか仕入れた。朝飯を持って行けば、富樫ももう少し機嫌よくなるだろう。

二階建てのそこそこ新しいアパートで、富樫の部屋は二階の一番端にあった。ノックすると、すぐにドアが開く。だぼっとしたジャージの上下。前髪が濡れているのは、顔を洗ったばかりだからだろう。

「よう」

機嫌が悪そうな訳ではないので、ほっとして一礼する。コンビニエンスストアの袋を差し出すと、富樫は相好を崩した。

「朝飯です」

「サンキュー。ま、上がれよ」

富樫の部屋は、一人暮らしの男の典型、という感じだった。とにかく散らかっている。ベッドは抜け出したばかりのようで布団がぐちゃぐちゃだったし、床には脱ぎ散らかした服が丸まっている。しかし何よりも目を引くのは、窓際のデスクに置かれたコンピュータだった。そこからプリンタにつながり……と、オフコンに比べれば小型だが、ちゃんとしたシステムになっている。

座る場所が見つからず、波田は玄関を入ってすぐのところに立ち尽くした。しかし富樫は気にする様子もなく、キッチンで薬缶《やかん》を火にかけ始める。

「で、何をどうしたいって？」

「このフロッピーです」波田は、ビニール袋を掲げた。ずっと緊張していたので気づかなかったが、今になってその重さを意識する。「この中身を調べたいんですよ」

「いいよ」富樫が近づいて来て、ビニール袋を受け取った。中からディスクを引っ張り出し、「ああ、これなら大丈夫」と言った。

「読めそうですか？」

「読めるよ。全部同じフォーマットだから……だけどこれ、何枚あるんだ？」

「二十五枚」昨夜、ホテルに戻ってから確かめていた。

「全部調べるのは大変だぞ」

「俺がやりますから」

「お前、コンピュータは使えたっけ？」

「習いました」クソみたいな場所で。しかし今となっては、コンピュータをそれなりに習得できたことだけは収穫だった。

「じゃあ、適当にやってくれるか？」富樫がサンドウィッチを取り出し、包装を破いた。立ったまま食べながら、インスタントコーヒーの缶を取り出し、準備を始める。「やり方、分かるよな」

「たぶん大丈夫です」

研究所のオフコンとはだいぶ勝手が違ったが、それでも何とか起動できた。フロッピーディスクは、外見を見ただけでは内容がまったく分からなかったので——研究所のフロッピーは全てラベルを貼って整理してあった——取り敢えず一枚ずつ順番に見ていくしかない。

「コーヒー、飲むだろう？」キッチンから富樫が声をかけてきた。「熱いの、淹れるけど」

「いただきます」

中身は……最初に見たディスクの中身は、論文か原稿のようだった。ざっと目を通しただけで、すぐに次のディスクに交換する。一々全部読んでいたら、どれだけ時間があっても足りない。ずっと富樫の部屋に居座るわけにはいかないし。

淹れてもらったコーヒーを飲みながら——富樫の好みはやけに濃かった——次々とファイルを確認していく。多くが原稿——論文で、北川が手書きとコンピュータ入力、両方の方法を使っていたのだと分かる。簡単に目を通しただけで、すぐにディスクを交換し……という作業を続けているうちに、心配になってきた。本当は、最後まできっちり読まないと内容は分からない。重大な秘密が、原稿の最後に隠されているとか。

しかし、疑い始めたらきりがない。

波田は、失望感から次第に疲れを覚え始めていた。残り二枚になっても、使える情報が何もない。ちらりと腕時計を見ると、もう十二時近くになっていた。富樫は……いつの間にかベッドに寝転び、軽い寝息を立てていた。寝ているなら、多少こちらも気持ちは楽だ。どちらにしろ、あと二枚なのだから、さっさと見てしまおう。あれだけ大変な思いをして外れだったらダメージは大きいが、それは仕方がない。この手が駄目なら、他の手を考えるまでだ。

当たりが出た。

残り二枚のうち一枚。表計算ソフトのファイルが入っているのが分かった。最初に見たときは何だか分からなかった。略号が多いので、ぴんとこなかったのだが、すぐに北川が作った「顧客名簿」だと気づいた。名簿兼決算書、とでも言うべきか。

上から、ほぼ同じ形で文字と数字が並んでいる。一番左上のセルから見ていく。「TK」「342」「M商」「¥5000000」。二列目は「SY」「723」「MOO」「¥9000000」。

波田の目は、三列目に吸い寄せられた。「MS」「10021」「ITD製薬」「¥3000000」。「ITD製薬」が何のことかすぐに分かった。「糸田製薬」だ。波田が多くのアルバイトを動かして行ったアンケート。糸田製薬に渡したアンケート数は五千を超えた。それが「ＭＳ」というところに、三百万円で売り渡された、ということではないか。顔からすっと血が引くのを感じる。北川は馬鹿丁寧に、自分で「帳簿」をつけていたのだろう。もちろん、こんな手で儲けた金を税務申告するはずもなく、裏金として懐に入れていたのだろうが。

となると、二列目の「ＳＹ商事」は、「山養商事」としか考えられない。金脈を引き当てた、と波田は確信した。他にも「ＵＭ」「￥１０００００００」という記述もある。並びで考えると、「ＵＭ」に一千万円が渡ったように読める。「ＵＭ」？　何か引っかかったが、答えが出てこない。しかしこのディスクは、北川の犯行を証明する材料になるのではないだろうか。これを警察に引き渡せば、俺の容疑は問題にならなくなるだろうし……いや、待て。どうやってこのディスクを手に入れたか、問題視されるかもしれない。「部屋の鍵を手に入れた」と正直に言ったら、「どうしてそのまま警察に持ってこなかったのか」と突っこまれるのは目に見えている。扱いはもう少し考えるか……ひとまず、このファイルを印刷しないと。

声をかけると、富樫は今まで寝ていなかったかのように、いきなり上体を起こした。

「プリントアウトしたいんですけど」

「ああ、いいよ」

富樫が、波田の肩越しに手を伸ばし、キーボードを操作した。すぐに、プリンタが音を立てて動き始める。見られるとまずいのだが……と波田ははらはらしたが、富樫は事情を知らないはずで、これを見ても何のことか分からないだろう。

「何なんだ、これ」

「ちょっと仕事で使う物なんです」

「例のバイト先か？　だったら、会社でやればいいじゃないか」富樫の目がいきなり細くなる。迷惑だ、と無言で訴えているようだった。

「今日は会社が休みで、入れないんですよ」我ながら下手な嘘だと思った。

「じゃあ、明日でいいじゃないか」

「明日の朝一番に出さないといけないんです」

「だったら、昨日徹夜すればよかった」

「……そうですね」短く言って、波田は唇を嚙み締めた。一々突っこまれるのは鬱陶しいが、こっちはコンピュータを使わせてもらっている身である。怒らせるのは得策ではない。「要領が悪いんで」

「お前が要領悪いとは思えないけどね」言葉の端々に皮肉が覗く。

「そうでもないですよ」

「いいバイト、見つけたんだろう」

「まあ……運です」

ふいに、これからが心配になった。研究所から貰った金を返せとは言われないだろうが、収入の当てはもうない。あのマンションの家賃を、これからも払い続けられるだろうか。卒業まではまだ二年以上あるし、安いアパートに引っ越すにしても、また金がかかる。冗談じゃない……自分が完全に浮かれていただけなのだと気づく。あぶく銭。ちょっと金が手に入ったぐらいで、浮かれるべきではなかった。

そう、この数か月ですっかり身に染みついた贅沢癖も、何とか矯正しないといけないだろう。美味いステーキ、高い酒、いい服……あんなのは、一時の幻のようなものだ。そう考えないと、金が続かない。これからまた、財布の中の小銭を数えながら暮らしていくのだと思うとげんなりしたが、すぐに今はそんなことを気にしている場合ではないと思い直す。まずは身の安全を確保すること。自由でいること。

プリントアウトされた紙を丁寧に折り畳み、ビニール袋に入れる。これは、ずっと持ち歩いているわけにはいかない。どこか安全な場所に保管しておかないと。

残り一枚のディスクを開いた。もう一度、当たり。完全に時間を無駄にしていたのだと気づく。開く順番を逆にしていれば、重要な情報が最初に手に入ったのに。

メモのような物だったが、ある意味住所録とも言えた。複数のホテルやマンションらしい建物の住所と電話番号が書いてある。それに対応するように、所員の名前も記載されていた。そうか、これはいざという時の「避難場所」ではないか？　何かまずいことがあったら一時的に身を隠し、嵐が過ぎ去るのを待つためのシェルター。

住所は十か所あり、ほとんどが都内だった。例外は二件だけで、一件が静岡、もう一件が群馬である。そちらには所員の名前は書きこまれていない。全員、都内に潜伏していると考えるべきだろう。警察は当然、これらの場所は把握していないはずだ。

警察相手に取り引きする、ということも考えた。この潜伏先リストを渡すから、俺のことは放っておいて欲しい——しかし、そんなことをしたら余計な刺激になるだろう。警察は「ふざけるな」の一言で俺の提案を一蹴し、強制的にこのリストを押収するはずだ。駄目だな……しかし、確かめておかねばならないことはある。これは陽子に聞くしかないだろう。

部屋の中を見渡すと、ベッドの脇に電話を見つけた。これを借りて連絡を取る……いや、富樫に話を聞かれるわけにはいかない。ここは一度、ホテルに戻ってから作戦に取りかかるべきだろう。リストもプリントアウトし、立ち上がった。

「終わったか?」

「はい」

「じゃあ、約束通り昼飯だな。近くに美味い中華料理の店があるんだけど」

「すみません、別の日にしてもらっていいですか?」

「何だよ、約束が違うじゃないか」富樫の眉根がぐっと寄る。

「別の日にしてもらっていいですか」

ゆっくりとした口調で繰り返すと、富樫の眉がすっと下がった。何となく、媚《こ》びるような笑みを浮かべている。

「ああ……まあ、いいよ。だけど約束だから忘れないでくれよな」

「分かってます。また連絡しますから」

言って微笑もうとして、波田は顔が強張っているのに気づいた。同時に、何故富樫が急に折れたのかも理解する。

俺の顔は変わってしまったのだろう。かつての、貧乏だが能天気な学生ではない。由貴子も言っていたが……多分今の俺は、堅気の人間が引いてしまうほど険しい表情を作れるようになっている。それがいいことか悪いことかは分からない――いや、悪いに決まっている。

俺は多分、川を渡ったのだ。二度と「こちら側」へ戻れない川を。

またコンビニエンスストアでパンや飲み物を仕入れ、ホテルに戻る。部屋にこもり、陽子に連絡する手を考えた。事件の捜査は進んでいるだろうが、彼女が署内にいるかどうかは分からない。それに、署に電話をかけて、誰か別の人間が出たら、疑われるのではないだろうか。危険だ。

迷った末、波田はできれば使いたくなかった手を使うことにした。陽子が教えてくれたポケベルの番号。そんな物を持たされ、縛りつけられていることには同情したが、陽子は案外気軽に教えてくれた。ただし、「どうしても連絡を取りたい時だけ」と念押ししたが。今がそうなのか？　しばし悩んだが、とにかく話を聞いておかなければならないと決心した。もしかしたら、聞きたいのは捜査の内容ではなく、彼女の声かもしれないが。

陽子が捜査のために研究所にバイトとして入りこみ、俺に接近してきたことは分かっている。分かっていても、波田は未だにぼんやりと陽子に惹かれていた。

もちろん今、そんなスケベ心を出すわけにはいかないが……波田は陽子のポケベルの番号を押し、受話器を置いた。それから一人、味気ない食事に取りかかる。考えてみれば今日最初の食事だ。富樫の家に持って行った食料は、結局彼が一人で食べてしまったし。サンドウィッチは美味いも不味いもなかった。とにかく腹が膨れればいい。それを缶コーヒーで飲み下し、何とか人心地つく。

電話は……ない。電話機をひと睨みしてから、プリントアウトしてきたリストに視線を落とした。ふと、陽子はどうしていいか分かっていないのではないか、と想像する。ポケベルが鳴って、急いで署に連絡。「鳴らしていない」と言われて、呼んだのが俺だと気づいたが、連絡先が分からない。

いや、そんなことはない。彼女はこの部屋に電話をかけてきたのだから。

もう一度ポケベルを鳴らそうかと思った瞬間、電話が鳴った。慌てて受話器を引っ掴む。

「もしもし？」

「呼びましたか？」陽子が冷たい声で訊ねた。

「ええ、はい——急ぎだったんで。会えませんか？」

「何のために？」

「ちょっと話がしたいんです」

「無理」陽子があっさり拒否した。「忙しいので。今日も仕事ですから」

「そうですか」波田は受話器を耳から離し、小さく溜息をついた。これは本当だろうか？　俺を遠ざけるために嘘をついているのではないか？　しかし、疑い始めるときりがない。波田は覚悟を決めて、この電話で用件を終わらせることにした。「研究所の連中の行方は、分からないんですか」

「分かってないわ」

「何か、具体的な容疑はかかっているんですか？　つまり、指名手配されているとか……」

「まだそこまで、捜査は進んでません」陽子の声は、一向に柔らかくならなかった。話がしにくい場所にいるのかもしれない。

「だったら、誰かが逮捕されるようなことはないんですね」

「それは分からないけど……とにかく、居場所が分からないし」

「そうですか」

「あなた、彼らがどこにいるか、本当は知ってるの」

「知りません」即座に言った。嘘ではない。手がかりはあるが、そこにいるかどうかは分からないのだから。

「そう……嘘はつかないでね」

「ついてませんよ」

「変なこと、してないでしょうね？」

「変なことって何ですか？」

「変なことは、変なこと」

「よく分かりません」波田はしらを切った。当然陽子は、俺が自分で何かを調べていると思っているだろう。そうか、もっと確実な情報が手に入ったら、陽子に流してやる手はある。彼女の手柄になれば……。「あの、忙しいんですよね」

「そう言ったでしょう」

「これが一段落したら、また食事しませんか？」

「は？」陽子が脳天から抜けるような声を出した。「何言ってるの」

「食事の誘いです。もう、ステーキは無理かもしれないけど、もっと安いものなら……」

「こんな時にナンパするなんて、いい度胸ね」

陽子が声を上げて笑う。しかし心から楽しんでいる感じではなく、ひどく白けた調子だった。さすがに呆れているのだろう。だが、波田は本気だった。陽子は警察官であり、既に黒い心を抱えてしまった自分が、長くつき合える相手ではない。だが一度ぐらいは、ベッドに引っ張りこんでみたかった。警察官を抱くとどんな感じがするのか……純粋に興味深い。

「今後、連絡を取りたい時はどうしますか？　ポケベルを鳴らしてもいいですよね」

「それは、あなたがそのホテルにいる時に限られるわ。他の場所にいたら、電話しようがないでしょう」

「署に直接電話したらまずいですか」

「……私に連絡しなければならないことがあるの？」

「あるかもしれません」

「だったら、いろいろ頑張ってみて」

「分かりました」

電話を切り、波田は両手を叩き合わせた。何かが動きだしそうな気がしてならなかった。

リストに載っていた場所を当たっていこうと思ったが、その前にフロッピーを何とかしないと……必要な物は手に入れたし、いつまでも手元に置いておく気にはなれない。北川のあの隠れ家なら、出入りしても誰にも気づかれないだろうと考え、波田はもう一度、青山のマンションに向かった。その前に、ホテルのフロントに、プリントアウトしたデータを預ける。

今度は少し大胆に、周囲の様子を気にせず部屋に入りこむ。北川はここを借りているのか、あるいは買ったのか。電話も止めてしまったことだし、見捨てる気になっているだろう。いっそのこと、ここへ引っ越してくるというのはどうか。居座ってしまえば、家賃を気にする必要もなくなる。

まさか。

どうも今の俺は、あちこち考えが飛び過ぎる。一つのことに集中しなければならないのに。そう、今はたった一つのことを実現すればいい。

落とし前だ。

あれから、部屋に誰かが戻って来た形跡はなかった。フロッピーディスクを引き出しに戻し、持ち運び用のビニール袋はゴミ箱に突っこむ。ふと気になって中を覗いてみると、くしゃくしゃになった紙が捨ててあった。普段なら無視してしまうだろうが、今は何故か気になる。些細なことでもヒントになるかもしれない。

紙をつまみ上げる。吸い殻で指が汚れたのが気に食わないが、無視してそっと広げた。どうやらノートの切れ端らしい。所々が破れていたが、何とか字は読める。

「渋谷　102号　14時以降　鍵は郵便受け」

ぴんと来た。北川のリストの中に、渋谷のマンションの名前があったのだ。確か「渋谷セントラルマンション」。やはり北川は、デジタルとアナログ、両方で記録を残しておくタイプのようだ。コンピュータで読めるリストをフロッピーディスクに残しておくのと同時に、手書きでもメモを作っていたに違いない。自宅に置いてあるフロッピーは読めないから――この部屋にはコンピュータがない――ノートか何かに書きつけていたのだろう。そしてここから逃げ出す時、慌ててその部分を確認して、破って捨てた。

よし、まずここを訪ねてみよう。マンションを出て、波田は早足で歩き始めたが、途中で公衆電話を見つけると、思いついて飛びこんだ。由貴子に教えてもらった自宅の電話番号をプッシュする。夕方近く……まだ店が開く時間ではないはずだが、彼女は何をしているのだろう。一瞬、恐ろしい想像が走って受話器をフックに叩きつけてしまった。もしも由貴子が、今も北川とつながっていたら。実際は彼女がかくまっているとか。ここのことを教えたのは、一種の目くらましかもしれない。間違った方向に俺を導くための……いや、そんなことを考え始めるときりがない。

波田はもう一度受話器を取り上げ、同じ番号をプッシュした。今度は二回鳴っただけで由貴子が電話を取った。名乗ると、眠そうな声で確認する。

「今、電話した？」

「すみません、番号を間違えたと思って切ったんです」

「合ってるわよ。それで、何か分かった？」

「渋谷セントラルマンションという名前に心当たりはないですか？」

「聞いたことないわね」

「大きそうな感じがしますけど」

「マンションの名前なんて、何でも適当につけられるじゃない」由貴子が声を上げて笑う。今度は屈託のない調子だった。「そのマンションがどうしたの？」

「北川さんが隠れているかもしれない」

「そんな近くに？」

「青山のマンションに、それらしいリストがあったんですよ。いざという時に、研究所員が隠れることができる場所のリストが」

「それにしても、近いわね」

「渋谷にいたら、かえって目立たないじゃないですか。人だらけなんだから」実際、あの街はまともに歩けないほどの人で溢れている。アンケート調査をやったことで、街の顔がよく見えるようになっていた。センター街、公園通り、東急プラザの裏辺りは、時間帯にもよるが、普段歩くスピードの半分ほども出せないことがある。誰かにぶつかって文句を言われるのではと考えると、喜んで足を踏み入れたくなる街ではなかった。明らかに大学生中心の若者が多く、北川のような大人が行きそうな街ではないのだが、マンションに籠っているだけなら何の問題もないだろう。

「そうね」

「あの人は、普段、渋谷に行くようなこと、あったんですか？」

「ないでしょうね」由貴子が軽い口調で言った。「行動範囲は案外狭いわよ。仕事ならどこへでも行くけど、遊ぶのは赤坂や六本木辺りだけ。買い物は銀座専門だし」

「じゃあ、そのマンションは本当に知らないんですね」

「知らないわよ……あなた、どうするつもり？」由貴子の声に、にわかに不安が混じった。

「どうもしませんよ」さらりと嘘が出てくる。

「まさか、一人で乗りこむつもりじゃないでしょうね」

「まさか。心配なら、由貴子さんも一緒に来ますか？」

「冗談じゃないわ」吐き捨てるように由貴子が言った。

強い口調に、波田は二人の間に相当激しい諍《いさか》いがあったのでは、と想像した。だがそれにしては、北川は頻繁に「アンバサダー」を訪れ、由貴子とも自然に会話を交わしていた。喧嘩別れしたなら、会わないようにするのが普通だろう。それを訊ねてみると、由貴子がまた声を上げて笑った。

「大人はいろいろあるのよ、いろいろ」

「よく分かりません」

「あなたも、もう少し年を取れば分かるわよ」

「そうですかね……」

「本当に、無茶しちゃ駄目よ。誰かに任せなさい」

「誰かって、警察とか？」

電話ボックスの中は陽《ひ》が強く射しこみ、夕方にもかかわらずかなり暑い。波田は思わず少しだけドアを開け、外気を導き入れた。由貴子はすぐに返事をしようとしない。何か考えている……不安になって、ボックスの中に落ちている吸い殻をつま先で蹴飛ばした。完全に密閉された場所でもないのに、何故か煙草の臭いが染みついている感じがする。電話ボックスはあまり好きではなかった。

「北川さんが逮捕されても、何とも思わないんですか？」

「可哀想かなとは思うけど、悪いことしたなら、しょうがないんじゃない？　それに、これ以上無茶すると、警察に逮捕されるよりも危険かもしれない」

波田は息を呑んだ。北川は、警察よりも危険な相手に追われているとでもいうのだろうか。そして彼女は、どこまで事情を知っている？

「とにかく、もう潮時だと思うから。止《や》めてあげてね」

「分かりました」

「あの人、逮捕されるかしらね」

「それは、俺には分かりません」ドアを閉める。街の雑音が遮断され、むっとした空気の臭いが鼻を突く。ふと気になり、訊ねてみた。「北川さんって、本当はどういう人なんですか？」

「何よ、いきなり」由貴子が警戒するように声を潜めて言った。

「何か月か一緒にいて、少しは分かったような気がしたんです。何でもよく知ってるし、金儲けは得意だし……何より、ビジョンがあると思っていたんです」

「そうね」

「でも、本当はどんな人なのか、分かっていなかったと思う。由貴子さんは、よく知ってますよね」

「そう、かもしれない」

「どんな人なんですか？」

「小物」

「え？」考えてもいなかった言葉が出てきて、波田は驚いた。「何ですか、それ」

「小物の意味が分からない？　小さい男という意味よ」

「まさか」

「あなた、深いところは知らないんでしょう？　だったら、『まさか』なんて言えないと思うけど」

「それは、まあ……」

「言った通りの意味よ。もしもこれから北川さんに会うことがあったら、その意味はもっとはっきり分かるでしょうね」

「はあ」

「怪我しないようにね。人は案外簡単に怪我するんだから」

言い残して由貴子は電話を切ってしまった。怪我……それが肉体的な「負傷」を指しているのではないことはすぐに分かった。だが俺はもう、十分怪我しているではないか。名誉を傷つけられ、これからも何かを失ってしまう可能性がある。将来のことなど何も分からない。

だったら、傷つくことを恐れてはいけないのではないか。思い切って前へ進み、道は自分で切り開いていかないと。

渋谷セントラルマンションは、名前がイメージさせる通りに巨大なマンションだった。住所は渋谷区東。そう言えば鶴巻の家もこの辺りだったはずだ、と思い出す。まさか、元々彼がこのマンションに住んでいるわけではないだろうが。

大きいが、そこそこ古いマンションのようだった。最近流行り始めたオートロックではないので、ロビーまでは簡単に入れる。だが、管理人らしき男が掃除しているのが見えたので、波田は足を踏み入れるのを躊躇った。このマンションにはどれぐらいの部屋があるのか……管理人が住人全員の顔を覚えているとは思えないが、見慣れない顔がうろついていれば、怪しく思うだろう。

歩道に立ったまま、ちらちらとロビーを覗く。掃除のためか、自動ドアは開け放たれていたので、管理人がモップを使ってゆっくりと床を掃除しているのがよく見えた。ご苦労なことだ、と思う。同時に、自分は絶対にあんな仕事はしない、と固く誓った。人のマンションの床を掃除して終わる人生など、絶対にごめんだ。

やがて管理人が出て来て、周囲を見回した。どうやら掃除は終わったようで、中へ引っこむと同時に自動ドアが閉まる。波田は五分待ってから、ロビーへ足を踏み入れた。左手がエレベーターホール、右手に小さな部屋があり、郵便受けがずらりと並んでいた。

そちらへ入る。数えている暇はなかったが、百室は下らないようだった。渋谷駅から歩いて五分ほどのところに、こんなにたくさんの人が住んでいるとは……このマンションに住むには、どれぐらいの金が必要なのだろう。買ったらいくらするのか。想像もできない、というか波田が実感できない金額なのは間違いないが、それでもいつかはこういう所に住むのだ、と自分に言い聞かせる。別にマンションに住みたいわけではないが、自分が住みたいと願う場所に躊躇なく住めるぐらいの金は儲けたい。

一〇二号室の郵便受けを調べる。鍵がかかるタイプだったので、隙間から中を覗き、指を突っこんで上の方を探ってみる。指先が届く範囲に、触れる物はなかった。

さて、ここからだ。波田は廊下を歩いて、一〇二号室の前に立った。電気のメーターは回っている。在宅……北川かどうかは分からないが、少なくとも誰かがいるのは間違いない。ノックしたいという気持ちを必死に抑えた。もしも北川以外の人間が出て来たら、どう反応していいか分からない。

部屋を出て来る場面を押さえた方がいいだろう。となると、外で張り込みだ。いつまでも廊下にいると、先ほどの管理人が気づいて叩き出されるかもしれない。そう言えば、この部屋の住人については、管理人に聞くのが一番早いのだが、どういう理由で質問をぶつけるか、アイディアが浮かばなかった。

待とう。ここまで来ているのだから、何時間か待つぐらい何でもない――もちろん北川はまったく外へ出ないで閉じこもっている可能性もあるのだが。別に、張り込みが明日の朝まで続いても構わない。奇妙なエネルギーが自分の中に溢れていることに、波田は気づいた。執念と言ってもいい。

既に夕方も遅くなり、街灯に灯りが入っていた。歩道に出てから一〇二号室の窓を見ると、薄いカーテンが引いてあるものの、灯りが灯っているのが分かる。よし、間違いなく誰かが部屋にいる。問題は出て来るかどうかだ。

波田は、少し離れた電柱の陰に身を隠した。ロビーも、一〇二号室の窓もはっきり見える場所。民家のブロック塀に背中を預けて、できるだけリラックスしようとしたが、やはり落ち着かない。山養商事を向かいのビルから監視していたのとは訳が違うのだ。あのビルの空き部屋にいる時は、誰かに見つかる心配はしなくてよかった——山養商事の連中には見つかったのだが。いや、違うか。あれも全て、研究所の連中が書いていたシナリオだったのかもしれない。

落ち着けよ、と自分に言い聞かせる。北川を摑まえれば、全部分かる話なんだから。頭に血を上らせたって、いいことは何もない。

一時間が経ち、周りがすっかり暗くなった。急に空腹を覚える。食事を済ませてこなかったのを悔いたが、今この場を離れるわけにはいかない。我慢、とにかく我慢だ。

二時間経過。腕時計から顔を上げた瞬間、一〇二号室に動きがあった。突然窓が開き、北川が顔を突き出したのだ。まるで外の気温を確かめるように……その直後に窓が閉まり、室内の照明も消えた。出かけるのだ、と直感する。

波田はロビーに向かってダッシュした。敷地内でトラブルを起こすのは得策ではないが、できるだけ近くで捕捉したい。問題は、マンションを出てから、北川がどちらへ向かうかだ。駅の方だろうと何となく見当をつけ、駅から遠い方に場所を移して待機する。ちょうど植え込みがあって、身を隠すには適していた。

一分後、北川がロビーから出て来る。背広姿だがネクタイは外しており、小さなクラッチバッグを左手に持っていた。用心するように左右を見回した後、予想した通り駅の方へ歩き始める。誰かに会いに行くのか、あるいは第二の潜伏場所でもあるのか。どこで勝負をかける？　波田は彼に歩調を合わせて尾行しながら考えた。駅まで行かせては駄目だ。渋谷駅の雑踏に紛れたら、見失ってしまうかもしれない。

北川は、「金王神社前」の交差点を渡った。すぐ側に神社があり、人通りが少なくなる。好都合だ。波田は歩調を速め、すぐに追いついた。気づいた北川が振り向く直前、後ろから首に腕を回す。そのまま耳元に口を寄せ、「動くな」と脅しをかけた。「銃を持ってる」と言うと、北川が突然笑い出した。

「波田君、馬鹿な真似はやめろ」

気づかれたか……波田は唇を噛んだ。ばれてしまっては、この先打つ手はない。だが北川は逃げ出す様子もなく、前を向いたまま「何がしたいんだ」と訊ねた。波田の右腕が首を絞めつけているので、くぐもった声しか出なかったが。

「話を聞きたい」

「いいよ」

北川が簡単に言ったので、波田は縛めを解いた。北川の二の腕を摑んで、神社の境内まで誘導した。人気《ひとけ》のない神社は、静かに話すのにいかにも適している。そして北川は、堂々としていた。どこが「小物」なんだよと思いながら、波田は前へ進んだ。

鳥居をくぐると、波田は彼を突き飛ばすようにして距離を置いた。振り返った北川が苦笑する。

「乱暴な男だな」

「あなたの方が乱暴でしょう……どういうことなのか話を聞かせてもらいますよ、小物さん」

北川の表情が、まったく突然に引き攣った。

# 第6章　小物たち

北川は逃げないだろう、と波田は確信していた。何というか……この人は、いきなり必死の形相で駆け出すようなタイプではない。逃げるならまずタクシーかハイヤーを摑まえて、「足」を確保しておくだろう。

もちろん神社の境内にタクシーはいない。故に彼は逃げない。簡単な推理だ。

一瞬顔を引き攣らせたものの、北川はすぐに、いつもの余裕ある態度に戻った。格子柄のいかにも高そうなスーツ……この柄は、テレビに出ている時に見たことがある。茶色いクラッチバッグは分厚く、中に何が入っているか想像すると、波田はうんざりした気分になった。この中が全部札束だったら……どこまでも逃げられるのではないか。

北川は自分から話し出そうとはせず、ひたすら波田の言葉を待っている。しかし波田も、適当な言葉を思いつかなかった。聞きたいことはいくらでもあったが、どこから始めていいのか分からない。待っている間にどうして質問内容を整理しておかなかったのだろう、と悔いる。

突然、北川が短く笑った。馬鹿にされたと思って波田は一歩詰め寄ったが、北川は微動だにしない。面白そうな表情を浮かべて波田の顔を見るだけだった。さすがにこの人の方が役者が上——そんな風に考えてはいけない。少しでも気持ちが負けたら、俺は終わりだ。

「何を聞いていいか、分からない様子だな」

波田は顎に力を入れて引き締めた。材料はある。北川の「別宅」から持ち出したリスト。それに由貴子が教えてくれたいくつかの情報。「小物」という言葉……北川は波田にとって、今でも大きな存在である。岩のように巨大で、動かない芯を持っている。それをぐらつかせ、最後にはひっくり返すだけの材料を自分は持っているのだろうか。多分大丈夫だ。「小物さん」と呼んだ時に、彼はわずかに反応したではないか。いかにもそう呼ばれるのが嫌なように。

しかし材料の出し方を間違えてはいけない。順番を間違えたら、それぞれの効果が無駄になってしまう。それは分かっているのだが……そもそも話をすべき順番が分からない。冷静にならなければいけないと思っていたが、つい激しい言葉が口をついて出た。

「あんたは、俺を売った」

「誰に」

素早い反論。言葉の選択を間違えたことに波田は気づいた。これまでの自分なら口ごもってしまう場面だが、今は怒りが激しく、反論はいくらでも出てきそうだ。何としてもこの男をやりこめないと――潰さないと我慢できない。その気持ちが、次の言葉を吐き出させた。

「あんたは俺を利用した」

「それは当然じゃないか」北川は平然としていた。「俺は君を契約社員として雇った。経営者が社員を利用するのは当然だろう……正確には『利用した』ではなく『使った』だけどな。言葉は大事だ。似たような言葉でも、チョイスを間違えるとまったく別の意味になる」

「能書きはどうでもいいんだ」滝のように流れ落ちる北川の言葉が鬱陶しい。

「君もずいぶん、口が悪くなったな」北川が肩をすくめる。

波田は必死で、自分の中に芽生えた暴力衝動と戦った。北川との距離は二メートルほど。彼は大きな桜の木を背にしており、簡単には逃げられない。それに体力的にも、自分の方が遥《はる》かに上回っている。

「あんたのところにいて、悪くなったのは口じゃない」

「ほう」

「人間そのものだ」

「俺が悪い影響を与えたとでも言いたそうだな」北川が声を上げて笑う。

「与えられましたよ。あんたは……悪党だ」

「悪党と言われるのは、悪い気分じゃないな」北川が自分を納得させるようにうなずいた。

「毒にも薬にもならない人間より、悪い奴の方が世の中に爪痕を残せる。生きた痕跡を残せない人間には、そもそも生きている価値はないだろう」

「社会的に悪いことをして、どうして開き直れるんですか」

「悪い、の意味が違うんじゃないかな……それより、座らないかね？　いつまでも立ち話を続けていると疲れる」

「座る場所なんかないでしょう」

「ああ、そうか」初めてそれに気づいたとでも言うように、北川がうなずいた。「神社だったな。しかし、少し楽になりたい……最近、腰の調子が悪くてね」

「警察から逃げて隠れてるからでしょう。ろくに運動もしなければ、腰だって痛くなるんですよ」

「単に年を取っただけだよ」

肩をすくめて、北川が狛犬《こまいぬ》の方に移動する。背中を預けて、ほっと一息ついた。波田は、彼が逃げ出さないよう、慎重に距離を測りながら移動した。

「逃げないから、心配はいらない。きちんと話をしないと、君は納得しないだろう」

「当たり前だ」波田は吐き捨てた。「俺は、自分の身を守らなくちゃいけない」

「結構だな」北川がうなずく。「誰にも頼らず、自分の力だけで世の中を渡っていく——男にとって、それが一番大事なことだ。そのためにはまず、身の安全を確保しないと」

「あんたは確保したんですか、小物さん」

「意味が分かってて言ってるのか？」北川の声が鋭く尖《とが》った。

「意味を知りたいんですか？」波田は即座にやり返した。今度は北川が黙ってしまう。やはりこの言葉は、彼にとってアキレス腱《けん》なのだと確信した。自分の力だけで世の中を渡る——そう言いながら、彼自身、実践できていない。

　小物だから。

　そう思ったが、波田は一時、「小物」を頭から追い出した。この言葉は、もっと決定的な場面で使わないと。しかし何をもって「決定的」になるのかが分からない。北川を破滅させたい——その一念は強かったが、どういう状況になったら北川が破滅するか、確信が持てないのだ。警察に逮捕される？　破産？　この場で殺される？　違うような気がする。その存在自体を完全に消し、人々の記憶からも消してしまうような破滅。

　そんなことが可能かどうかは分からない。

「あんたは、山養商事と組んでいた」

「ほう」

波田の指摘にも、北川はまったく堪《こた》える様子がなかった。まだ彼に傷一つつけていないのがショックだったが、波田は気にせず続けた。

「あんたの仕事……社会情報研究所の本当の仕事は、顧客リストを作ることだ。そのリストを、山養商事のように違法な商売をする連中に高く売り渡していた」

「それのどこが問題なのかな？」北川が平然とした口調で反論した。

「警察は、あんたたちを……逮捕しようとしている」少しだけ話をねじ曲げた。実際には警察も、容疑を固められていないのだから。

「俺がそれを知らないとでも思っていたか？」

「知ってて逃げ回ってるんですか」

皮肉を吐いたつもりだったが、またしても北川は軽い笑い声でそれを退けた。

「誰が好き好んで警察に絡もうとする？　意味がない」

「悪いことをしている意識がないんだったら、申し開きしたらいいじゃないか。堂々と。そういうの、あんたは得意だろう」

「そういう下らないことにエネルギーを使いたくない」

北川が肩をすくめ、クラッチバッグを開けた。まさか、銃でも出てくるのでは――一瞬反応が遅れた波田は、吐き気がこみ上げるほどの緊張を感じたが、北川は煙草を取り出しただけだった。金色のライターを使い、気取った仕草でゆっくりと火を点ける。

「こういうライターに興味はあるか」煙を吐き出しながら、北川が顔の前にライターを翳した。神社の中は既に暗く、街の光もほとんど入ってこないのに、何故か輝いて見える。

「煙草は吸わない」

「そういう意味じゃない。金があれば、こういう高い物がいくらでも手に入るということだ」

「人を騙して金を手に入れて、何が嬉しい？」

「嬉しいとか、そういう感情の問題じゃない」

北川が一瞬、顔を曇らせる。ダメージを与えたか、と波田は期待したが、実際には煙草の煙が目に染みただけのようだった。右手でゆっくりと目を擦ると、元の平然とした表情を取り戻す。

「生きていくのに金は必要だ」

「あんたは、テレビや講演の仕事で十分儲けてるでしょう」

「あれだって、人に使われるだけの仕事だ」北川が肩をすくめる。「馬鹿馬鹿しいと思わないか？　自分の時間を切り売りして金を貰うだけなら、サラリーマンと変わらない。誰かに使われるだけの人生、何が楽しい？　君はこれから、そういう人生を歩くつもりか?」

突然「人生」を持ち出され、波田は困惑した。この男にこんなことは言われたくない。所詮は悪人、しかも小悪党に過ぎないのだ。

「まあ……君にこんなことを言っても、まだ理解できないだろう。何しろ二十歳だからな」

「あんたにも二十歳の頃はあったでしょう」

北川が短い笑い声を上げる。

「あったな、確かに。その頃の俺はもう、自分の頭で考えて金儲けをしていたがね。君のように誰かに使われて、その対価として金を貰っていたわけじゃない」

波田は急に、顔が赤くなるのを感じた。すっかり日も暮れ、空気は冷たくなり始めているのに、体の芯が熱い。

「それがそんなに偉いことなんですか」

「負けそうになると開き直る、か……まだまだ若いな。それとも君は、元々その程度の人間なのか?」

波田は口をつぐんだ。やはり、言い合いになったら北川に勝てるわけがない。北川は目を細め、ゆっくりと煙草を味わっていた。逃げ回っている身のはずなのに、どことなく余裕が感じられる。

「まあ、君も馬鹿じゃないのは間違いないがね」

煙草を足元に投げ捨て、ゆっくりと靴底で踏み潰す。それでも消え残った火から、煙が細く立ち上った。北川がゆっくりと夜空を見上げる。暗く……はない。ここは故郷の岐阜とは違うのだ、と波田は改めて思い知った。東京では、夜が夜にならない。一晩中どこかで煌《きら》めくネオンサインのせいで、繁華街に近い場所では、夜空は黒くならないのだ。常に薄明かりが街を覆っている感じ。

「所詮、あんたの掌の中ですか」思わず自嘲的な台詞を吐いてしまう。

「君には見所があると思っていた。実際そうだった」

北川が新しい煙草に火を点ける。ずいぶん頻繁だ……北川は、必ずしもヘビースモーカーというわけではないはずで、こんな風に、立て続けに吸うのを見たことはなかった――かなり神経質になっている、と判断する。

「今さらそんなことを言われても」波田は吐き捨てたが、ライターの蓋を閉める北川の手がわずかに震えるのを見逃さなかった。やはり焦っている。何かを怖がっている。その対象が俺かどうかは分からないが……。

「名簿の件はひとまず置いておこう。君は仕事の面で、いろいろなアイディアを出してくれた。なかなか斬新なものもあったな。ああいうアイディアは、俺のような年寄りからは出てこない。若者ならではだ。それに今回……よく俺を見つけ出したな。どうやってここまで辿り着いた？」

波田は唇をきつく引き結んだ。それこそ、あらゆる能力を使って。伝《つて》を辿って。だがそんなことを説明すれば、北川が恨む人間が増える一方だ。

「言えないか……そうだろうな。ネタ元を守るのは大事なことだ」

「警察からの情報だと言ったら？」

「何だと？」北川の言葉が揺らぐ。

「あんたは、山養商事の件で、俺を悪者に仕立て上げようとした。俺が山養商事とつながって、名簿をあの会社に流していたと……そういうことにして、警察の疑いが俺に向かっているうちに逃亡しようとした」

「面白い説だ」

「俺に対する疑いは、もう晴れたんだよ。警察は今、俺を保護している」仮にもそんなことを考えている人間がいるとすれば、陽子ぐらいかもしれないが……彼女の本心は読めない。あくまで仕事、それも自分の専門でもない仕事で俺とかかわっただけなのだから。本当はどうでもいい、俺から連絡がいくのも面倒だと考えているだろう。

「俺も警察に協力してる。自分をはめた人間を何とかしたいからな。だから警察に先んじて、あんたを捜してたんだ。案外あっさり見つかった……あんた、かくれんぼうは苦手なんじゃないか」

北川の目尻が引き攣る。この手は使えそうだ、と波田は自信を持った。北川は、人から罵られることなどないのだろう――少なくとも長い間、そういう目には遭っていないはずだ。それが今、俺にからかわれ、我を失いかけている。怒らせればいい。そうすれば冷静な判断ができなくなるはずだ。

「お前、何がしたいんだ」波田を呼ぶのに、いつの間にか「君」から「お前」になっている。

「あんたを警察に引き渡す。そうすれば俺は、二度と警察に追われることはない。あんたが逮捕されるかどうかは知らないけど、警察は興味津々だ。山養商事の件の他にも、叩けばいろいろ出てくるんじゃないですか。あんたは小物だろうけど、悪いことはいろいろやってるはずだ」

「俺を小物と呼ぶな」

「どうして？　それは事実でしょう」

「ふざけるな！」

北川が怒鳴り、波田は驚いた――びくついたのではなく、北川が、自分の予想よりも取り乱したのが意外だったのだ。子どものようにはやし立ててやろうかと思う。それで逆上すれば――いや、違う。最終的な俺の目的は、この男を怒らせることではない。自分の身の安全を確保する、そのために何をしたらいいかはまだ分からなかった。少なくとも、ここで北川を怒らせるのはあまり得策ではないだろう。

「取り引きしませんか？」

「何だと？」北川が唇から煙草を引き抜いた。「俺と取り引き？　ずいぶん偉くなったもんだな。何を売ってくれるんだ。それとも買うのか？」

「買いたいですね」

「何を」

「俺の安全」

北川が目を見開き、波田の顔をまじまじと見た。すぐに顔を伏せて目を閉じると、疲れ切ったように首を横に振る。

「どうやって」

「それは、あんたの口から聞きたいですね」

「俺には、そんなことを提案する義務はない」

「俺は邪魔ですか」

二人の視線がぶつかり合った。北川の目が次第に細くなり、両手がだらりと体の脇に垂れる。

「俺は邪魔ですか」波田は繰り返し訊ねた。「俺がいると、何か不都合がありますか」

「逆に聞こうか」北川の声は、普段よりずっと低くなっていた。「君は、俺をどうしたいんだ」

「どうもしません」あっさりと嘘が飛び出す。「俺は、あんたとはかかわりのない人生を送りたいだけです。身の安全が確保できれば、それだけでいい。もう、俺にかかわらないで下さい」

「それだけで済むとは思えないがね」

「どういうことです？」今度は波田が目を細める番だった。拳をきつく握り、北川を睨みつける。

「君は粘り強い。頭もいい。俺は、人を過小評価しないんだ――有り体に言えば、君が怖い」

「まさか」波田は声を上げて笑った。しかし自分でもはっきり分かるほど、演技臭く、白けた笑いだった。

「君は諦めないと思う。俺を追い詰めるだろう」

「俺にそんな力はないですよ」

「君は、変わったよ」北川が急に溜息をついた。「最初は、まだ子どもだった。でも短い時間に急にしっかりしてきた。目つきも変わったしな」

「あんたが変えてくれたんでしょう」白から黒へ。波田は今、自分の中にある黒い物の存在を認めている。それが元々あったのか、北川に導かれて育ったものかは分からないが。

「何か握ってるな」北川の目つきが鋭くなる。「何をした？　何を調べた」

「さあ」

「何もなければ、俺を追いかけて来ないだろう。まさか、もうかかわり合いにならないでくれと頼むためだけに、俺を捜したんじゃないだろう」

「どうでしょうね」言葉を濁す。曖昧さが、北川を恐怖に追いこむことを願って。

「しかも、ずいぶん早かった」自分の言葉を噛み締めるようにうなずく。「これほど早く来るとは思わなかった」

「来る、とは思っていたんですか」

「来るというか、捜すだろうとは思っていた。ただ、もっと時間がかかるはずで、そのうちに俺は――」北川が耳の横で指先をくるくる回した。

「どこか遠くへ逃げていた」

「その計画に変わりはない」

「俺が何も言わなければ、ですね」

「おい」北川の顔が急に蒼褪める。「まさか、俺の居場所を警察に言ったんじゃないだろうな」

「言ったとしたら何なんですか」この時点で優位に立った、と波田は確信した。この男はやはり、警察を一番恐れている。逮捕されたら、今まで積み上げてきたものが全て崩れ落ちるだろう。しかし……そもそも全てが終わりなのではないか。北川は、メディアに顔を売ることで、有名になった。しかし今や、警察に追われる身である。逮捕はされないかもしれないが、疑惑に関する情報は広がるだろう。特にメディアは、そういう話に敏感なはずだ。週刊誌にあることないこと書かれ、テレビからは干され、講演の依頼もなくなる。当然、どの出版社も今後は執筆依頼を見送るに違いない。だったら、これからどうやって生きていくのか。収入の道がまったくない状態で――。

「あんたは、今までにいくら儲けたんですか」

波田の質問に、北川の表情がわずかに緩んだ。余裕を感じさせる笑みである。そんなに……と波田は思わず不快になった。彼の年齢で、これから一生働かなくて済むほど儲けたのだろうか。あるいは、波田が知らないだけで、また別の収入があるのかもしれないが。

「あんたは、何がやりたかったんですか」

「うん？」北川にしては珍しく、質問の意味がすぐには呑みこめない様子だった。

「変な仕事に手を出して、やばいことになると思わなかったんですか？　それを無視できるほど儲かったんですか？」

「それは、君が知る必要のないことだと思うがね」

「冗談じゃない。何も知らないで引き下がるわけにはいかないんだ」自分だけが闇に取り残されたような気分になるから。それでは、たとえ北川が消えても安心できない。

「好奇心は大事だ」北川が諭すように言った。「しかし、強過ぎる好奇心は身を滅ぼすぞ。人間は、世界の全てを知ることはできないんだから」

北川の目が不自然に動く。波田はふいに、背後に人の気配を感じた。まさか、研究所か山養商事の人間が張りこんでいたのでは……何もできないまま、固まってしまう。

空気が動いた。自分の周囲で素早く風が流れ、急に寒くなったように感じる。そこでようやく体が動いた。慌てて振り向いた瞬間、額に何かがぶつかる。重く、硬い物体――またかよ、とうんざりした記憶は残った。短い期間に、いったい何回殴られれば済むんだ。

冷たい痛みが頭に走った。頭蓋骨の中に氷水を詰めこまれた感じ。体が動かないのは……手足を縛られているからだと分かる。

何なんだ――パニックになりそうになって、波田は思いきりきつく目を閉じた。そうやって意識を集中させておいてから目を開けたが――見えない。慌てた。思わず叫びそうになった。目が潰されたのでは？　しかし、特に痛みはない。顔を締めつけられる感触から、目隠しをされているのが分かった。呼吸も苦しい。口が塞がれているので、鼻から吸う空気だけが頼りだ。そしてその空気は埃っぽい。

どこかに転がされているのが分かった。どこか……床ではない。少なくとも硬くはないのだ。そして絶え間ない細かい振動に加え、時々大きな揺れがくる。

車だ、と分かった。どうやら手足を縛られて、目隠し、猿ぐつわをされた上で、車の後部座席に押しこめられているらしい。これじゃどうしようもない。手足を動かしてみたが、縛めは強力で、びくともしなかった。手首の方が特にひどく、指先の感覚が消えかけている。指先同士をくっつけてみたが、冷たい、としか分からない。血が通っていないのだ。

何とか体を起こしてみようと思ったが、自由が利かない。肘を上手く使って……よし、何とかなりそうだ。腰を少しずらして、バランスを取って……何とか上体が起きそうになった瞬間、ブレーキがかかってバランスを崩してしまう。シートにではなく、床――前のシートとの隙間にはまりこんでしまった。

「おいおい、大人しくしてろよ」

この声は……聞き覚えがある。

鶴巻。

途端に波田は、怒りが噴き上がるのを感じた。この男は……結局はチンピラだ。人の手先として使われているだけなのだ。自分の意思などないに違いない。ただただ、北川の言うがままに――こんな男に生きている価値はない。必ず痛い目に遭わせてやると誓ったが、この状態ではどうしようもない。自分の情けなさが身に染みるだけだった。

床からは、湿った臭いが立ち上ってくる。しかもシートの下の固い部分が肩にぶつかって痛い。何かの拍子に激しくぶつけたら、また怪我してしまうだろう――そう、頭の怪我は、今も激しく痛みを訴えている。大きく腫れ上がっている感じがするし、出血もしているかもしれない。意識がはっきりしているのはいいことだが、そのせいで痛みが強く感じられるのはたまらない。

とにかく今は、大人しくしていよう。そう考え、目隠しの奥で目を閉じた。そうすると、細かい車の振動が眠気を呼ぶ。いや、眠ってはいけない。寝たらそれでおしまいだ、という気がしていた。

どこかで、何か呼び出し音がする。電子音……電話？　まさか。車の中だぞ。ほどなく、鶴巻の声が聞こえてきた。

「はい……はい、今車です。ええ、予定通りですが……え？　そうなんですか？」言葉を切り、相手の指示に耳を傾けている様子だった。「はあ、分かりました。でも、いいんですか？」納得していない口調。「ええ……はい。それでは、そっちへ向かいます。十五分ぐらいかと思いますが。はい、分かりました」

かちり、と音がした。受話器を置いたような音……自動車電話だ、と分かった。前に一度、北川のお供でハイヤーに乗った時に見たことがある。北川は使わなかったので、どんなものかは分からなかったが。

「お前、ついてるな」

何が、と喉の奥で呻《うめ》く。当然声にはならない。声に出しても、とても鶴巻には聞こえないだろうが。

「まあ、俺はお前のことなんか、どうでもいいけどな……変なことにならないで済むかもしれないぜ」

変なことって何なんだ？　まさか、俺を殺そうとしていた？　たぶん、そうだ。両手両足を縛ったまま海に放りこめば、それで終わり。鶴巻が知っているかどうかは分からないが、そもそも泳げないし。

しかし、鶴巻がそんな乱暴なことをするタイプとは思えない。しばらくつき合っていたのだから、凶暴な素顔があれば絶対に気づいたはずである。それとも自分が鈍かっただけなのか。

所詮ガキ。世間のことを何も知らない間抜けな奴。

思い切り歯を食いしばる。猿ぐつわをかまされた状態なので上手くいかないが、それでも歯が痛いほど軋《きし》むのは分かった。このまま悔しさと怒りで、歯が折れるまで噛み締めてしまうかもしれない。

それでもいい。

どうせ俺は殺される。歯なんかなくても関係ないんだ。

また電話が鳴った。

「はい」受話器に向かって喋る鶴巻の口調は明らかに苛立っている。「ああ……分かってるよ。しょうがねえだろう、仕事なんだから」舌打ち。床に転がっていても聞こえるぐらいだから、かなりはっきりした舌打ちで、相手の耳にも届いたに違いない。ということは、かなり下の立場の人間だな、と波田は想像した。想像しても何にもならないのに。「ああ、終わったら連絡するから。それより、ここに電話するなって、何度も言っただろう。お前、馬鹿か？　こんなことしてると置いてくからな」

研究所の人間だろうか、と訝った……いや、違う。自分が入るまでは、彼が最年少だったのだ。こんな口の利き方ができる相手はいないはずである。だったらプライベートな電話だろうか……女、と読んだ。鶴巻はだらしない人間で、特に女関係はひどいものだ。陽子にも軽い調子で声をかけていたし。どの相手か分かったものじゃないな、と皮肉に考える。

しかし一つだけ想像できることがある。

鶴巻は、今電話で話していた女に対しては「本気」なのだろう。「置いてく」――鶴巻はどこかへ逃げようとしている。たぶん、女と一緒に。女の方は、不安で仕方ないのではないだろうか。だから、自動車にまで電話をかけてきて、「どうなっているの」としつこく迫る。鶴巻にすれば、今は女と話などしたくない気分のはずだ。何しろ、これから人を殺そうとしているのだから。

車が停まった——信号かと思ったが、すぐにドアが開く。冷たい夜風が車内に入りこんで、波田は一息ついた。風の感触にまで喜ぶようになるなんて、情けない限りだ……人間の望みは、どんどん低くなる。

いきなり肩を摑まれた。その拍子に額の痛みをまたはっきり意識させられる。悲鳴を上げようとしたが、声は自分の喉の奥に止まるだけだった。声を出せないことがこんなに辛いとは。

「ほら、さっさと出ろよ」

鶴巻の声が苛立つ。波田は体の力を抜いた。非抵抗による抵抗。血の入ったずだ袋のような体を動かすのは大変なはずだ。しかし所詮、こちらは自由を奪われた身である。最後は相手の意思に従って動かざるを得ない。しかもドアフレームに頭を思い切りぶつけ、見えない視界の中で星が散って気が遠くなった。生温かい感触があり、血が流れ出したのが分かる。何回頭をぶつけた——殴られたことか。仮に無事にこの難局を抜け出せても、殴られ続けた後遺症が出て、何年か後に死ぬかもしれない。

そう考えると、ますます体から力が抜けてしまう。鶴巻は波田のブルゾンの襟を引っ張り、強引に車から引きずり出した。ブルゾンが思い切り引っ張られ、どこかが破れる音がする。クソ、今は身を守るためにもこのブルゾンが頼りなのに。

横向きのまま、地面に転がされた。これは……下は土ではない。アスファルト？　いや、コンクリートだろうか。硬い感触が、自分の体重がかかる肩を痛めつける。

「早く立てよ」

鶴巻が、足首の縛めを外し、強引に襟首を摑んで立たせる。これ以上破れたら……見栄を張っている場合ではないと思ったが、抵抗する気持ちはまだ萎えていない。背中の方で、派手に服が破れる音が聞こえた。最後は首根っこを摑まれ、立ち上がらざるを得なくなる。この男、こんなに力が強かっただろうか。ただの優男《やさおとこ》だと思っていたのに。

仕方なく、波田は立ち上がった。しかし膝立ちしたところで、早くも力が抜けてしまう。頭を殴られただけではないのでは……ようやく立ち上がったが、膝ががくがく震えて、今にもくずおれてしまいそうだった。

「さっさと歩けよ。面倒かけるな」

鶴巻が背中に平手を叩きつける。その勢いで思わずよろけ、また倒れそうになった。

震える膝で何とか耐えきり、一歩を踏み出す。

「そうそう、それでいい」鶴巻が機嫌良さそうに言った。

ふざけるな、と波田は猿ぐつわの下で呻いた。もちろん、鶴巻には聞こえないはずだが……視界が閉ざされているので、どうしても歩くスピードは遅くなる。のろのろ歩いていると、鶴巻に腕を摑まれ、そのまま、強引に引っ張られて行く。一度何かにつまずいて転びそうになったが、鶴巻は歩みを止めなかった。何とかペースを摑み、足運びもしっかりしてきたが、いったいどこまで連れて行くつもりなのかと不安は募るばかりだった。

ドアが開く気配。家に——建物に入ったようだった。

「靴、脱げよ」

勝手にしろ。波田は履いていたスニーカーの踵《かかと》を潰すようにして脱いだ。このワンスター、結構高かったんだけど……こんな乱暴な扱いを受けるべきスニーカーではない。

「よし、玄関に上がるからな。そう、足を上げて」

何だか介護されているような気分になってきた。しかし、脛《すね》でもぶつけたら馬鹿馬鹿しい。波田は思い切り右足を上げ、ゆっくり下ろした。着地。高さは三十センチほどだろうか。

「そのまま歩け。少し真っ直ぐだ」

鶴巻はいつの間にか、波田の腕を放していた。廊下、だろうか。コンクリートやアスファルトとは違う硬さが足下にあった。一歩歩く度にかすかに軋むのは、木の廊下だからだろう。

「よし、左だ」

言われるまま、左を向く。しかし体のあちこちが痛み、方向転換するだけで一苦労だった。それでも何とか体を九十度回転させると、目の前でドアが開く気配がした。暖かい空気が流れ出して、すっと頬を撫でる。今までのひどい環境を考えると、天国のようだった。かすかな香ばしい香りは、煙草ではなく葉巻か何かだろうか。

いきなり視界が戻ってきた。何が何だか分からず目を瞬《しばた》かせたが、すぐに鶴巻が背後から目隠しを外したのだと分かる。手も自由になり、続いて猿ぐつわもなくなった。久しぶりに自由に呼吸ができるようになって、波田は思い切り空気を吸いこんだ。こんな当たり前のことが嬉し過ぎて、涙が出そうになる。

だが今は、泣いている場合ではない。波田は今の自分にできうる限りのスピードで振り向くと、鶴巻を睨みつけた。鶴巻は既に廊下の反対側、波田の手が届かないところまで引いていた。両手を上げて波田の方に突き出すようにし、にやにや笑っている。

「おっと、俺は関係ないからな」

「何が」久しぶり――どれぐらい久しぶりかは分からなかったが――に発した言葉は掠《かす》れ、弱々しかった。

「俺は言われた通りにやっただけだから」

「俺を殺すつもりか」

「今はない。今は」

　嫌らしい口調で「今」を二回繰り返した。この男はやはり空っぽか？　波田は奇妙な感覚にとらわれた。「言われた通りにやった」。だったら、「殺せ」と命じられればそれに従うのか。そんなことは、心がある人間だったら簡単にはできない。この男は、北川と仕事をする中で、どこかに心を置き忘れてしまったのかもしれないが。

「入れよ」

「ここは？」

「俺が言うことじゃない」

　波田は百八十度体の向きを変え、鶴巻と正面から向き合った。拳を握り締めて一歩踏み出すと、鶴巻がにやりと笑う。

「お前、ぼろぼろだぞ」

「分かってる」波田は大きく深呼吸した。今この男をぶちのめしても何にもならないだろうし、そもそも今の自分にそんな体力が残っているとは思えなかった。両手から力を抜き、拳を広げる。ついでにちらりと左腕を見た。腕時計は無事。八時……北川と対決してから、二時間も経っていない。しかし、ここはどこなのだろう。渋谷から車で二時間というと、相当遠くまで来てしまったのではないか。しかしこの家の中には、場所のヒントはなさそうだ。

波田は、室内に視線を向けた。普通の部屋……和室のようだ。そして相当広い。

「入れよ」鶴巻が背中から声をかけてきた。

「入れって言われて、素直に入ると思うか？」

「入らないと、お前、殺されるよ」

「誰に？　あんたに？」

「そんなこと、言えるか」鶴巻が吐き捨てる。「とにかく俺の仕事は、お前をここへ連れて来ることだ。もう終わりだから、さっさと部屋に入れ」

「そうしたらあんたは帰れるのか？」

「帰るというか、消える」

「このまま逃げ回って、無事に生きて行けると思ってるのか？　次はあんただよ」波田は首だけ回して鶴巻の顔を見た。馬鹿にしたような笑みを浮かべているつもりなのだろうが、明らかに表情は引き攣っている。所詮こいつも、小物だ。北川も小物だが、それよりずっと小さい。虫けら同様の人間だ。

波田は部屋に一歩を踏み入れた。すぐに背後でドアが閉まる。閉じこめられる恐怖を味わった。

畳の感触が足裏に心地好いこの部屋は、何となく旅館の一室のような感じがした。手前ががらんとした六畳間。奥に同じ広さの部屋が続いている。そちらには応接セットが置いてあり、正面に男が一人、座っていた。太い葉巻をふかしているせいで周辺が霞み、表情ははっきりとは見えない。ただ、太った男だということは分かった。スリーピースで背広の前を開けているのだが、ベストのボタンははち切れそうだった。下腹が出ているというより、太鼓腹。腹全体が丸いのだろう。葉巻の強い香りに負けないほど、整髪料の臭いがきつい。ポマードか何かだろうが、あれはつけている本人も気持ち悪くならないものだろうか。

波田はゆっくりと歩み寄り始めた。一歩一歩が重い。

「座りなさい」

促され、波田は男の前のソファに腰を沈めた。体のあちこちが痛むので、どうしても慎重にならざるを得ない。呻き声をこらえるだけで精一杯だった。しかし、ゆっくり座ったが故に、男をしっかり観察する時間ができた。

民自党の梅木《うめき》じゃないか。

波田は、テレビや新聞のニュースをよくチェックする方だ。そして梅木は強烈な印象を残す男なので、記憶に残っている。押し出しがいい、でっぷりと太った体型。存在感のある丸い大きな顔。いつもポマードできっちりとオールバックにした髪は、押さえ過ぎているせいか、頭蓋骨の形がくっきり浮き出てしまっている。

一言で言えば、政治家のイメージを戯画化したような男だった。そして、北川の「上司か親分」。そう言っていたのは由貴子である。「いつも北川さんが平身低頭していた相手がいる」「北川さんがそんな風にする相手は他にいない」。なるほど……ここでつながったわけか。

今の肩書きは——確か、党の政調会長。それが何をする仕事なのかは分からないが、とにかく「偉い人」なのは間違いない。波田がこれまでの人生で出会った中で、一番「偉い人」だろう。相手の言葉を待ちながら、必死でこの状況を理解しようとした。北川は、あちこちとつながりがあるはずで、政治家に知り合いがいてもおかしくない。だが北川は「小物」——目の前で葉巻をふかしている梅木こそが本当の「大物」かもしれない。

「波田憲司君」

波田は返事をしなかった。どうせ分かっていることで、確認するまでもない。梅木も、波田が答えないことを何とも思っていない様子だった。

「君は、かなり優秀だと思う」

「どうも」何も言わないつもりだったが、つい言葉が口をついて出てしまった。しかも望みもしない、媚びるような口調で。

「北川が、いろいろ迷惑をかけたようだな」

「あなたと北川は、どういう関係なんですか」

無言。梅木は葉巻をガラス製の巨大な灰皿に置き、傍らにあったグラスを取り上げた。薄茶色の液体。グラスを回すと、液体がかすかに内側に張りつき、ぬめぬめとした印象を与える。ウイスキーだ——それもかなり上等の。梅木はグラスを傾け、中身を一口呑んだ。表情はまったく変わらない。既に相当アルコールが入っているかもしれないが、その影響は感じられなかった。

「君のことは、私は与り知らない」

「北川がやっていたことも、全然知らないって言うんでしょう。あなたと北川はどういう関係なんですか？　北川が、あなたに金を貢いでいたんですか？」

「ああ、そういう想像力の乏しい話はやめなさい」梅木が顔の前で手を振った。「政治家が常に金に汚くて、悪いことばかりやっていると思ったら大間違いだ。金が必要なのは、天下国家のために使うからだよ」

「つまり、北川からあなたに金が流れていたのは確かなんですね」

梅木が、小さな目を一杯に見開いた。その目つきには、どうしても邪悪な物を感じてしまう。余計なことを言うな、と波田は自分を戒めた。どうしても口答えしてしまうのだが、ここでの不用意な一言は、俺の命を短くしてしまうかもしれない。

「君は、話で聞いていたより鋭いな。それにしつこい」

「自分ではそうは思いませんが」

「北川も、こんなことにならなければ、いい助手を手に入れられたかもしれないのに。もしかしたら、君があの男の後継者になっていたんじゃないか」

「俺は、あんな小物になることに魅力は感じません」

梅木が一瞬沈黙し、次の瞬間には笑いを爆発させた。咳きこみ、それを抑えるためにウイスキーを一口呑む。小さな吐息を漏らしてグラスをテーブルに戻し、また葉巻を取り上げた。彼の親指よりずっと太い葉巻は、癖の強い香りを放っている。そのうち頭が痛くなりそうだ。

「北川とのつき合いは長い。あいつが学生時代からだから、かれこれ二十年以上になる」問わず語りに梅木が話し出した。「あいつには、金儲けの才能があった。音楽で金を儲けた話は聞いただろう？」

「ええ」

「金儲けだけなら誰でもできるが、あいつにはもっと大きな野心があった。それを私に話したことはなかったがな、私には分かっていた。野心がない人間は、政治家に近づいてこないからな」

二十年ほど前、梅木は既に政治の世界にいたわけか……今、何歳だろう？　六十歳？　七十歳？　政治家は独特の貫禄《かんろく》のせいで、実年齢よりも老けて見えるのかもしれない。いずれにせよ、二十年前の梅木は、政治家としてはまだ駆け出し、あるいは「少壮」という感じだっただろう。

「何のために近づいてきたんですか」

「私を金で買おうとしたんだよ」梅木が腹の底から響くような低い笑い声を上げた。「まあ、もちろんそんな露骨な話ではないがね……『先生を尊敬しております。政治活動を支えるために、微力ながら応援させていただきたい』。覚えておくといいよ。政治献金っていうのは、こういうわざとらしい曖昧な台詞から始まるんだ」

「俺は、政治になんか興味はありませんから。政治家に金を渡すつもりもない」

「そうか？　君は案外政治家に向いてると思うが」

「どこがですか」白けた気分で、波田は吐き捨てた。冗談じゃない。この男は何が言いたいんだ？　俺を殺そうとした癖に。

「君は口が上手い。人に喋らせる方法を、生まれた時から身につけているようだな。そういう才能は貴重だ」

「それが才能なら、政治なんていう下らない世界で浪費する気はないです」

「そういう気の強さもいいんだがねえ」梅木が、残念そうに言った。演技に見えないのは、政治家はいつも演技ばかりして、本音を腹の底に封じこめているからか。

「そんなことはどうでもいいです。それより、俺に何の用事なんですか」

「君は、北川をどうしたいんだね」

「どうって……」殺してやりたい。それができなくても、とにかく痛い目に遭わせてやりたい。二度と俺を利用しようなどと思わないように……しかし、物理的な暴力がすべてを解決するとは思えなかった。だが死なない限り、北川は報復を考えるかもしれない。暴力と暴力のぶつかり合いは、永遠の負の連鎖を生むだけだ。それこそどちらかが死ぬまで続く。そしてこの戦いは、自分が圧倒的に不利である。北川には金があり、人脈も——裏の人脈もあるだろう。そして梅木のような政治家とまでつながっている。まともに勝負して勝てる相手ではない——いくら小物だと言っても。

波田は顔をしっかりと上げた。また頭が内側から痛んだが、一瞬きつく目を瞑って、何とか耐える。

「俺を殺すように指示したのは、あなたですか」

「まさか」梅木が笑った。「政治家が——民自党の政調会長が、そんな物騒なことを言うわけがない」

「だったら俺を殺そうとしたのは、北川の独断ですか？　あなたはどこで絡んでくるんですか」

「君ね、威勢がいいのは若い証拠だと思うが、少し言葉を慎みなさい」説教するように言ったが、梅木の台詞は本気とは思えなかった。「私が君を助けたんだよ」

「取り敢えずは、でしょう？」波田はようやく、つながりが読めてきた。俺を始末しようとしたのは、北川の個人的な判断だろう。俺は間違いなく、今後も北川にとっては邪魔な人間になる。そして梅木にまで攻撃の手が伸びたら申し訳ない——そう考えたのだろう。だがその報告を受けた梅木は、「そこまでする必要はない」と止めた。

だったら、路上に放り出してしまえばよかったのに。俺も「小物」なんだ。何も、梅木が自ら面会するような人間じゃない。

「北川は、名簿ビジネスをしていました。俺たちを使って……企業のアンケート調査と称して個人のデータを集め、それを違法な商売をする連中にも流していたんです」

「そのようだね。もちろん、私がそんな細かい話には関係ない、ということは君には分かっているはずだが」

一瞬むっとしたが、それは当然だろうと思い直す。一石二鳥、二重に儲かるビジネスと言えるが、わざわざ梅木がそんな知恵を出すとは思えなかった。これは、北川が梅木に金を渡すために考えたビジネスなのだろう。だが、どうしてそんなことまでして、梅木に金を渡さなければならない？　保護してもらうため？　意味が分からなくなってくる。

「北川は、自分のビジネスを守ろうとしたんですか？　いや、つまり、あなたに守ってもらおうとした？　そのために政治献金もしていたんですか」

「仮に私が、北川を守っていたとしたら、どうなっていたかな」

「それは」この言い方は「守っていない」を意味しているのだ、と気づいた。梅木は、捜査関係者にも影響力を持っているだろう。本気だったら、北川に捜査の手が伸びることはなかったはずだ。

「私は、警察や検察の活動は尊重するよ。彼らが日本の治安を守っているんだから」

本音とは思えなかったが、波田はうなずいた。どんどん喋らせよう。そのうち、無意識のうちに本音が漏れるかもしれない。

「だったら北川は、あなたには何も告げずに、ああいうビジネスをやっていたんですか」

「私は、人の商売のやり方に首を突っこんだりしない。基本的に、経済活動は自由だからね」

「それで、金だけ受け取って」

無言で梅木が肩をすくめる。この芝居染みた態度には、早くも嫌気がさしてきた。しかし何とか怒りを腹の底に押しこめる。

「北川は、最初から俺を犠牲にするつもりだったんでしょうか」

「そんなことはないだろう。優秀な男が手に入ったと言って喜んでいたからな。それが、途中からおかしくなったんじゃないか。北川にしても、自分が捜査の対象になるとは思っていなかったはずだ。時間稼ぎをするためには、誰かを犠牲にするしかなかった。それが——」

「俺ですか」人の商売に首を突っこまないと言っている割にはよく知っている。政治家が二枚舌——正確にはこういうところで使う言葉ではないと思うが——というのは本当なのだ、と波田は呆れた。

「最初からそう決めていたわけではない。北川も焦ったんだろう。君は、彼らが時間稼ぎをするために利用されただけなんだ。だから、許してやってくれないか」

波田は唖然として口を開けた。許す？　冗談じゃない。一度はめられた人間は、必ずまたいいカモになる。北川は地下に潜るつもりかもしれないが、再浮上を狙う時に、再び俺を利用しないとは限らない。そしてそのタイミングで、それが「罠《わな》」だと気づけるかどうかは分からないのだ。

「どうして許さなければいけないんですか」

「下らない面子《メンツ》にこだわらないのが、上手く生きていくためのコツなんだよ」梅木が姿勢を崩し、膝に肘を置いた。斜めに体が流れるような格好になる。「面子なんてものは、いつでも取り返せる。そこにこだわっていたら、本当に大事な物を見失うぞ」

「大事な物って何ですか。金ですか」

「金を生むための材料、だな」

「それは——」

「自分で考えるんだな」梅木が機先を制して言った。「それを教えるには、授業料を払ってもらわないといけない」

何が授業料だ。ふざけるな——またも怒りが沸騰してくるのを感じたが、突き抜けるほどにはならなかった。頭に巣食う痛みが邪魔をする。俺は怒ることさえできないのか、と別種の怒りがこみ上げてきた。

その瞬間、別の考えが頭に入りこんでくる。考えというか、情報……どこかで見た何かが、早く外へ出してくれと叫んでいた。

「——君は、これからどうしたい？　どうありたい？」

「まず、身の安全が確保できていないと、何もできません」

「北川が——」

「俺を殺そうとしたのは北川ですか？　あの男が指示したんですか」

「少なくとも、私は関与していない」

「あいつらは、何なんですか？　北川社会情報研究所の連中は、本当は何者なんですか。ヤクザ？」

「北川は、そういう連中とは関係がないはずだな。私が知る限りでは」

「俺を襲って拉致するような人間が、まともな奴らだとは思えない」

「まったく、なあ」

　同意して深くうなずき、梅木が葉巻を吹かした。この臭いは……本当にきつい。本人はどうしてこんな臭いに耐えられるのだろう。波田が顔の前で大袈裟に手を振ると、梅木が「意外だ」とでも言いたげに右目だけを細める。

「あの人たちは、これからどうするつもりなんですか？　警察に追われているんですよ」

「自分たちの身ぐらい、自分で守れるだろう」

「もしかしたら、俺が警察と通じていると疑っているんですか」

「本当のところはどうなんだ？」梅木が身を乗り出す。

「さあ」通じていると言っていいのかどうか。すぐに話ができる人間は陽子ぐらいのものである。しかし彼女の方では、積極的に自分と絡みたい様子ではない。

「北川も、警察とかかわり合いになるのは避けたいだろうな」

「避けて、逃げて、これからどうするんですか？　北川は、今までのようにテレビに出たり、講演活動で金を稼いだりはできなくなりますよ。それとも、もうそんなことをする必要がないぐらい稼いだんですか？」

「何も日本だけが、国じゃない」

「海外脱出ですか」偽のパスポートでも使って？　いや、今は堂々と出て行けるのだ、と波田は気づいた。警察は確かに、北川社会情報研究所を胡散臭い存在として調べていたが、今のところ事件にできるような容疑はないはずだ。容疑をかけられていない人間がどこへ行こうとしても、止める理由などない。

俺は北川に追いつけないのだ、と悟った。

「北川は、また俺を狙いますか」

「それはない。そもそもそんなことをする意味はないだろうな」梅木が肩をすくめる。

「あの男は俺を殺そうとした――それをあなたが止めてくれたんですか」

「そう思ってくれてもいい」

「どうして」

「どうしてだろうな」梅木が分厚い唇に触れる。葉巻の滓《かす》が気になる様子だった。しばらく指先を見詰めていたが、やがて人差し指と親指を擦り合わせて滓を床に落とす。ゆっくりと顔を上げて、波田の目を見た。「気分が悪いからかもしれない」

「俺が殺されると?」

「私が知らないところで何が起きても、私は気にしない。しかし、たまたま知ってしまったら、そうはいかないんだ。私は何も悪いことをしていないが、知っていて黙っているのは性に合わないんでね。北川にはきつく言っておく」

これで俺は助かるのか? もう命の心配をしないで済む? いや、そんな簡単なことではないだろう。北川が「小物」なら、あの男を手下に置いていた梅木こそが「大物」

だ。文字通りの。民自党政調会長は、日本に一人しかいない。指先を一センチ動かすだけで、この世のほとんど全てをコントロールできるはずだ。

俺なんか、虫以下の存在だろう。

「北川にとって、日本は狭過ぎるんだろう」梅木が葉巻を灰皿に置いた。「あいつは、海外でやりたいことがあるようだ。そのために資金を稼いでいたんだな。もう、日本には用がないだろう。二度と戻って来ないかもしれない」

「どこへ行くんですか」

「それは、君が知る必要のないことだ」

「心配性なので」

梅木が声を上げて笑った——が、目は真剣だった。

「自分ではどうしようもないことを気にしていると、長生きできないぞ」

「だらだらと長生きして、何の意味があるんですか」

「年寄りに向かってそんなことを言うもんじゃない」梅木が面白そうに言った。「君は——どうするつもりだ？　太く短く生きるつもりか」

「太く長く、です」そんなことが可能かどうか分からなかったが。

「そのために、どうしたらいいのか分かっているのか？　人の上に立たなくてはいけない。どうやったら人の上に立てると思う？」

「あなたのように、政治家になることですか」

「そうかもしれない。神経をすり減らしてな」

波田は首を横に振った。目の前にいるこの男が、神経をすり減らしてきたとは思えない。突然、梅木がゆっくりとベストのボタンを外し始めた。全部外すと、今度はシャツにかかる。何事かと波田が緊張して見守っているうちに、梅木はワイシャツをはだけた。腹──胃の辺りに太く白い傷痕がある。明らかに手術の痕だった。

「大昔に胃潰瘍をやってな。切られた」

「それは、どうして──」

「医者いわく、ストレスだそうだ。昔は切るしかなかった」

そういう手術を受けた割には太ってますね──波田は皮肉を呑みこんだ。いかにも堂々として、俺を食ってしまいそうなこの男が、胃潰瘍になるほどストレスを溜めこんでいたとは信じられない。

梅木はゆっくりとシャツのボタンをとめ始めた。本音が読めないが、何となくこの男は会う人全員に自分の傷を見せているのではないか、と思った。こうやって過去を明かすことで、一気に相手との距離を縮めようとするように。しかし波田は、目の前の男がどんどん遠くへ行ってしまうように感じていた。所詮、自分とは住む世界が違う男である。

「太く長く生きられる人間など、いない」

「俺はそうします」

「空威張りだな」梅木が鼻で笑った。「君はまだ世間知らずだ。経験が足りない」

「そんなもの、いくらでも——」

「経験を積むにはどうしたらいいと思う?」

「それは……」波田は言葉に詰まった。

「誰かに教えてもらわなければ駄目だ。北川はいい先生役だっただろうが、君を捨て駒として使おうとしたからな。そこがあいつの間違いだ。そんな風に人の恨みを買ってはいけない」

「何が言いたいんですか」

「私の下で働いたらどうだ。君には見込みがある」

何なんだ、いったい……波田はかすかな目眩を感じた。北川を見つけて、責任を取らせてやろうと迫っていたら鶴巻に襲われ、殺されそうになったところを梅木に助けられて、何故か新しい仕事を提示されている。政治家の秘書? 俺が? この話が、この先どう転がって行くか、まったく想像もできない。

「秘書をやれって言うんですか」訊ねる声は情けなくかすれてしまった。

「肩書きは何でもいい。少し、私の下で修業すれば、勉強になるぞ」

「意味が分かりません」

「そんなに難しく考える必要はない」

波田は首を横に振った。そう言われると、ますます分からなくなってくる。だが、梅木の顔を見ているうちに分かってきた。

力のある人は、何故力を持つようになったのか。

汚れ仕事を厭《いと》わないからだ。北川もそうやって金を儲け、日本を飛び出す資金を得た。梅木だって、陰ではいろいろやっているだろう。だがある程度の地位を手に入れると、当然自ら手を汚すことなどしなくなるはずだ。代わりに、いくらでも替えのいる若い人間を泥濘《ぬかるみ》に突っこむ。

要するにこの男も、俺を北川と同じ目で見ている。二度とこんな目に遭うつもりはないのに……しかし、「ノー」と言えばまた面倒なことになりそうな気がする。俺は、北川について多くを——恐らく警察も知らないことを知り過ぎた。だからこそあの男は俺を殺そうとしたのだろうが、梅木がいつそんな気持ちになるか、あるいはならないか、今の段階では予想しようもない。しかもこの男も、自ら手を汚すことはしない。北川は俺を始末するよう、直接鶴巻に指示したかもしれないが、梅木の場合は、一言も言わないだろう。ただ周りの人間が忖度《そんたく》して勝手に動くだけだ。梅木は、俺が死んだことすら知らず、日々同じような生活を続けていくだろう。

冗談じゃない。

この男とかかわり合いになるつもりはない。権力を持っている分、北川よりもずっと危険だろう。

「できません」

「君はもっと、自信があるタイプだと思ったが」梅木が面白そうに言った。

「自信はあります。ただ、あなたの下でやっていける自信はない」弱気にそう言った瞬間、波田は先ほど頭に忍びこんできた「何か」の正体に気づいた。

「ほう」梅木が葉巻を取り上げる。火は消えてしまっており、何か特殊なライターでまた火を点けた。少しだけ慣れてきた煙の臭いが部屋に充満する。「君ならやれると思うが」

「弱みを握った相手の下で仕事はできません」

「弱み」葉巻の煙をすかして、梅木が波田を見詰めた。「君が私の弱みを握った?」

本当に「弱み」なのかどうかは分からない。だが、ここははったりだ。自分の言葉に賭けることにする。

「俺は、ある資料を持っています。北川の極秘資料です」

「ほう」それを明かされても、梅木はむしろ嬉しそうだった。「やはり君は、できる人間だな。只《ただ》では済まさないということか」

「自分の身を守るためです」

「その資料とは？」

「あなたは知らない資料ではないかと思います。まさに、北川の仕事の中核にかかわるものですから。でもその中に、あなたの名前がある」

「何だと？」

梅木の表情が一変し、波田は痛いところを衝いたと確信した。指先から立ち上る葉巻の煙が、不規則に揺れている。

「それがどういう資料かというと……」波田は頭の中で、北川のフロッピーから抜き出したデータを再構築した。「北川がどこで個人情報を調べて、どこへ売ったかが分かります。その中に、あなたの名前があった」

分かりにくい略称――「UM」。最初見た時は分からなかったが、今では確信している。「梅木」の名前は「勝《まさる》」だ。

「あなたに現金が渡っていますね。俺が知っているだけで、一千万円」

「献金の話はしたんじゃないかな？　もちろん、正当な政治献金だ」

「この一千万円は、きちんと記録に残っていて、公表できるものなんですか？　他にも、記録に残らない物がありますね」

「そんなもの、私が一々覚えているわけがない」

梅木が笑い飛ばしたが、目はまったく笑っていない。間違いなく簿外の金だ、と確信した。

「だったら、会計の担当者にでも聞いてみて下さい。裏金だったんじゃないですか？

一千万円は多いですよね。裏金じゃなくて、上納金とでも言うべきですか？」

「やめろ！」梅木が立ち上がる。勢いで葉巻の灰がテーブルに零れた。

「どうして」

波田はわざと低い、だらしない姿勢を取って梅木を見上げた。何故か「見下ろされている」感じはしない。梅木は両手を拳に握り、震わせている。右手に持った葉巻が潰れ、指に火が触れそうだった。

「表沙汰になったらまずい金なんでしょう？　北川も馬鹿ですよね。そんなことをわざわざ記録に残しておくなんて」

「私は知らない！」

「俺は知ってます。その資料は俺が持ってます」

「それを買おう。金はいくらあってもいいもんだぞ」

「ばれたら大変な金なんですね」

「政治家は……」梅木の胸がぐっと膨らむ。演説でもぶつかと思ったら、結局そのまま口をつぐんでしまった。力なくソファに腰を下ろし、葉巻に目をやると、灰皿に押しつけた。「悪党だな、君は」

「あなたほどじゃない。北川にも及ばないでしょうね」

「どうするつもりだ」

「資料は、絶対安全な場所に隠してあります。俺に何かあったら、警察やマスコミに行くように手配してありますから、俺に手を出すと危険ですよ」

平然と嘘が出てくる。確かに資料はホテルのフロントに預けた。今のところ、一番安全な隠し場所だろう。しかし、いざという時にそれが出回るような手配はしていない。

梅木がどう判断するか……。

「なるほど。やはり君は買えるな。もう一度考えてくれないか？　私の下で仕事をしないか」いくらでも腹の探り合いをすることもできるはずなのに、梅木はそんなことに時間を費やすほど粘着する人間ではないらしい。今の情報を聞かなかったかのように、話を巻き戻した。

「お断りします」波田はさっと頭を下げた。あまり長く視線を合わせ続けると、断り切れなくなりそうだったから。しかしそれはおそらく、安全と引き換えの奴隷生活なのだ。

「そうか……」梅木が腕組みをする。「しかし――」

途中まで言いかけた瞬間、部屋の外から「失礼します」という声が聞こえてきた。梅木は露骨に迷惑そうな表情を浮かべ、「入れ」と怒鳴った。

後ろを見ると、波田が入って来たドアが開き、背の高いがっしりした男が入って来るところだった。三十歳ぐらいか……無表情で、一礼するとすぐに部屋の前に進んで来る。梅木の横で中腰になると、ちらりと波田の顔を見てから梅木に耳打ちを始めた。梅木が渋い表情で話を聞き、最後にうなずく。

「分かった。その件は後で処理する。少し待つように言っておいてくれ」

「分かりました」男がすっと背筋を伸ばす。やはりでかい……軽く百八十センチはありそうだ。馬鹿丁寧に頭を下げると、「失礼します」と言って部屋の後ろに下がる。波田は、ドアが閉まる音がするまで、梅木を凝視していた。今の男、どこかで見たような気がするのだが、思い出せない。

「今の男、知ってるか？」梅木が新しい葉巻を取り出した。端を切ると、ゆっくり、丁寧に火を点ける。

「何となく見覚えがあります」

「元プロ野球選手だよ」

「そうですか？」まだぴんとこない。

「松木《まつき》……松木省吾《しょうご》という選手だが、分からないか？」

「ああ」ようやく名前と顔が一致する。何年か前に、甲子園を沸かせたピッチャーではなかったか？

「甲子園優勝投手。ドラフト一位。プロ入りする時には、前途洋々たる未来があった」

「そんな人が、どうしてここにいるんですか」

「今、私の下で働いているんだ。結局、プロでは芽が出なくてな……四年間、一度も一軍に上がれないまま、肩を壊して辞めた」

「それで……」

「私の地元の人間なんでな。プロ野球を辞めて、その後どうするか困っていたんだ。高校時代の監督に頭を下げられたんで、今は秘書として使っている」

「そうですか」

「そういう人生、どう思う」

「どうと言われても」波田は困って言葉を曖昧にした。

「もしかしたら、超一流の選手になれたかもしれない。私なんかよりもずっと有名になって、金も儲けていたかもしれん。しかし今は、あの始末だ。怪我だから仕方ないとはいえ、惨めだとは思わないか」

「雇ったのはあなたでしょう」

「そう」梅木が鼻を鳴らす。「私は情け深い人間だからな。だけど松木は、もう浮上できないだろう。一生私の下でこき使われるか、他の誰かに使われるかの違いだ。天国から地獄へ堕《お》ちたんだよ」

「ほとんどの人は、誰かに使われてるんじゃないですか」

「そして、人を使える人間が勝つ、ということだ」梅木が葉巻の先を波田に向ける。

「君もそうなりたいんじゃないか」

「どうでしょう」

そういうわけではない……というか、分からない。人を使う人間とは何だろう。政治家。社長。あるいは暴力団の組長。いずれにせよ、そこまでいくには長い歳月が必要だろう。波田は、自分がそれほど我慢強くないことを意識している。それに、人を使えば裏切られる可能性も高くなる。裏切られるのが怖いわけではないが――実際北川に裏切られて感じたのは悲しみではなく怒りだった――一々それに気を遣っているのが面倒臭い。

「俺は、泳ぎます」

「泳ぐ?」

「人の間を。たぶん、どこにも属さないで」

「そういう生き方はしんどいぞ。必ず、どこか組織に所属したくなる。その方が楽だ」

「その時はその時です」

「面白い人間だな、君は」梅木の顔に、ようやく自然な笑みが浮かんだ。

「自分ではそうは思いません」

「一つ、教えようか」梅木が人差し指を立てた。「一人で生き抜くつもりだったら、何が一番大事か」

「無料なら聞きますよ」

梅木が声を上げて笑う。しかしすぐに真顔になった。

「情報だ」

「情報？」

「情報は金になる。人の弱みを握る役にも立つ。常にアンテナを張り巡らせて、情報を耳に入れるようにしろ」

「北川も同じようなことを言っていました。あなたの教えですか？」

「私と北川は、公式には何の関係もない」

あくまで建前を貫くのか。さすがは政治家、という気がしてきた。クソ野郎だが、話は首尾一貫している。

「君は、私に関する情報を使うつもりか」

「いえ。自分が危なくならない限りは」

「そういうことは絶対にない。保証しよう。もちろん、君が勝手にヤクザにでも喧嘩を売ったら、私もどうしようもないが」

政治家の言うことなんか信じられるかと思ったが、波田は一応うなずいた。

「お互い、これで納得できたな」

「問題ありません」

「結構だ」

梅木がうなずき、テーブルの下に手を入れた。拳銃でも出てくるかと緊張したが、彼の手には封筒があるだけだった。

「これを持っていきなさい」

「何ですか」

梅木が封筒を波田の方に押しやる。分厚い。まさか、金？　だとしたら相当の大金だ。

「君を雇うつもりで、支度金のようなものを用意していた。今は働いてもらえないにしても、持っていきなさい。自由に使っていい」

「この金で俺を自由にできると思ったら、大間違いですよ」

「私が安全を買う金だと思ってもらっていい」

「それは……俺のことを買い被り過ぎです」波田は首を横に振った。

「君は、北川を追い詰めた。それだけでも十分、賞賛に値するんだがね」

「俺が凄かったんじゃなくて、あなたが北川を過大評価していただけです。あの男は、所詮『小物』だ」

「小物か……そうかもしれない。君はこれからどうする？」

「大物になります。誰かに踏んづけられたまま生きていくつもりはない」波田は封筒を摑んで立ち上がった。金を受け取ることに抵抗はまったくなかった。金は所詮金。色がついているわけではない。

「結構。またどこかで会えるかな」

「俺は会いたくないですね。二度と。どこか遠くからご活躍を見てますよ」

「そうか……車を出そう」

「結構です」波田はきっぱりと言い切った。「自分で帰れます」

「車がないと大変だぞ」

「ここは日本ですよ？」波田は両腕を広げた。「世界一便利な国じゃないですか。どこにいても、交通の便はいいんだから」

「それならいいがね。気をつけて帰りなさい。門から左側に出れば、街の方へ向かう道だ」

「どうも」

波田は頭を下げ、部屋を出た。廊下の壁に背中をくっつけていた鶴巻が、慌てて姿勢を正す。波田が無事に出て来たのが意外なようだった。

「お前――」

「あんたもとっととと逃げた方がいい。それとも、まだ北川とくっついてるつもりか？

小物にくっついていても、ろくなことはない」

「北川さんは小物じゃない」

「あんた、鈍いな」

「ああ？」

「あんたは一生、人に踏まれて生きていくんだよ。ずっとそんな風にしてると、誰かに踏まれてることさえ分からなくなるんだ」

「何だと？」

鶴巻が詰め寄って来た。波田は体の中の痛みをこらえ、彼の動きより一歩早くパンチを繰り出した——が、当てない。鶴巻は自分の顔を守るように、両手を前に突き出すだけだった。

「踏まれる人生を楽しめよ、小物」

波田は誰にも邪魔されず、家を出て行った。

何だ、ここは……梅木に言われた通りに、家を出て左に折れた波田は、異国に放り出されたような気分になった。空気が冷たい……どこか高い場所にいるような感じがする。ちらりと左側を見ると、立ち並んだ木の隙間から遠くに街の灯が見える。あれはいったいどこなのか。

恐る恐る歩き始めると、すぐに巨大な駐車場、そして門が見えてくる。寺？　違う。山門のような門の向こうに、さらに駐車場があった。レストラン？　だとしたら、相当規模が大きい。すぐに塀になり、しかもそれが延々と続いている。

そのレストランの他には、民家がぽつぽつと建っているだけだった。街灯も弱々しく、足元が危ない感じがする。本当にこっちでいいんだろうな……振り返り、今出て来たばかりの家を見やる。そびえるような二階建てで、明るい光を街路に投げかけていた。首を捻りながら、結構急な下り坂を下りていく。右へ急なカーブ、さらに左カーブを曲がって行ったが、まだ細い道路は続いているようだった。急にヘッドライトの灯りが闇を切り裂き、思わず目を閉じて道路の左端によける。傍らを通り過ぎていく車は、トヨタソアラだと分かった。そう、最近、よく見るよな……いつかはこの手の高級なクーペに乗りたいと思っていた。北川社会情報研究所で働き始めた頃は。あの頃は――ほんの数か月前だ――何でも金で買えると思っていた。食べ物だって、車だって、女だって。

それにしても暗い。右側が斜面になって、大きく枝を広げた木が、道路にまで覆い被さっている。夏はいいかもしれないが、この季節、そして夜ともなれば不気味なだけである。

また車がきた……端に避《よ》けたが、自分が車道を歩いていることに気づいて驚く。そんなことも分からないほど、ぼんやりしていたのか。ガードレールを乗り越え、歩道に入ってゆっくりと歩いて行く。カーブを二つ抜けると、ようやくこの細い道の終点が見えて来た。どうやら広い道路につながっているようで、ほっとする。そんなに田舎ではなかったのだ……腕時計を見る。間もなく九時。広い道路を通る車は多く、多分タクシーも摑まるだろう。どこにいるかは分からないが、何とかなるはずだ。

右か、左か。右が上り坂で、そちらへ行く体力はない。自然と、左へ下りて行く方を選んだ。道路は緩やかに右にカーブしており、どこまで続いているか分からない。とにかく歩き出した。とぼとぼと歩いて行くと、電柱の住居表示を見つけた。八王子市……ああ、こんな遠くまで連れてこられたのか。それでも新宿まで中央線で一本だと思うとほっとする。

腹が減った。体もあちこちが痛い。知らぬ間に足を引きずる格好になっていた。どこか、食事ができるところはないだろうか。せめてコンビニエンスストアでもあればいいのだが。今は、腹が膨れれば何でもいい。

しかしここは、市街地を外れた幹線道路らしく、食事ができそうな店は見つからない。空腹を少しでも紛らそうと、自動販売機で缶コーヒーを買った。もう、熱いコーヒーが出回る季節になっている。

電柱に背中を預け、缶コーヒーをちびちび飲みながら、道行く車を眺める。タクシーはいないだろうか……八王子のどの辺にいるかは分からないが、駅からは相当離れているような気がする。とにかくタクシーが通りかかれば……金はあるのだし。バラクータのポケットに無造作に突っこんだ封筒に触れる。分厚い感覚は、たぶん百万円だ。契約金、一転して手切れ金。平然と受け取ってしまい、そのことに関して何とも思わなかった自分に驚く。

俺はどこへ行こうとしているのか……北川を締め上げるのは、もう無理だろう。取り敢えず梅木はうまく丸めこんだと思うが、向こうは海千山千の政治家である。裏で何か手を回して、俺を無力化しようとしないとは限らない。

それでもいいか——何かあったらその時はその時だ。用心しながら生きていくのは疲れるかもしれないが、それが嫌なら、梅木よりも大きな存在になればいい。潰されないように——向こうが頭を下げてくるような存在になればいいのではないか。

しかしそれには時間がかかる——俺はまず、北川になろう。金を貢ぎ、頭を低くしておいて、ひたすらへつらう。しかしいつか、逆に梅木を影響下に置くのだ。気づかぬうちに立場を逆転させてやる。

歩いて行こう。

靴底に張りつく人生ではなく、俺が人を踏みつける人生を歩いて行く。

深夜、新宿のホテルに辿り着いた。ここが安全かどうかは分からない。しかし家に帰るわけにもいかず、結局今のところ「巣」はここしかないのだ。

　封筒を取り出し、中の札束を引っ張り出す。適当に数えていって……一万円札が九十八枚。中途半端だが、まあ、いいか。少しぐらい数え間違えても、どうでもいいような誤差である。

　封筒をデスクに放りだし、靴も脱がずにベッドに横になる。後頭部に両手をあてがい、天井を見上げた。さすがに眠気が押し寄せてきたが、体のあちこちに巣食う痛みが眠りを邪魔してくる。目を閉じ、何とか眠ろうとした。うとうとした瞬間に電話……クソ、何で自由に眠ることさえできないんだ。

　腹筋を使って跳ね起き、乱暴に受話器を摑む。相手の声が耳に飛びこむ直前、出るべきではなかったと悔いたが、受話器を取ってしまった以上、出ないわけにはいかない。耳に押し当て、相手の声が流れこんでくるのを待つ。

「もしもし？」

　極限まで緊張して跳ね上がっていた鼓動が一気に収まる。陽子。

「……ああ」

「無事なの？」

「無事だけど」

「本当に？」

陽子は何を知っているのだろう。まさか、俺の行動を監視していたわけではないだろうが……。

「あなた、何をしてたの？　今日ずっと、ホテルに電話してたんだけど」

「たまたまいない時にかけたんじゃないですか」波田は恍《とぼ》けた。「俺だって、ずっと部屋に籠っているわけじゃない」

「山養商事の人間が、今夜逮捕されたわ」

「詐欺で？」

「そう。もうニュースでやってるわよ。見てないの？」

「テレビは嫌いなんで。それで、北川……さんたちは？」

「彼らについては、まだ判断保留」

「逮捕しないんですか」

「難しいかもしれないわ。山養商事の連中の証言によっては、何か上手く容疑をくっつけられるかもしれないけど」

「それが警察の限界ですか」つい皮肉を吐いてしまう。

「警察じゃなくて、法律の限界」前にも言ったような言い訳を陽子が繰り返す。さすがに悔しそうだった。

「そうですか。まだ捜査するんですよね？」

「むしろこれから。それで、あなたは？」

「俺が何か？」

「茶化さないで欲しいんだけど」陽子の口調が強張る。

「茶化してませんよ」

「あなた、言ったわよね。『やられたらやり返します』って。あれ、本気だったの？」

「まさか」笑い声を上げるだけで、ひどく力が必要だった。

「本気じゃなかったの？」

「俺に何ができるんですか」政治家を脅して百万円を受け取ったが、それが大変なことなのかどうかは、判断できない。「所詮、ただの大学生ですよ」

「そう？」陽子が疑わし気に言った。「あなたは……何かやりそうで怖いのよ」

「あり得ません」本当に？　自分で自分の底が見えなくなっているのだが。

「じゃあ、これからどうするつもり？」

「警察は俺をどうするつもりなんですか」波田は逆に聞き返した。「逮捕でもするつもりですか？」

「それは私には分からないけど……これから大きく動くとは思えないわ」

「だったら、もう放っておいてもらっていいですかね」波田は肩を二度上下させた。

「こういうことには、もうかかわりたくないので」

「じゃあ……」

「俺にはもう、関係ありませんよ。こういうことには首を突っこまない。相手をよく見て、つき合うかどうか決めることにします。いい勉強になりましたよ」

「本気で言ってるの？」陽子はやけにしつこかった。声も次第に甲高くなってきている。

「本気も何も、誰も好き好んで痛い目に遭いたくないでしょう」

「そう」ようやく陽子の声が落ち着いた。「確かに、危険な場所に飛びこんでいくのは馬鹿ね」

「そうです。馬鹿ですよ。そういうことが分かるぐらいには学習しましたから……たぶんもう、あなたと話すこともないでしょう」

「食事の約束は？」

「正気を失ってた時に言った言葉なんか、信用しない方がいいですよ」

「そう……」

陽子はまだ何か言いたそうだった。波田も、適当に話を誤魔化してきたことに、かすかな良心の痛みを感じている。本当は、北川が海外へ——どこへかは分からないが——逃げようとしていることを告げるべきではないか。すぐに身柄を押さえる容疑はないにしても、警察なら何とか出国を防ぐ方法ぐらい考えられるのではないか。いくら「法律がない」と言っても、北川が悪党なのは間違いないのだ。不正な手段で金を儲けておいて、そのまま逃げてしまうのは許されない――はずだ。

しかし今、北川に対する憎しみは何故かなかった。所詮小物。あんな人間を恨むと、自分もどんどん矮小《わいしょう》になってしまう気がする。

それではいけないのだ。

俺は大きくなる。大きくなって、いつか北川や梅木を踏みつけてやる。あんな連中は、俺の靴底に張りついているぐらいでいいのだ。

「もしもし？」

「ああ……」陽子は何故電話を切らない？　俺から情報を引き出せないことなど、とうに分かっているはずなのに。

「もしもあなたが、何か事情があって話せないなら――」

「話すことがないだけですよ」

「そう」急に声から熱が引いていた。

「食事は……そのうち、また連絡します」

「もう、ポケベルは鳴らさないで」ひどく他人行儀な口調だった。

「じゃあ、署に電話しますか」

「それも駄目」

先に「食事の約束は？」と確かめたのは彼女なのだが。波田は、陽子が「女として」

言ったのか「警察官として」言ったのか、分からなくなっていた。

「だったら、これでもう会うこともないでしょうね」

「たぶん」

「それじゃ」

波田は受話器をそっと架台に戻した。ほんの一瞬だけ交わり、二度と会わないであろう相手。彼女を思い出すことはないはずだ、と確信していた。

だらだらと秋が行き過ぎた。

波田は大学へ戻った。警察へ呼ばれたことは噂になり、滑稽なほど大げさなデマも流れたが、別に気にしてもいなかった。「麻薬を売りさばいていたらしい」「女を何人も犯した」。馬鹿馬鹿しい。大学生の想像力など、その程度だ。

とにかく、大学当局からは何も言われなかったのだから、キャンパスへ戻ることに問題はない。広井はいかにも思わせぶりなことを言っていたが、結局はあいつらが好き勝手に噂話を広めていただけなのだろう。

だから、堂々としていればいい。昔からの友人たちは、波田を見ても声をかけなくなっていたが、気にもならなかった。どうでもいい話である。それを言えば、そもそも大学自体がどうでもいい。授業料を払っているから辞めるのがもったいなかったし、これから何をやるにしても、大卒の肩書きが邪魔になるとも思えなかったから、戻っただけだ。

十一月。波田はキャンパス内にあるベンチに腰かけ、人の流れをぼんやりと見ていた。講義と講義の間の、ぽっかり空いた時間。昼飯時なのだが、食欲がなかった。最近、昼食は抜いてしまうことが多い。一連の事件以来、体重は三キロ減っていた。顎が尖り、頬に影ができ始めている。あまり健康的とは言えないが、気にもしていなかった。とにかく生きてはいるのだから。北川たちに連れられて行ったステーキ店……分厚い肉の食感と味を思い出すこともあったが、何故か「食べたい」とは思わなかった。嗜好がすっかり変わった、口が奢ったと思っていたのだが。

しかし自分は、あのバイトを始める前の自分ではない。

正門から本部棟へ続く長い道。両脇のイチョウは、既に色づき始めていた。ぼんやりと眺めていると、時間があっという間に過ぎていく。最近、こうやってぼんやりと人の流れを見ていることが多い。しかし、実際には……ただ見ているだけではなく、観察している。

誰か、金を持っている人間はいないかと。使えそうな奴が歩いていないかと。

「よう」

久しぶりに聞く声に、顔を上げる。広井が、微妙な表情を浮かべて立っていた。本当は声をかけるべきではなかったと悔いているような……。

「ああ」波田は短く返事した。この男も、もうどうでもいい。一時は大学内で一番親しい友人だと思っていたのだが、警察に連れて行かれた後、一度電話で話してからは、ほとんど会話を交わしていない。向こうが意図的に無視している感じもあった。だからこちらも無視していた。

広井が遠慮がちにベンチに腰かける。間隔はずいぶん開いていた。まるでまったく顔を知らない人間同士のように。

「昨日の日本シリーズ、観《み》たか」突然広井が切り出してきた。

「ああ、まあ……」昨日——月曜の午後、テレビでぼんやりと眺めていたのを覚えている。西武対巨人。西武が一点差で逃げ切った。夕暮れが迫りつつある西武球場で、延々と続くライオンズの選手たちの胴上げ……こういう世界もあるのだと考えながら、つい松木省吾のことを思い出していた。華やかな舞台に縁がないまま、プロ野球選手としての人生を終えた男。その後、コネで梅木に拾われた男。

「すごい試合だったな」

「そうだな」

「今年の日本シリーズ、史上最高だよ」

広井はわざと興奮して喋っているようだった。何なんだ？　無難なプロ野球の話題を持ち出して、俺との関係を修復しようとしている？　意味が分からない。

友だちなんて、必要なくなれば忘れていいのだ。広井がどう思っているかは分からないが、俺にとって今、広井は必要な人間ではない。というより、いてもいなくてもどちらでも構わない存在だ。俺の人生に影響を与えることなど絶対にない。

「最近、どうしてる？」広井が慎重に切り出してきた。

「どうって？」

「いや、いろいろ」素っ気ない波田の答えに引いたのか、広井の声は曇っていた。

「別に、普通だよ」

「そうか……あのさ、就職セミナーが始まる話、聞いたか？」

「らしいね」ずいぶん早い。まだ二年生なのに、そんな先のことまで気にしなければならないのか。今時、就職なんて遊んでいても決まるのに。

「お前、就職のこととか、どう考えてる？」

「特に考えてないな。お前はどうするんだ？　やっぱり田舎へ帰るのか」この男にはもう興味もないが、会話の内容をまだ覚えていることに驚く。「親父がさ……体の調子がよくないんだ」。この話をしたのは、確かまだ暑い盛りだった。

「たぶんそうなる。向こうで仕事するには何が一番いいか、考えなくちゃいけないな」

「大学は、田舎の仕事までフォローしてくれないだろうな」仮にも東京の大学なのだ。

あくまで東京に本社のある大企業に、少しでも多く学生を送りこみたいだろう。それでこそ、大学の実績にもなるのだし。

「そうなんだよ。情報も少ないみたいでさ……向こうへ行かないと、いろいろ分からないんだよな」

「それは、しょうがないな」

「何が」広井の声が尖った。

「お前が選んだ道だから」

波田は立ち上がって、ちらりと広井を見た。丸めた背中が、やけに小さく感じられる。こいつも、内に内にと引きこもってしまうのだろう。せっかく東京へ出て来たのに、田舎へ戻らざるを得なくなって、気持ちも沈みこみがちか……いや、違う。こいつは元々、こういう人間だったんだ。田舎へ引っこむのがお似合いの、小さな男。

小物たち。俺の周りには小物しかいない。

ぼんやりと講義を聞き終えて大学を出る。最近はバイトもしていない。梅木が渡してくれた百万円で、しばらくは汗を流さずとも暮らしていけそうだ。何となくむっとして、百万円を送り返してやろうかと思ったこともあったが、いつの間にかそういう気持ちも薄れた。これは、言ってみれば俺が自分で稼いだ金ではないか。

恐喝の成果とも言えるが。

自宅の郵便受けに、珍しく手紙が届いていた。封筒は海外から……裏返してみると、北川の名前がある。一瞬、頭に血が上った。どの面下げて……しかし、すぐに冷静になった。あの男が海外へ行ったのは間違いない。ということは、俺には簡単に手出しできなくなったはずだ。より安全になったということで、喜ぶべきではないだろうか。

場所は……シンガポールらしい。へえ、あんなところにね、と鼻を鳴らしてしまう。北川が逃げこむなら、アメリカやヨーロッパではないかと、ぼんやりと想像していた。それがアジアとは。いや、これは案外いい選択かもしれない。シンガポールは、東南アジアの中では治安もいいし、経済発展も著しいはずだ。日本での黒い生活を捨てて、もう一旗揚げる舞台としてはふさわしいのかもしれない。

黒い歴史は完全に消せるのだろうか。

北川社会情報研究所に関して、警察は未だに立件できていない。そもそも捜査は続いているのだろうか……山養商事については、逮捕者も出て、大規模な詐欺事件として、しばらく新聞やテレビを賑わせていた。しかし、山養商事に情報を流していた研究所、それに北川の名前は一切出ていない。しょっちゅうテレビに出ていた北川が姿を消したから、おかしいと思う人がいても不思議ではないのだが……世間の人が何を考えているかなど、波田には分かるはずもない。

それにしても、妙だ。少なくともテレビ局や出版社の人間は、北川が日本を脱出したことを知っているはずである。あれだけいろいろなメディアに顔を出していたのだから……もしかしたら、全て織りこみ済みか？　北川は根回しをして、不自然にならない形でマスコミから消えたのかもしれない。ほとぼりが冷めた頃に、また平然と顔を出す――今度はシンガポールから中継で。

本当にそうなったら褒めてやるよ、オッサン。でもあんたの過去は消えたわけじゃない。俺がずっと握っている。

部屋に入る前に手紙の封を切ってみた。見覚えのある、北川の丁寧な文字。また怒りを感じると同時に、妙に懐かしくもなってきた。

波田様

封筒を見ての通り、今シンガポールにいる。こちらで、新しいビジネスの立ち上げ準備中だ。私はしばらく、この国にいるつもりだ。恐らく、君とは二度と会うことはないだろう。

今回の件においては、君もいろいろと学んだと思う。君がそれを、正しく身につけていればと願う。

私は、曖昧な物言いはしない。だからここで、もう一度はっきりと書いておこう。

これからの世の中を渡っていくのに一番大事なのは情報だ。金ではない。金は情報から生み出される副産物のようなもので、そこに執着すると失敗する。情報さえ集めておけば、そこから金は出てくるのだ。

君がこれからどんな道を歩いて行くか、私には分からない。一つだけはっきりしているのは、私たちの歩く道は、二度と交わらない、ということだ。それは残念でもあるのだが、ある意味私はほっとしている。

梅木先生と会った話は聞いた。どうやら君は、いい保護者に出会えたようだ。どういう関係を保っていくつもりか知らないが、梅木先生の下にいて、悪いことはない。

君は、私を超えていく存在かもしれない。いつの日か、弟子に倒されるのを待ちながら生きていく人生は、あまり楽しくはなさそうだ。だから私は、シンガポールという、日本とはまったく違うステージにいる。こちらの暮らしは、暑いことを除いては快適で、日本に未練はない。

とにかく情報だ。君が追い求めていくべきは情報だ。それを忘れなければ、君は必ず成功するだろう。私は遠い異国の地からそれを祈っている。私から学んだことがあると思うなら、それを精一杯生かしなさい。君から指導料をもらおうとは考えていない。

何を格好つけてるんだ、あのオッサンは。波田は白けた気分になった。結局日本から――俺から逃げ出して、シンガポールで左団扇《ひだりうちわ》のつもりでいるのだろう。

立ったまま、もう一度読み返す。すると今度は、彼の惨めさが際立って見えてきた。「私たちの歩く道は、二度と交わらない」「ある意味私はほっとしている」。つまり北川は、間違いなく俺を恐れているのだ。

あの時――最後に対決した時、鶴巻の介入がなかったらどうなっていたか。それを考えると、夜も眠れないほどの恐怖に襲われているかもしれない。ざまあみろ、と思ったが、それも小物が持つ感想だろうと苦笑してしまう。

いつか殺すべきだろうか。

それとも警察やマスコミにすべてをぶちまけて、シンガポールで安閑《あんかん》と暮らしている北川の肝を冷やしてやるべきだろうか。

分からない。

分からないが、無視しておく方がいいような気はしている。

北川は結局、小物に過ぎないのだ。

梅木の名前を出しているのがその証拠だ。自分も庇護《ひご》下にあった――金を貢いで守ってもらっていたと認めてしまっているも同然である。北川が今まで、梅木の話をまったくしなかったのも当然だろう。自分が政治家の庇護下にある――プライドの高いあの男なら、そんなことを認めたくないのは当たり前だ。

こんな手紙に何の意味がある？　封筒に戻した瞬間、破り捨ててやろうかと思った。しかしどうしてもその気になれない――北川を「師」と仰ぐ気にはなれないのだが、「反面教師」なのは間違いない。あの男は絶対に、「成功した」とは言えないのだ。シンガポールで新しいビジネス――それは、日本から逃げ出した事実を覆い隠すための言い訳に過ぎないのではないか。仮に、元々海外へ進出する機会を狙っていたとしても、日本での仕事を完全に畳んだのは、この国にもう自分の居場所がなくなっていると白状したも同然だ。

こんな男のようにはなりたくない。

波田は手紙をバッグにしまいこんだ。そして家には入らず、再び街に彷徨い出した。

久しぶりに渋谷の駅頭――国鉄の東口に来てみる。相変わらず、勧誘やアンケートをしている人間の姿が目立った。数か月前までは、自分も汗にまみれて街頭に立っていたのだが……それが数か月前どころか、はるかに遠い昔のように思えてくる。結局自分の力は、人から話を聞き出す能力だけだったのか。

「ちょっといいですか？　お時間ありますか？」

いきなり声をかけられ、驚いた。今度はアンケートされる立場かよ……と苦笑しながら、相手の顔を見る。鈴が鳴るように軽やかな声から連想される通り、まだ若い――たぶん自分と同年代の女性だった。どことなくあか抜けない。今年の春、田舎から東京の大学に進学したばかり、という感じ。服装も野暮ったく、髪型も田舎臭い。俺も、北川の下で働く前は、こんな感じだったんだろうなと思うと、嫌悪感がこみ上げてくる。

「アンケートなんですけど、お願いできませんか」

「ああ、いいですよ」俺もお人よしだな、とつくづく思う。汗を流した暑い日々を思い出すと、無下にはできないのだ。

「『光の道』というセミナーグループのことを、ご存じですか」

「いや」知らないが、名前を聞いただけでも胡散臭い。

「はい、あの、よりよく生きるためにはどうしたらいいか、そういうことを学ぶ勉強会なんですが……都内で、週に三回、セミナーを開いています。大学生が多いんですよ」

やり方が間違ってるな、と思わず苦笑してしまう。まず最初に、相手の名前や住所を確認しないと……いや、それは研究所が行っていた名簿ビジネスのやり方か。この女性がやっているのは、アンケートではなく勧誘だろう。

話を聞いているうちに、やはり勧誘だと分かってきた。それも「セミナー」と言っているが、実態はどうやら新興宗教団体のようである。言葉の端々に「霊」とか「ステージ」とか「転生」などという言葉が入ってくるのがその証拠である。どうやら仏教系の新興宗教のようで……波田はまったく知らない存在だった。

しばらく聞いているうちに、だんだん馬鹿らしくなってきたのだが、女の子が必死に——たぶんマニュアル通りに話し続けているのが可哀想になって、時々うなずきながら話を聞き続けた。そのうちに、馬鹿らしいという思いとはまったく別の考え——目論見《もくろみ》が湧き上がってくる。

新興宗教団体は、あちこちで勧誘を行っている。信者を増やしたいわけではなく、単に金をたくさん貢いでもらいたいだけだろうと波田は皮肉に思っていたが、実際、集まる金は相当の額になるはずだ。一万人信者がいて、その人たちが年間一万円を寄付——言葉はお布施でも寄進でも何でもいいが——すれば、それだけで一億円だ。実際には、もっといろいろな方法で金をかすめ取るのだろうし。しかも宗教団体は、税制でも優遇されているはずだ。つまり、集めるだけ金を集めて、税金はろくに払わなくていい？

今の日本に、こんなに金儲けに適したものがあるだろうか。

「もうちょっと詳しく、話を聞かせてもらえませんか」

女の子が息継ぎした瞬間、波田は話を切り出した。こんな風に積極的に聞いてくる人間はいないのか、その顔に戸惑いの表情が浮かぶ。

「いや……面白そうじゃないですか。どんな人が集まっているかも見てみたいですね」

「だったら、今日はどうですか」女の子が気を取り直して切り出した。「これから、恵比寿でセミナーがあるんです」

「いいですよ。行きましょう」

女の子の手でも取ってやろうかと思ったが、さすがに遠慮する。そこまで図々しくはなれないし、そんなことをされたら、彼女は赤面するだけでは済まないかもしれない。

待ってろよ、と波田は内心でにやりと笑った。俺がたっぷり金を吸い上げてやるから。

# 解　説

平　松　洋　子

著者の一連の作品群のなかで異彩を放つ作品である。とはいえ、異彩や異色という言葉は、こと著者においてはあまり意味をなさない気もする。なにしろ、スポーツ小説で作家デビューしたのち、がらりと興趣を変えた警察小説『雪虫』で意表を突き、その後もスポーツ小説とミステリー小説を交互に書くなどしながら独自の路線を歩む、つねに企みに充《み》ちた作家なのだから。

あえてジャンルをあてがえばピカレスク・ロマン。ただし、私たちが通過した時代の手触りを呼び寄せるために仕掛けた試みは周到だ。本作が描くのは一九八三年の東京、小説誌（「小説すばる」）での発表は二〇一三年。つまり、物語の舞台は三十年間の歳月を遡って設定されている。ひとくちに三十年といっても、まるでタイムマシーンにでも乗ったかのような隔世の感がある。携帯電話も普及していなければ、ＳＮＳの存在すらなく、駅には黒板に白チョークで書き込む伝言板があり、街角には電話ボックスがあちこちに立っていたあの頃。当時を知っていれば、読みながら時代の息遣いが舞い戻るだろうし、知らない者にとっては微妙な違和感がまとわりつくかもしれない。つまり、三十年分の時間のずれが個人の感情や感覚に揺さぶりをかけ、それを感じた時点で、読者は作家の企てにしてやられている。

あえて詳細には書かれていない一九八三年の世相をすこし振り返るだけでも、いかに八三年がエポックメイキングな年だったかがわかる。任天堂が「ファミリーコンピュータ」を発売、東京ディズニーランドが開園した。NHK連続テレビ小説「おしん」が熱狂的な人気を博し、最高視聴率六二・九%を記録、現在にいたるまで視聴率歴代一位を維持している。かたやフジテレビでは「オールナイトフジ」がスタート。神奈川の戸塚ヨットスクールで生徒が体罰を受けて死亡していたことが発覚し、戸塚宏校長が逮捕。九月、大韓航空機撃墜事件が発生、日本人二十八人をふくむ乗員二百六十九名全員が死亡。十月、ロッキード事件の丸紅ルート裁判の第一審判決公判で田中角栄元首相に懲役四年、追徴金五億円の有罪判決……これらが報道されるたび、日本中がどよめき、固唾《かたず》を飲んだ。ベストセラーは唐十郎『佐川君からの手紙』、浅田彰『構造と力──記号論を超えて』。上田正樹「悲しい色やね」、山下達郎「高気圧ガール」、尾崎豊「15の夜」などの名曲が生まれたのも八三年だった。バブル前夜、昭和五八年。昭和という時代が爛熟《らんじゆく》していた。

さて、本作である。主人公、波田憲司は上京して二度目の夏を迎えた大学生だ。これといって目的のない、ぬるい日常に倦《う》みながらアルバイトに精出す毎日。おなじ学部の先輩の富樫に「これからはコンピュータだぜ？」と煽《あお》られると、そろそろ就職も気にかかりだすが、当面の問題に気は焦るばかりだ。アルバイトで生活費を捻出するアパート暮らしの波田には金がない。社会を知らない宙ぶらりんの自分に苛立《いらだ》ちを募らせるのだが、それが通過儀礼だと自分を客観的に見る目もない。そんな折り、偶然発見した日給一万円のアルバイトの口に飛びつかずにはおられなかった。

それにしても、なぜ街頭でひとりひとりつかまえて面倒なアンケートを採るのか、疑問に思う向きもあるだろうけれど、いや、きわめてリアルな話である。八十年代前半は、意識調査や世論調査など、いわゆる社会調査が〝ナマの情報〟という価値を生み出し、社会分析が効力をもっていた。ブログもツイッターもフェイスブックもない、個人みずから発信する手段をもたなかった時代にあっては、じかに聞き取るのがもっとも手っ取り早く、確実だった。この場を借りて告白すれば、七十年代後半、大学の社会学科に籍を置いていた私は、社会調査の方法論の授業でアンケート調査の設問の立てかたを学んだし、じっさいゼミでは学生自身が作成したアンケート用紙をもって街に出た。だから、私には、街頭に立つ波田をまざまざと思い描くことができるし、あの頃の学生たちの姿にも重なる。ただし、大きく違っていたのは、その破格のアルバイトが社会悪のために用意された罠《わな》だったということ。

波田は、まんまと罠に嵌《は》まってゆく。その姿を活写するのが、たとえば食べ物だ。アパートの一室で、卵焼きとふりかけだけの夕食で腹を満たしていたのに、足を踏み入れた「北川社会情報研究所」で「バイトにしておくには惜しい人材」だと持ち上げられ、一ポンドのサーロインステーキの相伴にあずかる。ポンドという単位の蠱惑的《こわくてき》な響き、非日常的な三千五百円也の食事のデザートは、アイスクリーム添えのアップルパイとコーヒー。波田は、「何だか、自分がワンランク上の人間になれたようだ」とほくそ笑む。食べ物が人間の価値まで牛耳ろうとし始めていたあの頃。著者の皮膚感覚の鋭さを感じるシーンである。

じつのところ、食べ物のクロニクルを語るうえでも八三年という年は突出している。バランス栄養食品「カロリーメイト」が発売され、雁屋哲《かりやてつ》原作・花咲アキラ作画『美味《おい》しんぼ』が「ビッグコミックスピリッツ」で連載スタート。ミネラルウォーターが続々登場し始め、「六甲のおいしい水」が先鞭《せんべん》をつけた。豆乳やウーロン茶がブームになり、エスニック料理のレストランが登場。ミシュラン方式で星をつけて店を格付け評価する手法の『グルマン』が刊行されたのも、この年だ。生きるために食べることを超え、食べることがエンターテインメントやファッションとして扱われる時代の始まり。翌年、「飽食の時代」という言葉が現れるのも必然の流れだった。「これだけ贅沢《ぜいたく》して、明日から牛丼や立ち食い蕎麦《そば》の生活に戻れるだろうか、と不安になってくる」という波田のつぶやきは、いまとなっては、当時の日本人の深層に蠢《うごめ》いていた声として耳に届く。あるいは、実家や学食で食べる「ひらひらの肉」の入ったカレーと、肉を嚙《か》み切るとき「歯が通過する」感覚をもたらすビーフカレー。あからさまな満足感の違いに気づいてしまったとき、あと戻りはもはやむずかしい。

人たらしの才能があると持ち上げられ、情報を握る人間が強いと刷り込まれる波田。世間知らずの青年がずぶずぶと泥沼に嵌まってゆくさまが描かれるのだが、この三十年、いやかれこれ今日まで三十五年、私たちは何を得て、何を失ったのだろうと考えるとき、彼を愚かな若者だと簡単に突き放して嗤《わら》ってはいられない。

坂を転がり落ちたあげく、黒幕に遭遇してしまった波田の悟り。

「この男も、自ら手を汚すことはしない。北川は俺を始末するよう、直接鶴巻に指示したかもしれないが、梅木の場合は、一言も言わないだろう。ただ周りの人間が忖度《そんたく》して勝手に動くだけだ。梅木は、俺が死んだことすら知らず、日々おなじような生活を続けていくだろう」

「忖度」の言葉に、目が釘づけになる。二〇一八年の時局のなまなましさと通じ合い、背筋がぞくりとするのはたんなる偶然ではない。堂場瞬一という作家の時代を射貫く目、その視線が捉える飛距離の大きさを証明するくだりだと思う。

本作は、八十二作目の著作にあたるという。冒頭に異色作と書いたけれど、一作ずつ時代を数珠繋《じゅずつな》ぎにしながら百作を超える作品が書き続けられてきたことを考えるとき、グレイという色彩の存在がいや増す。じっさい、社会に閉塞感をもたらすあいまいな濁りの濃度は深まるばかりではないか。しかし、それを見越したうえで、著者はしぶとさを若者に託す。波田は、自分の口が奢《おご》ってしまったと思いこんでいたのに、生き残るため、分厚い肉を食べたいとはもう思わなくなっている。人間は、時代という波に呑まれる生き物なのか、それとも岸に泳ぎ着けるのか。時代のなかで蠢く人間たちを描き続ける作家、堂場瞬一の視線もなまなましく迫ってくる。

（ひらまつ・ようこ　作家）

本書は、二〇一四年四月、集英社より刊行されました。

初出「小説すばる」
二〇一三年二月号、四月号、六月号、八月号、十月号、十二月号

※本作品はフィクションであり、実在する個人、団体とは一切関係がありません。

S 集英社文庫

グレイ

2018年5月25日　第1刷
2018年6月6日　第2刷

定価はカバーに表示してあります。

著　者　堂場瞬一《どうばしゅんいち》

発行者　村田登志江

発行所　株式会社　集英社
東京都千代田区一ツ橋2-5-10　〒101-8050
電話　【編集部】03-3230-6095
【読者係】03-3230-6080
【販売部】03-3230-6393(書店専用)

印　刷　凸版印刷株式会社

製　本　凸版印刷株式会社

フォーマットデザイン　アリヤマデザインストア　　マークデザイン　居山浩二


ISBN978-4-08-745735-3 C0193